文庫

ブラウン神父の無心

G.K.チェスタトン

南條竹則
坂本あおい 訳

筑摩書房

目次

青い十字架 7
秘密の庭 41
奇妙な足音 75
飛ぶ星 107
透明人間 133
イズレイル・ガウの信義 163
間違った形 189
サラディン公の罪 221
神の鉄槌 251
アポロンの目 281

折れた剣の招牌　309
三つの凶器　339
訳者あとがき　363
解説　高沢 治　366

ブラウン神父の無心

ウォルドー・ダヴィグダーとミルドレッド・ダヴィグダーに

青い十字架

THE BLUE CROSS

朝の銀色のリボンと、海のきらめく緑のリボンの間で、船はハリッジの港に着き、人の群れを蠅のようにどっと吐き出した。我々が追わねばならない人物はその中にいたが、けして目立つ男ではなく――当人も目立ちたがってはいなかった。男にはこれといった特徴はなかったが、強いていえば、休日の派手な身なりと、顔に浮かんだ役人のようなしかつめらしさがいささか対照的だった点が挙げられるだろう。服装は淡い灰色の薄手の上着、白のチョッキ、渋い青のリボンがついた銀色の麦藁帽子といったものだった。痩せた顔は服との対照で浅黒く見え、顎の先には短い黒鬚を生やしていたが、それはどことなくスペイン人のようで、エリザベス女王時代の襞襟《ひだえり》を思わせた。男は閑人《ひまじん》らしく真面目に煙草を吸っていた。その様子からはとても察せられなかったが、灰色の上着の下には弾丸《たま》をこめた回転式拳銃がしのばせてあり、白いチョッキの下には警察の身分証、麦藁帽子の下にはヨーロッパ屈指の優れた知能が隠されていた。というのも、この人物こそヴァランタンその人、パリ警察の長官にして、世界一の名声を誇る捜査官だったのである。彼は今世紀最大の捕物をし果たすべく、ブリュッセルからロンドンへ向かうところだった。

　フランボーがイギリスにいるのだ。三カ国の警察がこの大犯罪者の足取りを追って、ベルギーのヘントからブリュッセルへ、ブリュッセルからオランダのフークファンホラント[1]

へ向かったことを、ついに突きとめた。おそらくフランボーは、目下ロンドンで開かれている聖体大会[2]の混乱と、人々の不案内に乗ずるつもりなのだろうと思われた。たぶん、大会に関係のある下級の教会書記か幹事にでもなりすまして、旅をしようという魂胆《こんたん》だろうが、無論ヴァランタンにも確信はなかった。フランボーのこととなると、誰にも確かなことは言えないのである。

この犯罪界の巨人がぱたりと世間を騒がせなくなって、もう何年も経っている。彼が鳴りをひそめた時には、ローラン[3]の死後もそうだったというが、地上に大いなる静寂が訪れた。しかし、全盛期の（すなわち、最悪だった頃の）フランボーは、皇帝《カイザー》の如く堂々として、世界を股にかける大物だった。日刊紙は、彼が途方もない犯罪を犯したあとに、またべつの犯罪を犯して逃げおおせた、というようなことを毎朝のように報じていた。フランボーはガスコーニュ人で、巨人のように背が高く、豪胆不敵だった。その運動家気質を発揮して、とんでもないことをやらかしたという話がいくつも伝わっている。「頭をハッキリさせてやるため」に、予審判事をひっくり返して頭で逆立ちをさせたとか、左右の腕に

1　直訳すると、オランダの突端の意。オランダ南西岸に位置する。
2　ローマ・カトリック教会の国際行事。実際に一九〇八年九月にロンドン、ウェストミンスター大聖堂で第十九回大会が開催された。
3　シャルルマーニュの甥といわれる伝説的英雄。古フランス語の叙事詩『ローランの歌』などに勇姿がうたわれる。

警官を抱えてリヴォリ街を走り抜けた、というような話である。本人のために言っておくと、彼が並外れた怪力を用いたのは、おおむねこの手の血を流さない、しかし、やられる側としては不名誉きわまる場面に於いてであり、本当の犯罪は、主として巧妙かつ大仕掛な窃盗だった。といっても、フランボーの盗みはいずれもほとんど前例のない犯罪で、その一つひとつが物語になるだろう。ロンドンで彼《か》の偉大なチロル乳業会社を経営したのもフランボーだった。同社は酪農場も、乳牛も、車も、牛乳も持たなかったが、数千人の顧客を擁《よう》していた。人の家の玄関口にある小さな牛乳缶を顧客の玄関に移すという単純な作業で、かれらの需《もと》めに応じていたのである。また、郵便物をすべて横取りされる若い御婦人と不可解にして親密なやりとりを交わしていたのも、フランボーだった。ことづての文面を顕微鏡のスライドガラスに極微な文字で焼きつけて送るという、奇想天外なトリックを用いたのである。しかしながら、彼の犯罪実験の多くは、呆れるほどの単純さが特徴だった。ある時は、たった一人の旅行者を罠《わな》に誘い込むことが目的で、夜中に通りの番地をすべて書き替えたという。彼が移動式郵便ポストを発明したことも、確かである。それを閑静な郊外の街角に立てて、土地に不案内な人間が郵便為替を投函するのを待ちうけたのだ。最後にもう一つ言い添えると、フランボーは驚くべき軽業師としても知られていた。巨体にもかかわらずバッタのように跳びはね、猿《ましら》のごとく梢《こずえ》に姿を消すことが出来た。それ故、大ヴァランタンもフランボーの捜索にあたっては、たとえ相手を見つけても冒険が終わるわけではないことを、重々承知していた。

それにしても、どうやって捜したものか？　この点について、大ヴァランタンの考えは依然固まっていなかった。

フランボーがいかに変装の名人であろうと、隠しきれないものが一つある。それは並外れた背丈だ。ヴァランタンの俊敏な目が背の高い林檎売りの女や、背の高い近衛兵、ほどほどに背の高い公爵夫人を見つけたならば、その場で相手を取り押さえていたかもしれない。しかし、麒麟《きりん》が猫に化けられるというならいざ知らず、これまで彼の行く先々に、変装したフランボーとおぼしき人物は一人としていなかった。同船した客についてはすでに確かめたし、ハリッジや途中の駅から列車に乗って来たのは、間違いなく六人しかいなかった。終点まで乗って行く背の低い鉄道員が一人、二駅あとから乗り込んで来た、市場向けの野菜をつくる、まずは背の低い農民が三人。エセックス州の小さな町から上京する、うんと背の低い未亡人が一人、それにエセックス州の小さな村から上京する、うんと背の低いローマ・カトリック教会の神父。この最後の人物はまったく論外で、ヴァランタンは思わず笑いだしそうになった。小柄な神父はあたかも東部地方の平地の精気が凝《こ》って出たかのようで、顔はノーフォークの茹《ゆ》で団子のように真ん丸くて間が抜けており、目は北海のごとく虚《うつ》ろだった。茶色い紙包みをいくつか持っていたが、それをまとめておくこともろくに出来ないのだった。聖体大会が開かれるので、こういう穴から掘り出した土竜《もぐら》のような、右も左もわからぬ手合いが、澱《よど》んだ田舎から大勢吸い寄せられて来たにちがいない。ヴァランタンはフランス流の厳しい懐疑論者だったから、神父というものには愛情が持てなかった。しかし同情することは出来たし、ことにこの神父には誰でも同情の念を催しただろう。神父は大きなおんぼろの蝙蝠傘《こうもりがさ》を持っていて、それが始終床に倒れるのだった。往復切符のどっちが往きで、どっちが帰りの分かもわからない様子だった。彼は車中の客全員に馬鹿正直に言って聞かせた――わたしは用心しなければいけないんです、茶色い紙包みの一つには「青い宝石のついた」本物の銀で出来た品物が入っているからです、と。エセックス人の鈍重さと聖人の素直さが面白く混じり合ったこの神父の様子は、ヴァランタンを楽しませてやまなかったが、やがて神父は（どうにかこうにか）包みを全部抱えてストラットフォード駅で降り、蝙蝠傘を取りに戻って来た。その時は、ヴァランタンも親切心を起こして、銀器を大事になさるのならば、そのことを誰かれとなく吹聴するのはおやめなさい、と忠告してやった。しかし誰と話していても、ヴァランタンはつねに他の人間に目を配っていた。金持ちでも貧乏人でも、男でも女でも、たっぷり六フィートの背丈がある人間を探していたのだ。なぜなら、フランボーは六フィート四インチの身の丈があったからである。

しかし、彼は今のところ犯人を見逃してはいないと心から確信して、リヴァプール・ストリート駅で降りた。それからロンドン警視庁へ赴いて、正規の手続きを済ませ、必要な場合は応援を求められるように手配した。それが済むと、新しい煙草に火をつけ、ロンドンの街へ出て、ぶらぶら長い散歩をはじめた。ヴィクトリア駅の向こうの通りと広場を歩いていた時、ヴァランタンはふと立ち止まった。そこはいかにもロンドンらしい趣のある静かな広場で、たまさかの静寂に満ちていた。高くてのっぺりした周囲の家々は、繁昌しているようでもあるが、誰も住んでいないようにも見えた。中央の四角い植え込みは、太平洋の緑の小島のように淋しげだった。広場を囲む四面のうち一面だけが、食堂などの上段のように他よりもぐんと高くなっていて、そこの家並はロンドン独特の嬉しい偶然によって乱されていた——まるでソーホーから迷い込んで来たようなレストランがあったのだ。それは妙に魅力的な店で、盆栽の鉢が並び、レモン色と白の縞《しま》の、長い日除《ひよ》けがかかっていた。店は道路から一際《ひときわ》高い位置にあり、ロンドン流の取ってつけたようなやり方で、通りから玄関まで階段がついていたが、それはほとんど火災避難用の梯子《はしご》を二階の窓まで伸ばしたような具合だった。ヴァランタンは黄色と白の日除けの前に立って煙草をふかし、長いことその日除けを見つめていた。

奇蹟というものの一番信じ難いところは、それが実際に起こることだ。空に浮かぶ雲が二つ三つ集まって、こっちをじっと見つめる人間の眼の形になることがある。不案内な旅の風景のさなかに、一本の木が疑問符そっくりの形で立っていることもある。どちらも、筆者自身がこの数日のうちに見たものである。ネルソン[4)]は勝利した瞬間に息絶えるし、ウィリアムズという名の男が、まったく偶然に、ウィリアムソンという名の男を殺す。まる

4　ホレーショ・ネルソン（一七五八年－一八〇五年）。イギリス海軍提督。英国軍が大勝をおさめたトラファルガー海戦中に敵弾に斃《たお》れる。

で嬰児《えいじ》殺しのように聞こえるではないか。要するに、散文的なものにばかり頼っている人間はいつも見すごすかもしれないが、人生には妖精の悪戯《いたずら》のような偶然があるということだ。ポーの逆説[5]がうまく表現しているように、叡智は予期されぬものを拠所《よりどころ》とすべきなのである。

アリスティド・ヴァランタンは根っからのフランス人だった。そして、フランス人の知性は特別かつ純粋な知性である。ヴァランタンは「考える機械」ではなかった。というのも、この言葉は、近代の運命論や唯物論が用いる痴《たわ》けた言い回しにすぎない。そもそも、機械は考えることが出来ないから機械なのだ。だがヴァランタンは考える人間であり、同時に平凡な人間だった。魔法のように見える彼の素晴らしい成功も、すべて地道な論理の積み重ねによって、明晰で凡庸なフランス式思考によってもたらされたのだった。フランス人は逆説を語りはじめることによってではなく、自明の理を実行することによって世界を震撼《しんかん》させる。かれらは自明の理を貫き通す――フランス革命の時のように。だが、ヴァランタンはまさに理性というものを理解していたからこそ、理性の限界も理解していた。ガソリンなしで自動車を走らせようなどというのは、自動車のことを何も知らぬ人間だけだ。理性について何も知らない人間だけが、確固たる、疑いの余地なき第一原則なしに推論しようなどと言う。今、ヴァランタンには確固たる第一原則がなかった。フランボーはハリッジでは見つからなかった。たとえロンドンにいるとしても、ウィンブルドン緑地《コモン》にいる背の高い浮浪者から、オテル・メトロポールで乾杯の音頭を取る背の高い男まで、どんな姿に化けているかわからない。こんなふうにまったく不可知の状態にある時、ヴァランタンには彼独自の考えと方針があった。

こういう場合は予期されぬものに頼るのである。論理的な筋を辿《たど》れない時、彼は冷静かつ慎重に非論理の筋を辿った。然るべき場所へ——銀行や警察署や人のたまり場へ——行くのではなく、徹頭徹尾的外《まとはず》れな場所へ足を運んだ。空家《あきや》という空家の扉を叩き、あらゆる袋小路へ曲がってみ、ごみで塞がれた小路を見れば必ず通り抜け、無駄なまわり道をさせる三日月形の街路があれば、必ずそこを歩いてみるのだった。ヴァランタンはこの突飛なやり方をしごく論理的に弁護した。彼に言わせれば、もし何か一つでも手がかりがあるなら、これは最悪のやり方である。しかし、手がかりが皆無の場合は、最善のやり方である。なぜなら、何か奇妙なものが追跡者の目に留まったとすれば、追跡される者の目にも留まった可能性があるからだ。どうせ、どこかを出発点にしなければならないのだから、向こうが立ち止まりそうな場所から始めるのが良い。その店へ上がる階段の何か、そのレストランの静かさと風変わりな趣の何かが、珍しくこの刑事のロマンティックな想像力を掻き立て、ためしに入ってみようという気にさせた。彼は階段を上がって行って、窓際の席に坐り、ブラックコーヒーを注文した。

午前も半ば過ぎていたが、まだ朝食を食べていなかった。ほかの客の朝食の皿がテーブ

5　チェスタトンは「マリー・ロジェの謎」の一説を念頭においているとおぼしい。

ルに散らばっているのを見て、彼は空腹だったことを思い出した。それで落とし卵を注文に追加し、物思いに耽りながらコーヒーに白砂糖を入れたが、頭の中はフランボーのことで一杯だった。彼はフランボーが以前どのようにして逃げたかを考えた——ある時は爪切り鋏《ばさみ》を使い、ある時は家に放火した。ある時は、手紙に切手を貼っていないのを口実に、またある時は彗星が世界を滅ぼすかもしれないと言って、人々が望遠鏡を覗いている間に姿を消した。ヴァランタンは己の探偵としての頭脳が犯人のそれに劣ってはいないと思っていたし、それは事実その通りだったが、こちらが不利であることも良く承知していた。「犯罪者は創造的な芸術家であり、刑事は批評家にすぎない」ヴァランタンはそうつぶやいて苦笑いを浮かべ、コーヒーカップをゆっくりと口元に運んだが、慌《あわ》てて下に置いた。塩を入れてしまったのだ。

銀色の粉の入っていた容器を見たが、それはたしかに砂糖入れだった。シャンパンの壜がシャンパンを入れるものであるように、間違いなく砂糖の容《い》れ物だ。それになぜ塩が入っているのだろう。他にこの種の容器がないかと思って見ると、ある、ある。一杯になった塩壺が二つ。きっと、この塩壺の中の調味料も特別なものにちがいない。舐《な》めてみると、砂糖だった。彼はあらためて興味をそそられたように店内を見まわし、砂糖を塩壺に、塩を砂糖入れに入れる奇抜な芸術的趣味が、他にも痕跡を残していないかと探してみた。白い壁紙を貼った壁の一つに、黒っぽい液体をふりかけた奇妙な染みがあるのを別とすれば、店の中はどこも小ざっぱりして、明るく、何の変哲もなかった。ヴァランタンは呼鈴《よびりん》を鳴らし、給仕を呼んだ。

時刻が早いためか、くしゃくしゃの縮れ毛に幾分とろんとした目つきの給仕がとんで来ると、ヴァランタン刑事は（単純なユーモアを解さぬ男ではなかったので）言った――この砂糖を舐めてみたまえ、これが当ホテルの高い名声に恥じないものかどうかを確かめたまえ、と。給仕はそれを舐めたとたん、口をあんぐりあけて、目を醒ました。

「ここでは、毎朝お客にこんな優雅な悪戯《いたずら》をしかけるのかね？」ヴァランタンは訊ねた。「砂糖と塩を入れ替えるなんて、冗談にしても飽きが来ないかね？」

給仕はこの皮肉の意味をはっきり理解すると、さようなつもりはございません、まったく妙な手違いです、としどろもどろに弁明した。砂糖入れを取り上げてしげしげとながめ、塩壺を取ってそちらも見たが、顔には困惑の色がますます深くなった。やがて給仕は唐突にその場を辞して、あたふたと奥へさがり、すぐに店主を連れて戻って来た。店主もやはり砂糖入れと塩壺をためつすがめつ見、やはり狐につままれたような顔をした。

突然、給仕は言葉がどっと喉元にこみ上げてきて、舌がまわらなくなったようだった。

「あれ、あれです」と勢い込んでどもりながら言った。「あの二人連れの坊さんですぜ」

「二人連れの坊さん？」

「二人連れの坊さんです」と給仕は言った。「壁にスープをぶっかけた人です」

「壁にスープをぶっかけた？」ヴァランタンは相手の言葉を繰り返しながら、これは何かイタリア語の比喩《ひゆ》にちがいないと思った。

「そう、そうです」給仕は興奮気味に言って、白い壁紙についた黒い染みを指さした。「あそこの壁にぶっかけたです」

ヴァランタンが物問いたげに店主の顔を見ると、店主は給仕のあとをひきとって詳しく説明をはじめた。

「さよう。その通りなんでございます。ですが、砂糖と塩の件には関係がないと思いますがね。今朝早く、店の鎧戸《よろいど》をおろしますと、じきに二人連れのお坊様がやって来られまして、ここでスープを召しあがりました。お二人ともしごく物静かな、きちんとしたお方で、お一人が勘定を払って出て行かれましたが、もう一人はどうもグズなお方のようで、何分も居残って荷物をまとめていらっしゃいました。でも、その方《かた》もしまいに出て行かれました。ところが、表へ出る直前に、半分しか飲まなかったスープの碗をわざと取り上げて、スープを壁に引っかけたんでございます。わたしは奥の部屋におりまして、この給仕も一緒でした。ですから、大急ぎで出て行った時には壁はびしょ濡れで、店は空っぽでした。べつに、これといって被害を受けたわけじゃございませんが、けしからん悪戯です。わたしは通りへ出て、連中を捕まえようとしました。けれども、もう遠くへ行ってしまって、角を曲がってカーステアズ街に入る姿が見えたばかりでした」

ヴァランタンは帽子をかぶり、ステッキを手に立ち上がった。今のように頭の中が真っ暗な時には、何であれ最初に出くわした矢印の指す方向へ行くしかない、と心を決めていたが、この矢印は随分風変わりだった。彼は勘定を済ませ、ガラスの扉をガチャリと鳴らして外に出ると、やがて勢い良く角を曲がって、べつの通りに入った。

このように興奮している時も、彼の目が冷静で敏活《はしこ》かったのは幸運だった。一軒の店の前を通り過ぎた時、ほんの一瞬だが何かが目に留まって、ヴァランタンはそれを見に引き返した。店は客入りの良い青果店で、軒先に品物がずらりと並び、わかりやすく名前と値段を書いた札がつけてあった。ことに目立つ二つの仕切りには、それぞれにオレンジとナッツが山と積まれていた。ナッツの山には一枚の厚紙がのっていて、そこには青いチョークで筆太に「最高級タンジェリン・オレンジ、二個一ペニー」と書いてある。オレンジの山の方にも、やはりはっきりと「特選ブラジルナッツ、一ポンド四ペンス」と書いた紙がのっている。ムッシュー・ヴァランタンはこの二つの札を見て、こういう繊細微妙なユーモアには前にもお目にかかった――それも割合に最近のことだ、と思った。彼は何か不機嫌な様子で通りの左右を見ている赤ら顔の果物屋に、広告が間違っていると教えてやった。果物屋は何も言わず、突《つ》っ慳貪《けんどん》にそれぞれの札を然るべき場所へ置き直した。刑事は優雅にステッキに凭《もた》れて、引きつづき店の様子を仔細《しさい》に観察した。しまいに彼は言った。「妙なことをうかがうようで恐縮ですが、旦那さん、ひとつ実験心理学と観念連合に関する質問をさせていただきたいのですがね」

赤ら顔の店の男は嚇《おど》すような目で睨《にら》んだが、ヴァランタンはステッキを振りながら陽気に語り続けた。「ねえ、なぜでしょうね。八百屋の店先に間違えて置かれた二枚の札が、休日にロンドンへ来た坊さんのシャベル帽と似ているのはなぜでしょうね？　あるいは、もしわたしの言うことがわかりにくければ、こう言いかえても良い。オレンジの札がついたナッツという観念と、のっぽとちびの二人連れの坊さんという観念を結びつける、この神秘的な連想作用は一体何なのか、とね？」

店主の目は蝸牛《かたつむり》の目のように顔からとび出した。彼は一瞬、この見知らぬ相手に跳びかかりそうに見えたが、やがて腹立たしげに訥々《とつとつ》と言った。「あんたと何の関係があるのか知らんが、もし連中の友達なら、言っといてくんな。おれん家《ち》の林檎を、も一度ひっくり返しやがったら、牧師だろうが何だろうが、てめえらのふざけた頭をたたき落としてやるってな」

「何ですと？」刑事は大いに同情する様子で言った。「林檎をひっくり返したんですか？」

「片《かた》っ方《ぽう》がやったんだ」店主は怒って言った。「通り中にぶちまけやがった。あの馬鹿野郎をとっつかまえてやりたかったが、林檎を拾わなきゃならなかったんでね」

「その牧師たちはどっちへ行ったんです？」ヴァランタンは訊いた。

「左のあの二本目の道を行って、広場を通ってったよ」相手は即座にこたえた。

「ありがとう」ヴァランタンはそう言うと、妖精のように姿を消した。二つ目の広場を渡ったところに警官がいるのを見つけて、声をかけた。「お巡《まわ》りさん、これは緊急の事態なんだが、シャベル帽をかぶった二人連れの坊さんを見なかったかね？」

警官はくつくつと笑いだした。「見ましたとも。それに、一人は酔ってましたね。道路の真ん中に突っ立って、マゴマゴして――」

「どっちへ行った？」ヴァランタンは気短にたずねた。

「あすこで、あの黄色いバスに乗りました。ハムステッド行きです」

ヴァランタンは身分証を出し、「君の仲間を二人呼んでくれ。わたしと一緒に追跡するんだ」と早口に言って道を渡った。のっそりした警官もその勢いにつられて、機敏と言って良いほどに素早く命令に従った。一分半もすると、一人の警部と私服警官が一人、向こう側の歩道でフランス人の刑事と合流した。

「さて」警部はにこやかだが尊大な態度で言った。「わたしたちは何を――」

ヴァランタンはいきなりステッキで指し示した。「あのバスの二階に乗ったら、話す」そう言うと、どっと駆け出し、往来の雑踏をくぐり抜けて行った。三人が息を切らして、黄色いバスの二階席にどっかり腰をおろすと、警部が言った。「タクシーに乗れば、四倍も速く行かれますよ」

「その通りだ」先導者は落ち着き払ってこたえた。「どこへ行くか、わかってさえいればね」

「それなら、一体どこへ行くんです？」相手は目を瞠《みは》った。

ヴァランタンは眉を顰《ひそ》めてしばらく煙草を吸っていたが、やがて紙巻煙草を口から離して言った。「相手のすることがわかっている時は、前に出る。だが、相手のすることを推し測りたい時は、跡をつけるに限る。向こうがわきに外《そ》れれば、こちらも外れる。向こうが止まれば、止まる。同じくらいゆっくりと進むんだ。そうすれば、相手の見たものがこちらにも見えるし、同じように行動できるかもしれない。我々にできるのはしっかり目を開けて、妙なものを探すことだけだ」

「妙なものとは、どういうものです？」と警部が質問した。

「ありとあらゆる妙なものだ」ヴァランタンはそう答えると、むっつりと黙り込んだ。

黄色い乗合いバスは北へ向かう道を、何時間とも思われる長い間、のろのろと走り続けた。偉大な刑事はそれ以上説明をしようとしなかったので、応援に来た二人は口にこそ出さないが、内心彼の用向きに疑いをつのらせていたことだろう。それに、内心、昼食が食べたくて仕方がなかったにちがいない。時刻はふだんの昼食の時間をとうに過ぎていたし、ロンドン北郊の長い道路は、地獄の望遠鏡さながらに、行けども行けども果てしなく先へ伸びて行くようだった。ようやく世界の果てに辿り着いたと思うと、じつはまだタフネル・パーク[6]の外れにさしかかったばかりだとわかる——そんなことが蜿蜒《えんえん》と続く道中だった。ロンドンの街は薄汚れた居酒屋や淋しい雑木林のうちに消えたかと思うと、どういうわけか、やがて目眩《まばゆ》い大通りやけばけばしいホテルとなって蘇る。まるで、くっつきあった十三の俗悪な都市を通り抜けて行くようだった。だが、前途《ゆくて》にはすでに冬の黄昏《たそがれ》が下りようとしているのに、パリの刑事は相変わらず無言で席に坐り、流れるように通り過ぎる両側の街並を注意深く見ていた。カムデン・タウンを過ぎる頃には、警官たちはうつらうつらしていた。ヴァランタンがいきなり立ち上がって二人の肩をたたき、運転手に「止まれ」と大声で言った時、かれらがびくっと跳び上がったことは確かである。

二人はなぜ下りるのかもわからないまま、転がるように階段を下りて道に出た。何事かとあたりを見ると、ヴァランタンが得意げに道の左側のとある窓を指さしていた。それは大きな窓で、飾り立てた豪華なホテルの長い家表《やおもて》の一部をなしていた。その部分は上品な食事の場所で、「レストラン」という表示が出ていた。くだんの窓は、このホテルの正面についている他の窓と同様、模様の入った磨《す》りガラスだったが、真ん中に、氷の中の星のごとく、ぽっかりと大きな黒い穴が空《あ》いていた。

「やっと手がかりを見つけたぞ」ヴァランタンはそう叫んで、ステッキを振った。「窓の割れた建物だ」

「窓がどうしたっていうんです? 何の手がかりですか?」と警部が言った。「これが連中と関係があるっていう証拠でもあるんですか?」

ヴァランタンはかっとして、竹のステッキを折りそうになった。

「証拠だって! いやはや! この男は証拠を探しているのか! そりゃあもちろん、何も関係がない可能性の方が二十倍も大きい。しかし、他に何ができるというのかね? 我々は何か突拍子もない可能性を追うか、さもなければ家に帰って寝るしかないのがわからないかね?」ヴァランタンはドアを乱暴に開けて、レストランに入って行き、二人の連れもあとに続いた。やがて一同は小さなテーブルについて、遅くなった昼食を食べながら、

6 ヴィクトリア駅から七キロほど北の、イズリントン、カムデン両特別区にまたがる区域。

星形に割れた窓ガラスを内側からながめていた。それでも、その穴が何か重要な手がかりを与えてくれたわけではない。

「窓を割られたようだね」ヴァランタンは勘定を払う時、給仕に話しかけた。

「ええ、さようで」給仕はそう返事をしたが、背中を丸めて釣銭を数えるのに忙しかった。ヴァランタンは何も言わず、釣銭に高額のチップを足してやった。給仕はわずかに、だが間違いなく元気づいて、背筋をまっすぐに伸ばした。

「はい、おっしゃる通りです。本当に変な事でございました」

「そうかね？　ひとつ、話を聞かせてくれ」刑事はなにげない好奇心を装って言った。

「じつは、黒服を着た二人連れがやって来まして――」と給仕は言った。「今、そこら中を駆けまわっている外国の牧師さんです。安い昼食を静かに食べると、一人が勘定を払って出て行きました。もう一人も出て行こうとしたのですが、その時、釣銭を数え直すと、三倍も多くお金をもらっていたことがわかったんです。わたしはドアから出ようとしていたお客様に、『もし、お支払いが多すぎます』と声をかけました。『そうかい』と向こうは澄まして言いました。わたしは『はい』とこたえて、勘定書きを取り上げて見せようとしました。そうしたら、びっくりですよ」

「どういうことだね？」と相手は訊いた。

「それがですね、七つの聖典にかけて誓ってもいいですが、わたしはその勘定書きに四シリングと書いたんです。ところが、あらためて見ると、ペンキで書いたようにはっきりと、十四シリングとなっているじゃありませんか」

「ほほう」ヴァランタンはゆっくりと動き出し、しかし、燃えるような目をして言った。

「それで？」

「戸口にいた牧師さんは、落ち着き払って言いました。『勘定をややこしくしてすまないが、それは窓ガラス代だよ』『窓ガラスって何のことです？』とわたしが訊くと、『今から割る窓のことだ』と言って、傘であの忌々《いまいま》しいガラスを割ったんです」

聞き手はいっせいに叫び声をあげた。警部は声をひそめて、「おれたちは逃げ出した狂人を追ってるのか？」と言った。給仕はいくらか嬉しそうに、この馬鹿げた話を続けた。

「わたしは一瞬、呆気《あっけ》にとられて、何もできませんでした。あの男は悠然と店を出て、その角を曲がったところで連れに追いつきました。それからブロック街を早足で行っちまって、わたしはカウンターをまわって追いかけたんですが、捕まりませんでしたよ」

「ブロック街か」刑事はそう言うと、彼が追っている奇妙な二人連れにも負けない素早さで、その大通りを突っ走った。

一行は、今度はトンネルのような煉瓦がむきだしの家並を通り抜けた。街燈はほとんどなく、窓さえもほとんどない通り――あらゆる物とあらゆる場所ののっぺりした背中で造ったような通りだった。夕闇が深まり、ロンドンの警官たちでさえ、自分がどの方向へ進んでいるのか、はっきりと見当をつけることは難しかった。それでも警部は、いずれハムステッド・ヒース[7]のどこかに出るだろうと確信していた。と、突然、ガス燈が点《つ》いている張り出し窓が、目玉ランプのように、青い夕闇の中に浮かび出た。ヴァランタンは小さな、ギラギラと明るいキャンディー屋の前で一瞬立ち止まった。ヴァランタンは一瞬躊躇《ためら》ってから中に入ると、派手な色どりの砂糖菓子の間に大真面目な様子で突っ立ち、チョコレート・シガーを十三本、いくらか念入りに選んで買った。明らかに話のきっかけをつかもうとしていたのだが、その必要はなかった。

店番の痩せぎすな、年寄りじみた若い女は、ヴァランタンの上品な身なりを初めはただ漫然と訝《いぶか》しんで見ていたが、うしろの戸口を警部の青い制服がふさぐと、目が醒めたようだった。

「もしや、あの包みのことで来られたのでしたら、あれはもう送ってしまいましたよ」と女は言った。

「包みだって！」ヴァランタンは鸚鵡《おうむ》返《がえ》しに言った。今度は彼が訝しげな顔をする番だった。

「あの方が忘れていった包みのことです——お坊様が」

「頼む」ヴァランタンは身を乗り出し、聞きたいという気持ちを初めてあからさまに示した。「後生だから、何があったのか正確に話してもらえないか」

「はい」女は少し疑《うたぐ》るような様子で言った。「つい三十分ほど前のことです。お坊様たちがいらして、ペパーミント菓子を買って、ちょっとおしゃべりをして、それからヒースの方へ向かって行きました。ところが、すぐに一人が走って店に戻って来て、「わたしは包みを忘れなかったか」とおっしゃるんです。それであちこち捜しましたが、見あたりませんでした。すると、「仕方がない。でも、もしあとで出てきたら、ここへ送ってください」と言って、所書きとわたしへの手間賃に一シリングを置いて行きました。そうしたら果たして、隅から隅まで捜したと思いましたのに、忘れ物の茶色い紙包みが出て来たんです。それで、言いつかった宛先に郵送しておきました。住所は憶えていませんけれども、たしかウェストミンスターのあたりでした。でも、とても大事な物のようでしたから、警察の方がそのことで来たのかと思ったんです」

「そうなんだよ」ヴァランタンはそっけなく言った。「ハムステッド・ヒースはここから近いのかね」

「まっすぐ十五分も行けば、野原に出ます」と女は言った。ヴァランタンは店から飛び出し、走りはじめた。あとの二人も不承不承《ふしようぶしよう》小走りに随《つ》いて行った。

三人が縫うように進んだ道はいやに狭くて、影に閉じ込められていたため、思いがけなくガランとした公園の広い空の下に出た時、夕空がまだ明るく澄んでいることに驚いた。空は孔雀色の見事な円天井をなして、金色《こんじき》の夕映えに沈んでゆく。そのまわりには暗みゆく木々と、暗い菫色《すみれいろ》の遠景が見える。明るい緑の空の色は、水晶のような星が一つ二つ見

7　ロンドン北西部の高台にある自然公園。

分けられる程度に濃かった。昼の光の名残《なごり》は、ハムステッドの外れから〝健康の谷《ヴエイル・オブ・ヘルス》〟[8]と呼ばれる人気の高い窪地にかけて、金色に輝いているだけだった。このあたりをぶらつく行楽客は、まだすっかり帰ってはいなかった。何組かの二人連れがベンチにぼんやりしたかたまりとなって坐っていた。遠くそこかしこで、ブランコに乗った女の子がまだキャアキャアと叫んでいた。天の栄光は人間《ひと》の崇高な俗悪さのまわりで次第に深まり、暗くなっていったが、斜面に佇《たたず》んで谷の向こうを見ていたヴァランタンは、捜していたものを見つけた。

遠くのそのあたり、三々五々帰り行く黒い人の群れのさなかに、一際真っ黒な人影が帰らずに残っていた――僧服を着た二人連れだ。虫のように小さく見えたが、ヴァランタンには、一方がもう一方よりずっと小さいのが見てとれた。一方は学者のような猫背で、仕草なども目立たなかったが、六フィートを軽く超える上背があるのがわかった。ヴァランタンは歯を噛《か》みしめ、じれったそうにステッキを振りまわしながら先へ進んだ。目標との距離が大分縮まって、二つの黒い影が大きな顕微鏡を覗いたように大きくなって来た頃、ヴァランタンはべつのことに気づいた。彼はそれに驚いたが、何となく予想してもいたのだった。長身の神父が何者であるかはさておき、背の低い方については疑問の余地はなかった。ハリッジからの列車で乗り合わせた友人――茶色い紙包みのことを注意してやった、あの小柄でずんぐりしたエセックスの神父なのだ。

さて、ここまでは、何もかも腑《ふ》に落ちて理屈が通った。ヴァランタンは今朝方聞き込んだ話で、エセックスのブラウン神父なる人物が、サファイアの入った銀の十字架を持って来るということを知っていた。相当に値打ちのある歴史的遺物で、大会に来る外国の神父たちに見せるのだという。これこそ、例の「青い宝石のついた銀器」であり、ブラウン神父というのは、列車で一緒になったあの小柄な、世間知らずの男に間違いない。ヴァランタンが探り出したことをフランボーもまた探り出したのは、不思議でも何でもない。フランボーはどんなことでも嗅ぎつけるのだ。それに、フランボーがサファイアの入った十字架のことを聞いて、盗もうと考えたのも、何ら不思議はなく、自然史の中でもっとも自然なことと言えるだろう。それに、これは何よりもはっきりしているが、蝙蝠傘と紙包みを抱えたあの男のようなお人好しなら、フランボーは思いのままにあしらえたはずなのだ。あの神父は、誰でも紐につないで北極まで引っ張って行けそうな男だ。フランボーのような役者がもう一人の神父に化けて、彼をハムステッド・ヒースまで連れて来たことは驚くにあたらなかった。この犯罪は今までのところ明快至極であり、刑事は神父の無力さを憐れむと同時に、こんなお人好しを餌食《えじき》にするほど落ちぶれたフランボーに対して、軽蔑に近いものを感じた。だが、ここへ来るまでに起こった数々の出来事、彼をこの勝利へ導いてくれたすべての事柄を思うと、そこにほんのわずかでも意味や理由があるのだろうかと、彼は首を捻《ひね》った。一体、エセックスの神父から青と銀の十字架を盗むことが、壁紙にスー

8　ハムステッド・ヒース西南部の小村。D・H・ロレンスら文人が住んだ。

プをかけることとどう結びつくのだろうか？　ナッツをオレンジだといったり、ガラス代を払ってから窓を割ることと、どういう関係があるのだろうか？　ヴァランタンは追跡の最終地点に達した。しかし、どういうわけか中間が抜けているのだ。彼が失敗《しくじ》る時は（そんなことはめったにないが）ふつう、手がかりはつかみながら犯人を取り逃した。今度の場合は、犯人を捕まえたのに、手がかりが得られないのだ。

かれらが追う二つの影は、だだっ広い丘の緑の斜面を黒い蠅のようにモゾモゾと進んでいた。どうやら話に没頭していて、どこへ向かっているのかも気づかないらしいが、ハムステッド・ヒースのうちでもいっそう荒涼とした、静かな高台へ向かっていることは確かだった。追っ手は距離が縮まるにつれて、鹿猟師のような威厳のない格好をして、藪蔭にしゃがみこんだり、さらには深い草の中を這ったりしなければならなかった。狩人たちはこうした無様な努力によって、議論する声がかすかに聞こえるほど獲物に近づいたけれども、甲高い、子供のような声で「理性」という言葉を何度も繰り返すのが聞こえた他は、何を言っているかまったくわからなかった。一度は、急な窪地とこんぐらかった藪にさしかかって、刑事たちは二人の姿を見失った。行方がわからずに十分ほどやきもきしたが、そのうち大きな丸い丘の端に出て、そこからは色どり豊かで物淋しい日没の景色を円形劇場のように見晴《みはる》かすことが出来た。眺望は良いが人気《ひとけ》のないこの場所の一本の木の下に、古い壊れかかった木の椅子があった。二人の神父はこの椅子に坐り、今も真剣に話し合っていた。けざやかな緑と金色は、暗くなる地平線にまだしがみついていたが、頭上の円屋根は孔雀の緑から孔雀の青へ次第に色調を変え、星は無垢の宝石のように、だんだんくっきりと見えて来た。ヴァランタンは随《つ》いて来た二人に無言で合図を送りながら、大きく枝を張った木のうしろまでどうにか這い寄り、そこに立ったまま、死んだような静寂の中で、奇妙な神父たちの言葉を初めて聞いた。

一分半ほど聞いているうちに、彼は恐ろしい疑念にとらわれた。もしかすると、自分は薊《あざみ》の茎に無花果《いちじく》の実を求めるような狂った捜索のために、イギリス人警官を二人、夜のヒースの荒野へ連れて来てしまったのかもしれない。というのも、二人の神父はいかにも神父らしく敬虔に、学識とゆとりを持って、霊妙な神学の謎を語り合っていたからである。エセックスの小柄な神父は、しだいに輝きを増す星々に真ん丸な顔を向けて、屈託なくしゃべっていた。もう一人は、自分には星を仰ぐ値打ちもないといわんばかりに、うなだれて話していた。だが、これほど純真な聖職者らしい会話は、イタリアの白い修道院でも、スペインの黒い大聖堂でも聞くことは出来ないだろう。

最初に聞こえたのはブラウン神父の言葉の終わりだった。「……中世、天は不朽なりと言われたのは、そういう意味だったんです」

長身の神父はうつ向いたまま頷《うなず》いて、言った。

「ああ、そうですな。現代の不信心者は自分の理性に訴えます。しかし、あの無数の星々をながめれば、我々の頭上のどこかに、〝理〟がまったく不合理となる素晴らしい宇宙が存在してもおかしくない、と感じずにいられましょうか」

「それは違います」ともう一人の神父が言った。「理性はつねに合理的です――たとえ最奥の辺獄《リンボ》、この世の果ての迷いの国へ行ってもね。世間は理性を貶《おとし》めたといって教会を非難しますが、本当はその逆ですよ。この世でただ教会のみが、理性を真に至高なものにするのです。この世でただ教会のみが、神御自身も理性に縛られていると主張するのです」

相手の神父は厳粛な顔を星のきらめく空に向けて、言った。

「でも、あの無限の宇宙には、ひょっとして――」

「物理的に無限だというだけのことです」小柄な神父はそう言うと、椅子の上で急にふり返った。「真理の法則が及ばないという意味で無限なのではありません」

木蔭にいるヴァランタンは無言のうちに怒りを押し殺し、指の爪を喰い切った。イギリスの刑事たちの忍び笑いが聞こえて来るようだった。かれらは突飛な当て推量をたよりに、はるばるこんなところまで連れて来られて、温厚な老牧師二人の形而上学的なおしゃべりを聞かされる羽目になったのだ。彼は苛立ちのあまり、長身の聖職者が相手に劣らず周到な返答をするのを聞き洩らし、再度耳を澄ました時には、またブラウン神父が語り手となっていた。

「理性と正義は、もっとも遠く孤独な星さえも支配するのです。あの星々をごらんなさい。ひとつひとつがダイヤモンドやサファイアのように見えるじゃありませんか？　まあ、どんな突《と》っ拍子《ぴょうし》もない植物だの地質だのを御想像なさってもかまいません。ブリリアントカットの葉をつけた金剛石の森を考えてごらんなさい。月は青い月、一個の巨大なサファイアなのだと考えてごらんなさい。しかし、そういう狂った天文学が、理性や行動の正義にほんのわずかでも影響を及ぼすと思ってはいけません。オパールの平原にいようが、真珠でできた崖の下にいようが、〝汝、盗むなかれ〟という立札がやはりそこに立っているはずです」

ヴァランタンは一生の不覚とも言うべき失態に打ちのめされ、しゃがんでいた窮屈な姿勢から立ち上がって、なるべくこっそりと退散しようとした。だがその時、背の高い神父の黙り込んでいる様子が何となく気になったので、あの男が口を利くまで待っていようと思った。ようやく口を開いた時、神父はうなだれ、両手を膝において、素直にこう言った。

「それでも、やっぱりわたしは、我々の理性よりも高いところに別の世界があるのではないかと思います。天の神秘は測り知れぬものであり、わたしにはただうなだれることしかできません」

そして頭《こうべ》を垂れたまま、態度も声も少しも変えずに言った。

「あのサファイアの十字架をこっちへ渡してくれないか。ここには他に誰もいない。おまえさんを藁人形みたいに八つ裂きにすることだってできるんだぜ」

声や態度が少しも変わらないことが、この驚くべき話の変化に奇妙な凄みを与えた。しかし、遺物の保管者は、羅針盤の最小の一目盛りほど顔を動かしただけのようだった。彼はどこか愚かしい顔を、依然として星空に向けているようだった。たぶん、相手の言った意味がわからなかったのだろう。あるいは意味がわかって、恐怖のあまり硬くなっているのかもしれない。

「そうとも」と長身の神父がやはり声をひそめ、同じ姿勢で言った。「お察しの通り、おれはフランボーだ」

それから、一つ間をおいて言った。

「さあ、十字架を渡すだろうな？」

「駄目です」と相手は言ったが、この一言には奇妙な響きがあった。

フランボーはいきなり大司祭のような見せかけをかなぐり捨てた。大泥棒は椅子に背を凭《もた》せて、小声で、しかし長々と笑った。

「駄目だと。渡さないというんだな、気位の高い僧正さんよ。渡さないというんだな、このどチビの、独り者の間抜け坊主め。渡せない理由《わけ》を言ってやろうか？　そいつはもうおれの胸ポケットにおさまっているからだ」

エセックスから来た小男は、夕闇の中で呆然としたような顔を相手に向けると、「私設秘書」[9]のようにおどおどした、しかし熱心な口調で言った。

「ほ――ほんとうかね？」

フランボーは喜びの声をあげた。

「いやいや、あんたって人は、三幕物の道化芝居みたいに面白いな。その通りだよ、お馬鹿さん。間違いない。おれは本物そっくりの包みをこしらえておいた。おまえさんが今持ってるのは偽物で、宝石はおれの手にあるってわけだ。古い手だよ、ブラウン神父――大昔からある手口さ」

「そうですな」ブラウン神父は、相変わらず不思議に茫洋《ぼうよう》としたそぶりで髪を掻きあげた。「その手は、以前《まえ》に聞いたことがあります」

犯罪界の巨人は急に興味をそそられた様子で、田舎者の小柄な神父の上に身を乗り出した。

「あ、あんたがそんなことを？　一体どこで聞いたんだ？」

「その、もちろん、相手の名前は言えませんよ」小男は屈託なく言った。「悔い改めた人でしたからね。およそ二十年間も茶色い紙包みの偽物だけを世過《よす》ぎにして、羽振りの良い暮らしをしていたんです。ですから、あなたを疑いはじめた時、その男のやり口をすぐに思い出したんですよ」

「疑いはじめただって？」ならず者はしだいにむきになって、相手の言葉を繰り返した。「おまえさんにそんな知恵が本当にあったのかい？　おれがヒースのこのがらんとした場所へ誘い出したからって、疑うだけの脳味噌が？」

「いや、いや」ブラウン神父は申し訳なさそうに言った。「じつは、初めてお会いした時から怪しいと思ったんです。その袖がちょっとふくらんでいるからです。あなたのような

9　十九世紀末頃人気を博したチャールズ・ホートリーによる喜劇。のろまな聖職者が秘書として登場する。

人は、そこに鋲《びょう》のついた腕輪をしているんでしょう」

「一体全体」フランボーは叫んだ。「鋲のついた腕輪のことなぞ、どこで聞いたんだ？」

「そりゃあなた、信徒ですよ！」ブラウン神父は眉を上げて、少しポカンとした顔をした。「ハートルプールで助任司祭を務めていた時、鋲つきの腕輪をした信徒が三人いました。そんなわけで、初端《はな》からあなたを怪しいと思ったので、何としても十字架を守ろうと覚悟を決めたんです。悪いけれども、あなたの様子を見張っていました。それで、とうとう包みをすり替えるのを見たんですよ。ですからね、わたしはまたもとに戻しておきました。そして、本物は置いて来たんです」

「置いて来た？」フランボーの声に初めて、勝ち誇った調子とはべつのものが混ざった。

「つまり、こういうわけです」小柄な神父は相変わらず気取らない口ぶりで言った。「わたしはさっきの菓子屋に取って返して、包みを忘れて行かなかったかとたずね、見つかったら送ってくれといって、所書きを渡しておきました。ええ、忘れ物なんかしなかったんですがね、二度目に店を出る時は置いて行きました。それで、店の人はあの大事な包みを持ってわたしを追いかけるかわりに、ウェストミンスターにいるわたしの友人に大至急送ってくれました」それから、神父は少し悲しげに言い足した。「これも、ハートルプールにいた気の毒な人から教わったんです。その人は駅で盗んだハンドバッグにこの手を使っていたんですが、今は修道院にいます。ああ、人間、いろいろなことを知るものですな」彼はさっきと同じような、いやに申し訳なさそうな様子で、また頭を撫でた。「これだから、我々は神父をやめるわけに行きません。いろんな人が来て、こういう話を聞かせるんです」

フランボーは内ポケットから茶色い紙包みを引っ張り出すと、滅茶滅茶に破いた。中に入っていたのは、紙と数本の鉛の棒だけだった。彼は大げさな身ぶりで、いきなり立ち上がって叫んだ。

「おれは信じないぞ。おまえみたいな田舎坊主にそんなことができるとは信じられん。今もどこかに隠して持ってるんだろう。素直に渡さないと――いいか、他には誰もいない。力ずくで奪い取るぞ！」

「駄目です」ブラウン神父はあっさり言って、やはり立ち上がった。「力ずくでは奪えませんよ。第一に、わたしは本当に持っていません。第二に、ここにいるのはわたしたちだけじゃない」

フランボーは大股に一歩詰め寄ろうとしたが、立ち止まった。

「あの木の蔭に」ブラウン神父はそう言って、指さした。「屈強な警官二人と、当代きっての名刑事が隠れています。あの人たちがなぜここへ来たかとおたずねですか？　そりゃあ、わたしが連れて来たからですよ。どうやったかって？　知りたければ教えてさしあげましょう。まったく、犯罪者の仲間に混じって働いていると、こういうことはたくさん知っていなければならないんです。じつはね、あなたが泥棒だという確信はありませんでしたし、聖職者仲間を相手にいざこざを起こすようなことになっては巧《うま》くない。それで、何とかしてあなたの正体がわからないかと試してみたんです。人はふつうコーヒーに塩が入っていたら、少しは騒ぐものです。もし騒がないなら、黙っている理由があるんです。わたしは塩と砂糖をすり替えましたが、あなたは黙っていました。人はふつう勘定が三倍も高かったら、文句を言うでしょう。おとなしく払ったとすると、目立ちたくない動機があるんです。わたしは勘定書を書き変え、あなたはそれを払った」

　フランボーが虎のように跳びかかるのを、世界中が待ちうけているかのようだった。しかし、彼は呪縛されたように動かなかった。この上ない好奇心に圧倒されていたのだ。

「それからね」とブラウン神父は重々しく、かつ明快に語り続けた。「あなたが警察に手がかりを残そうとしないものですから、当然、誰かがそれをしなければなりません。わたしは行く先々で、今日一日噂の種になるようなことを何かするようにしました。あまり迷惑になることはしていませんよ——壁を汚し、林檎をぶちまけ、窓ガラスを割りましたが、それでも十字架を救えましたし、あの十字架は今後もずっと無事でしょう。今頃はウェストミンスターに届いています。それより、あなたがどうして〝驢馬《ろば》の口笛〟で邪魔をしなかったのかが気になりましてね」

「何だって？」とフランボーが訊き返した。

「この言葉を聞いたことがないとは、結構なことです」神父は剽軽《ひょうきん》な顔をして言った。

「あれはろくでもない代物《しろもの》です。あなたは〝口笛吹き〟になるほどの悪人ではないんですな。もしあれを使われたら、わたしには〝ぶち〟がいても太刀打ちできなかったでしょう。

わたしは足が弱いんでね」

「一体全体、何の話をしてるんだ？」

「〝ぶち〟なら御存知かと思ったんですがねえ」ブラウン神父は愉快な驚きを示して、言った。「いやはや、あなたはまだそれほど悪に染まっていないんですな！」

「一体、何だって、そんな恐ろしいもののことを知ってるんだ？」フランボーが叫んだ。

神父の丸い朴訥《ぼくとつ》な顔に、微笑の影がさした。

「そりゃあ、独り者の間抜け坊主だからでしょうな。あなた、こんな風に考えたことはないんですか――日頃、人間の現実の罪を聞かされてばかりいる男が、人間悪にまるきり無頓着でいることはあり得ないと？　しかし、じつを言うと、あなたが神父でないことを確信したのは、わたしの職業のべつな面のおかげでもあるんです」

「何だって？」泥棒はほとんど呆れ返って、たずねた。

「あなたは理性を攻撃した」とブラウン神父は言った。「それは稚拙な神学です」

神父が持ち物をまとめようとしてむこうを向いている間に、三人の警察官が夕暮れの木蔭から現われた。フランボーは芸術家であり、スポーツマンだった。彼は一歩さがって、ヴァランタンに大きく一礼した。

「友《モナミ》よ、わたしにお辞儀することはない」ヴァランタンは銀《しろがね》のごとく冴えた声で言った。「二人でわれらが師にお辞儀しよう」

こうして二人はしばらく帽子を脱いだまま立っていたが、その間、エセックスから来た小柄な神父は、目をしょぼつかせながら蝙蝠傘を捜していた。

秘密の庭

THE SECRET GARDEN

パリ警視総監アリスティド・ヴァランタンは晩餐に遅れ、お客が何人か先に到着しはじめていたが、腹心の召使いイヴァンが上手く取りなして安心させた。イヴァンは顔に傷跡のある老人で、その顔はほとんど口髭と同じ灰色をしており、いつも玄関広間――武器をずらりと掛けまわした広間の机の前に坐っていた。ヴァランタンの家はたぶん主人に劣らず風変わりで、かつ有名だった。古い屋敷で、高い塀に囲まれ、セーヌ河まで枝がかかりそうな高いポプラの木が生えていた。しかし、この建物の奇妙さ――そしてたぶん、保安上の価値――は、次のような点にあった。すなわち、イヴァンと武器庫によって守られているこの正面玄関以外には、外部へ通じる出入口が一つもなかったのである。庭は広く、手の込んだ造りで、家から庭に出る出口はたくさんあった。ところが、庭から外界への出口は一つもなく、滑らかでよじ登ることの出来ない高い塀がぐるりを囲み、塀の上には特殊な忍び返しがついていた。おそらく、何百人という犯罪者が殺してやると誓った男が思いに耽るには、悪くない庭だったのだろう。

イヴァンが客人達に説明した通り、家の主人は十分ほど遅れると電話で言ってよこした。じつを言うと、死刑執行だの何だののろくでもない仕事で、詰めの手筈《てはず》をつけていたのだった。ヴァランタンはこうした義務《つとめ》を心底嫌っていたが、いつも几帳面にやり遂げた。犯罪者の追跡にかけては容赦ない男だったが、処罰に関してはしごく寛大だった。彼はフランス――ひいては全ヨーロッパ――の警察秩序の頂点にいたので、その大きな影響力を刑の軽減と監獄浄化のため、立派に役立てていた。彼はフランスの人道主義的な、偉大な自由思想家の一人だったが、かれらの唯一悪いところは、慈悲を正義よりも冷たいものにしてしまうことなのである。

帰宅した時、ヴァランタンはすでに黒服を着て、赤い薔薇飾りをつけていた――優雅な姿だったが、黒い顎鬚にはすでに白いものがまじっていた。彼は家の中を通って、庭に面した書斎へまっすぐに向かった。庭へ出る扉は開いていたので、彼は持ち帰った箱を然《しか》るべき場所に丁寧に収めて鍵をかけると、しばし戸口に佇んで外の庭をながめた。細い三日月が流れ飛ぶ嵐の千切れ雲と戦っており、ヴァランタンは、彼のように科学者的な気質の人間には珍しく、物憂げにその光景を見た。ひょっとすると、そういう科学者的な気質には、人生のおそるべき重大事に関する心霊的な予見能力が備わっているのかもしれない。しかし、如何なる玄妙な気分に浸っていたにしても、彼はすぐ我に返った。帰宅が遅れ、招待客がすでに集まりはじめているのを知っていたからである。とはいえ、客間に入って一座をざっと見渡したところでは、主賓はまだ来ていなかった。今宵のささやかなパーティーを支える他の主役は全員揃《そろ》っていた。英国大使ギャロウェー卿――林檎のような赤ら顔の怒りっぽい老人で、ガーター勲章の青いリボンをつけている。ギャロウェー卿夫人もいた。糸のようにほっそりした銀髪の婦人で、気難しそうな、取り澄ました顔をしている。

娘のマーガレット・グレアム嬢は色白の可愛い娘で、顔は妖精のよう、髪の毛は銅色《あかがねいろ》だった。黒い瞳でふくよかな身体つきのモン・サン・ミシェル公爵夫人と、やはり黒い瞳でふくよかな二人の令嬢がいた。シモン博士は典型的なフランスの科学者で、眼鏡をかけ、先の尖った茶色の顎鬚を生やし、額には皺が幾条《いくすじ》も走っていた。これは始終眉を吊り上げるために刻まれる皺で、横柄さの報いといえる。エセックス州コボウルのブラウン神父も来ていたが、この人物とは最近イギリスで知り合いになったばかりだった。おそらく、こうした面々の誰よりもヴァランタンの関心を惹いたのは、軍服姿の背の高い男だった。男はギャロウェー卿夫妻と令嬢にお辞儀をしたが、すげなくあしらわれ、今度はこの家の主人に敬意を表するため、ただ一人進み出て来た。彼はフランス外人部隊のオブライエン司令官だった。痩せているが少し力《りき》み返ったように肩を張り、髭はきれいに剃っていて、髪の毛は黒く、瞳は青かった。輝かしき失敗と上首尾な自殺を以《もっ》て鳴る彼《か》の連隊の将校としては自然かもしれないが、勇ましいと同時に憂愁《うれい》をおびた雰囲気を漂わせていた。生まれからすればアイルランドの紳士で、少年の頃にギャロウェー家を――ことにマーガレット・グレアムを――知っていた。借金で悶着《もんちゃく》を起こしたあと故国《くに》を去り、今はサーベルに拍車の軍服姿で威勢よく歩きまわって、イギリスの礼儀作法からはまったく自由であることを示していた。彼が大使一家にお辞儀をした時、ギャロウェー卿夫妻はぎこちなく腰をかがめ、マーガレット嬢はそっぽを向いた。

しかし、この人々が過去の如何《いか》なる因縁からお互いに関心を持っていたとしても、著名なる主人は取り立てて深い関心を持たなかった。少なくとも彼の目から見れば、かれらのいずれも今宵の主客ではなかった。ヴァランタンが特別な理由から待ち侘《わ》びていたのは世界的な有名人で、彼が刑事の仕事でアメリカ合衆国をめぐり、大成功を収めた時に親交を結んだのだった。その人物はジュリアス・K・ブレインという百万長者で、諸々の小さな宗教団体に使い途《みち》に困るほど巨額の寄付をしては、英米の新聞に安直な冷やかしの種と、さらに安直な真面目くさった議論の種をたっぷりと提供して来た。ブレイン氏が無神論者なのか、モルモン教徒なのか、クリスチャン・サイエンスの信者なのか、誰もはっきりしたことは知らなかったが、彼は知的な器に――それがまだ誰も手をつけていない器である限り――喜んで金を注ぎ込んだ。彼の道楽の一つは、アメリカにシェイクスピアが現われるのを待つことだった――釣りよりも気長な趣味といえる。ウォルト・ホイットマンを敬愛していたが、ホイットマンよりも、ペンシルベニア州パリスのルーク・P・タナーの方がどう見ても「進歩的」だと考えていた。彼はなんでも「進歩的」だと思われるものが好きだった。ヴァランタンのことも「進歩的」と思っていたが、それは甚《はなは》だ不当なる誤解だった。

ジュリアス・K・ブレインが部屋に堂々たる姿を現わすと、晩餐のベルが鳴ったように一座の雰囲気は変わった。彼はいてもいなくても同等の存在感を発揮するという、並大抵《なみたいてい》の人間にはない偉大な素質を有していた。太っていて背も高い巨漢で、黒ずくめの夜会服に全身を覆い、懐中時計の鎖や指輪のようなものも身につけていなかった。髪は白く、ドイッ人のようにきれいに後ろへ撫でつけていた。顔は赤くて厳《いか》ついが、天使のようにあどけなく、下唇の下に生やした一房の黒鬚が、それ以外は子供っぽい面立《おもだ》ちに、芝居がかった、メフィストフェレス的とも言える風格を添えていた。しかし、このサロンの面々は、いつまでもアメリカ人の名士を凝視《みつめ》てばかりはいなかった。彼が遅れて来たことはすでに家中の一大事となっていたので、ブレイン氏はギャロウェー卿夫人と腕を組み、大急ぎで食堂へ行かされた。

ギャロウェー家の人々はある一点を除けば、そこそこに愛想が良く、気さくだった。マーガレット嬢が冒険家オブライエンの腕を取ったりしない限り、父親は至極満足だったし、娘もそんなことはせず、行儀良くシモン博士と食堂に移っていた。それなのに、老ギャロウェー卿は落ち着きがなく、ほとんど無作法でさえあった。晩餐の間は何とかそつなく過ごしたが、葉巻の時間になり、年下の三人――シモン博士とブラウン神父、それにあの好ましからぬオブライエン、外国の軍服を着た亡命者――が婦人連にうち混じったり、温室で一服しようとしていつのまにか姿を消すと、英国の外交官はまことにもって非外交的になった。やくざ者のオブライエンが何らかの方法で娘に合図を送っているのではないかと考えると、不安が一分ごとに胸を刺すのだ。それがどんな方法かなどということは、想像したくもなかった。ギャロウェー卿はあとに残って、あらゆる宗教を信じる白頭のアメリカ人ブレインと、如何なる宗教も信じない白髪《しらが》まじりのフランス人ヴァランタンと一緒にコーヒーを飲んでいた。かれらは互いに論じ合う事は出来たが、いずれもギャロウェー卿の心をつかむことは出来なかった。しばらくすると、この「進歩的」な舌戦は退屈の極に達し、ギャロウェー卿も席を立って客間へ向かった。長い廊下で迷子になり、六分か八分ほどもウロウロしたが、そのうち博士の高調子な、教えを垂れるような声が聞こえて来た。それから神父の冴えない声、そしてどっと笑い声が起こった。あいつらも、「科学と宗教」について議論しているんだろうとギャロウェー卿は忌々《いまいま》しく思った。しかし、サロンの扉を開けた瞬間、彼が見たものはただ一つだった――そこにないものを見たのだ。オブライエン司令官の姿がなく、マーガレット嬢もいないことを見て取ったのだ。

ギャロウェー卿は食堂を出た時のように苛々《いらいら》して客間から抜け出し、大きな足音を立てながら、ふたたび廊下を歩いた。あのアイルランド系アルジェリア人のろくでなしから娘を守るのだという思いが、狂おしいほどに心を占めていた。ヴァランタンの書斎がある屋敷の裏手へ歩いて行くと、驚いたことに娘と出くわした。娘は血の気の失せた顔に嘲《あざけ》りの表情を浮かべて、さっと通り過ぎて行ったが、これは第二の謎だった。オブライエンと一緒にいたのだとしたら、オブライエンは今どこにいるのだ？　もし一緒でなかったとしたら、娘はどこに行っていたのだ？　老人特有の強い猜疑心にとらわれたギャロウェー卿は、屋敷の暗い奥の方へ手さぐりで進んで行き、やがて庭へ通じる召使い用の出入口を見つけた。月はその偃月刀《えんげつとう》で嵐の千切れ雲を跡形もなく切り裂き、追い払ってしまっていた。銀色の光が庭の四隅をくまなく照らしていた。青い服を着た背の高い人物が芝生を横切り、書斎の扉に向かって歩いて行くのが見えた。銀色の襟章が月明かりにキラリと光ったので、オブライエン司令官だとわかった。

彼はフランス窓から家の中に姿を消し、あとに残されたギャロウェー卿は、敵意に満ちていると同時に何か曖昧な、曰《いわ》く言い難い腹立たしさを感じた。舞台の背景を思わせる青と銀色の庭園は、暴君のように無理無体《むりむたい》な優しさで彼を嘲り、それに対して、彼の世俗的権威が戦っているようだった。彼はまるで父親ではなく恋敵ででもあるかのように、あのアイルランド人の大股で優雅な歩き方に怒りをおぼえた。月光が彼を狂わせたのだ。彼は魔法にでもかかったかのごとく吟遊詩人の庭に、ワトー[1)]の描く妖精郷に囚《とら》われてしまったのだ。そこで、こんな艶《なま》めいた痴《うつ》けた気分を言葉によって拭《ぬぐ》い去ろうとして、足早に宿敵のあとを追った。すると、草叢《くさむら》にあった木か石につまずいて、最初は苛立たしげに足元を見下ろしたのだが、その次には好奇心を持って見直した。次の瞬間、月と高いポプラの木々は異様な光景を見た——良い年《い》をした英国の外交官が大慌てで走り出して、走りながらわめいたり、吼《ほ》えたりしているのだ。

声を嗄《か》らした悲鳴を聞いて、書斎の戸口から青ざめた顔が現われた。シモン博士の光る眼鏡と、不安げに眉を顰《ひそ》めた顔だった。彼は貴人が最初に発した明瞭な言葉を聞いたのだ。ギャロウェー卿は「芝生に死体が——血まみれの死体が」と叫んでいたのである。何はともあれ、オブライエンのことはすっかり念頭から消えていた。

「ヴァランタンに早く知らせなくては」ギャロウェー卿がこわごわ確かめ得た事柄を、切れぎれの言葉で語り終えると、博士は言った。「あの人がいてくれて運が良かった」そう言っているそばから、悲鳴を聞きつけた偉大なる刑事が書斎に入って来た。そのいかにも刑事らしい豹変ぶりは、見ていて面白いくらいだった。彼は、家の主人であり紳士である人間が誰しもそうするように、お客か召使いに病人でも出たのではないかと心配して来たのだった。ところが、血なまぐさい事実を知ったとたん、重々しい威厳はそのままに、俄《が》然《ぜん》キビキビして事務的な態度に変わった。いかに唐突で恐ろしい事件でも、これは彼の仕事だったからである。

「奇《き》態《たい》ですな」あとの二人と共に急いで庭へ出ながら、ヴァランタンは言った。「わたしは謎を追いかけて世界中をまわりましたが、今度は、謎の方からわたしの家の裏庭へやって来て、腰を据えるとは。それで、場所はどこです?」川から薄霧が立ちはじめたので、芝生を歩くのはさっきほど容易ではなかったけれども、震えおののくギャロウェー卿に案内されて、かれらは深い草叢に死体を見つけた——大そう背が高く、肩幅の広い男の死体だった。うつ伏せになっていたので、大きな肩に黒い服をまとっていること、大きな頭は禿げ、茶色い髪がほんの一条《ひとすじ》か二条、濡れた海藻のように頭にへばりついていることが見て取れただけだった。伏せた顔の下から、血が真っ赤な蛇のように這い出していた。

「ともかく」シモン博士が深い奇妙な抑揚のついた声で言った。「今宵のお客ではありませんな」

1　フランスのロココを代表する画家。繊細で詩情あふれる画風が特徴。

「よく調べてください、博士」ヴァランタンがいくらか棘々《とげとげ》しく言った。「まだ息があるかもしれない」

博士は地面にしゃがみ込んで、こたえた。「まだ冷えきってはいないが、死んでますよ。持ち上げるから、手伝ってください」

注意深く地面から一インチほど持ち上げると、本当に死んでいるか否かという疑問は、たちまち恐ろしい形で解決した。首がころげ落ちたのだ。胴体から完全に切り離されていた。何者であれ、この男の喉を掻き切った犯人は、首まで切断してのけたのだ。ヴァランタンもさすがに少し驚いた。「ゴリラ並の怪力だな」と彼はつぶやいた。

シモン博士は解剖などでおぞましい死体には慣れていたが、それでも思わず身震いして、死体の頭を持ち上げた。首と顎のあたりには少し切傷があったが、顔面はほぼ無傷だった。重苦しい黄色い顔で、落ち窪《くぼ》んだところもあれば浮腫《むく》んだところもあり、鷲鼻で目蓋《まぶた》は厚く——悪逆なローマ皇帝の顔に、支那の皇帝の風貌をかすかに加えたという風な感じだった。その場にいた者はみんな、こんな男は知らぬといった冷たい目でその顔を見ているようだった。その男には他に目を引く点はなかったが、ただ死体を持ち上げた時、真っ白いシャツの胸元が赤い血で汚れているのが見えた。シモン博士が言った通り、この男は今宵の客ではなかったが、正装しているのをみると、仲間に加わろうとしていたのかもしれなかった。

ヴァランタンは両手両膝を地面につけて、死体の周囲二十ヤードほどの草と地面を、職業的な緻密な注意を払って調べた。博士も不器用ながらそれを手伝い、英国貴族も漫然と手伝うような格好をした。草叢を這いまわった揚句、見つかったのは、折るか切るかしたらしい、ごく短い小枝が二、三本で、ヴァランタンはほんの一瞬、それを手に取って調べてみたが、すぐに投げ捨ててしまった。

「小枝か」と彼は重々しい声で言った。「小枝と、首を切り落とされた見知らぬ男。この芝生にあるのはそれだけだ」

あたりは不気味なほど静かだったが、やがて、怖気《おじけ》づいたギャロウェー卿が鋭い声を上げた。

「あれは誰だ？　向こうの塀のところにいるのは誰だ？」

頭が馬鹿に大きい小さな人影が、月明かりの夜霧の中を、こちらへふわふわと近づいて来た。一瞬、小鬼《ゴブリン》のように見えたが、その正体は、三人が客間に残して来た人の良い小柄な神父だった。

「ねえ、みなさん」神父はにこやかに言った。「この庭には出入りの門が一つもありませんね」

ヴァランタンはどことなく不機嫌そうに黒い眉を寄せたが、この男は法衣を見ると、主義としてそうするのだった。しかし彼は公正な男だったので、神父の指摘が当を得ていることを否定はしなかった。「おっしゃる通りです」とヴァランタンは言った。「あの男がどうやって殺されたのかを調べる前に、どうやってここに入り込んだかを突きとめる必要がありそうですな。さて、みなさん、よくお聞きください。もしわたしの地位や職務を損《そこ》なわずにそうできるなら、この事件に関して、著名な方々のお名前は伏せておいた方が良いということに御異存はありますまい。いいですか、ここには貴婦人方、紳士方もおられれば、外国の大使もおられるのです。仮にこれが犯罪と決まれば、犯罪として追及しなければなりませんが、それまではわたしに宰領《さいりよう》の余地があります。わたしは警察の長です。すこぶる公的な地位にあるので、私《わたくし》に振舞うことができます。できれば、まずはお客様全員の疑いを晴らしてから、部下を呼び入れて、犯人を捜させたいと思います。みなさん、御自分の名誉にかけて、どなたも明日の正午まではこの家からお出にならないでください。寝室は全員にお泊りいただけるだけあります。シモン、召使いのイヴァンが玄関広間にいるのは知ってるね。あれは信頼できる男だ。玄関番はべつの者にやらせて、すぐにこちらへ来るように言ってくれたまえ。ギャロウェー卿、御婦人方に何が起こったかを伝えて、騒ぎにならないようにするには、あなたが一番の適役です。御婦人方にもお泊りいただかねばなりません。ブラウン神父とわたしは死体のそばに残ります」

ヴァランタンがこうして指揮官ぶりを示すと、軍隊喇叭《らつぱ》が鳴り渡ったように、一同は服従した。シモン博士は武器庫へ向かい、公の刑事の私用刑事であるイヴァンを引っ張って来た。ギャロウェー卿は客間へ行って恐ろしい報せを巧みに伝えたので、全員がそこに集まった頃には、婦人たちはすでに仰天し、すでに気を鎮めていた。一方、善良な神父と善良な無神論者は、死人の頭と足のところに月光を浴びて佇み、その姿はさながら死に関する二つの哲学を象徴する彫像のようだった。

傷痕《きず》があり口髭を生やした腹心の召使いイヴァンは、砲弾のごとく家を飛び出し、犬が飼主のもとへ駆け寄るように、芝生を越えてヴァランタンのいる方へ走って来た。その鉛色の顔は、家内で起こった探偵事件の興奮に生き生きと輝き、不愉快なほど熱心な様子で、主人に死体を調べることの許しを求めた。

「ああ、見たければ見るがいい、イヴァン」とヴァランタンは言った。「だが、手早く頼むぞ。我々も中へ戻って、この事件を家の中で究明しなければならんのだから」

イヴァンは死体の首を持ち上げたが、すんでのところで取り落としそうになった。

「こいつは」イヴァンは息を呑んだ。「まさか――いや、そんなはずはない。旦那様、この男を御存知ですか?」

「いや」ヴァランタンはそっけなく言った。「もう中に入った方がいい」

二人は死体を両側から持って書斎のソファーへ運び、それから、みんなで客間へ向かった。

刑事は静かに、躊躇うようにして机の前に坐ったが、その眼は巡回裁判の判事の鉄の眼だった。目の前の紙に二、三の覚え書きをさらさらとしたためて、ぶっきらぼうに言った。

「みなさん、ここにおいでですか?」

「ブレインさんがいらっしゃいませんわ」モン・サン・ミシェル公爵夫人があたりを見まわしながら、言った。

「そのようだ」ギャロウェー卿がしわがれた耳障《みみざわ》りな声で言った。「ニール・オブライエン氏もいないようですな。わしは死体がまだ温かいうちに、あの紳士が庭を歩いているのを見ました」

「イヴァン」と刑事が言った。「オブライエン司令官とブレインさんをお連れして来い。ブレインさんは食堂で葉巻を吸っている。そろそろ吸い終える頃だろう。オブライエン司令官は、たぶん、温室をぶらついておられるんだと思う。確信はないがね」

　忠実な従者はただちに部屋から出て行き、ヴァランタンは誰かが身動きしたり口を利いたりする暇《ひま》もないうちに、やはり軍人のようなてきぱきした調子で説明を続けた。

「ここにおいでのどなたも御存知の通り、庭で死人が見つかりました。首が身体から、スッパリ切り落とされています。シモン博士、あなたは死体をくわしく検分なさいましたね。あんなふうに人間の喉を切るには、よほどの力が要るものでしょうか？　それとも、たとえば、鋭利なナイフがあればできることですか？」

「ナイフでは到底、あんなことはできないと思いますよ」青ざめた博士が言った。

「ああいうことのできる凶器を、何か思いつきませんか？」ヴァランタンが重ねて言った。

「現代人が使う武器では、まったく思いつきませんね」博士は苦しげに眉を吊り上げて言った。「首を叩き切ることは、不器用にやるにしても容易ではありませんが、あの死体の切口はあざやかです。戦斧か、昔の首切り役人の斧か、両手で持つ昔の剣があればできるでしょう」

「でも、そんなこと！」公爵夫人がヒステリーを起こしかけて、わめいた。「両手で持つ剣も戦斧も、このあたりにはないじゃありませんか」

ヴァランタンは相変わらず目の前の紙に何かを書きつけていた。「どうでしょう」と忙《せわ》しなくペンを走らせながら言った。「フランス騎兵の長いサーベルなら、可能だったでしょうか？」

扉を静かに叩く音がした。その音は何か理由にならぬ理由で、「マクベス」の劇中で扉を叩く音のように、一同の血を凝《こご》らせた。凍りついたような沈黙を破って、シモン博士がおずおずと口を開いた。「サーベルか――うむ、それなら可能でしょう」

「ありがとう」とヴァランタンは言った。「入りなさい、イヴァン」

腹心の僕《しもべ》イヴァンが扉を開け、ニール・オブライエン司令官を中へ通した。イヴァンは彼が庭をふたたび散歩しているところを、やっと見つけたのだ。

アイルランド人の将校は取り乱し、喧嘩腰な態度で戸口に立ったまま、叫んだ。「僕に何の用です？」

「まあ、お坐りください」ヴァランタンは愛想良く落ち着いた声で言った。「おや、剣をさげていらっしゃいませんな。どこへやりました？」

「図書室のテーブルに置いてきました」オブライエンは動揺して訛《なま》りを強く出しながら、言った。「邪魔だったもので。その――」

「イヴァン」とヴァランタンが言った。「悪いが図書室へ行って、司令官殿の剣を取って来てくれ」召使いが姿を消すと、さらにこう言った。「ギャロウェー卿は死体を発見する直前に、あなたが庭から出て行くのを見たと言っておられます。庭で何をしていたんですか？」

司令官は乱暴に椅子に腰かけると、アイルランド訛り丸出しで言った。「ふん。月を愛《め》でとったのさ。自然と語り合っとったのさ、あんた」

重苦しい沈黙がおりて、しばらく続いたが、やがてまたあの恐ろしくも些細《ささや》かなノックの音がした。イヴァンが空《から》っぽの鋼鉄の鞘を手に、戻って来たのだ。「これだけしか見つかりませんでした」と彼は言った。

「テーブルに置いてくれ」ヴァランタンは顔も上げずに言った。

部屋は非情な沈黙につつまれた。それは有罪を宣告された殺人犯の被告席を覆う非情な沈黙に似ていた。公爵夫人の弱々しい驚きの声はとうの昔に消えていた。ギャロウェー卿の膨《ふく》れ上がった敵意は満足を得て、醒めて来たようでさえあった。やがて聞こえて来た声は、まったく思いがけぬものだった。

「わたしがお話ししようと思います」マーガレット嬢が、勇気ある女性が人前で話す時の、澄んだ震えがちな声で言った。「オブライエンさんが庭で何をしていらしたかは、わたしがお話ししようと思います。なぜなら、あの方の口からは言えないからです。オブライエンさんはわたしに結婚を申し込んでいました。わたしはお断りしました。家庭の事情で、尊敬の気持ちしか差し上げられない、とおこたえしました。あの方はそれで少しお腹立ちになりました。わたしの尊敬の気持ちなどは、取るに足りないものだとお思いになったんでしょう。でも――」彼女はいくらか虚《うつ》ろな微笑みを浮かべて、言い足した。「今は、多少なりともそれを喜んでくださるのではないでしょうか。わたしは今、あの方に尊敬を捧げるからです。あの方はけっしてこんなことはなさらなかったと、どんな場所に出ても誓って申し上げます」

娘の方へにじり寄って来たギャロウェー卿が、自分では小声で話しているつもりで、娘を脅《おど》しつけた。「黙りなさい、マギー」と雷のようなささやき声で言った。「なぜあいつを庇《かば》うんだ？　あいつの剣はどこにある？　あの忌々しい騎兵の――」

彼は娘が自分を見るただならぬ目つきに気づいて、絶句した。その眼差しは実際、凄みをおびた磁石のように全員の視線を引きつけた。

「このわからずや！」マーガレット嬢は親への尊敬をお愛想にも見せずに、小声で言った。「一体、何を証明するつもりなの？　言っておきますが、この方はわたしと一緒にいた間は何もしていません。でも、もし何かやったとしても、わたしと一緒だったことに変わりはないんです。庭で人を殺したのなら、それを見ていたはずの人間は――少なくとも、それを知っていたはずの人間は誰かしら？　お父さまはニールが憎いからといって、自分の娘に――」

ギャロウェー夫人が悲鳴を上げた。他の面々は、今まで恋人たちの間に起こった数々の悪魔的な悲劇を連想して、ゾクゾクしながら坐っていた。かれらはスコットランド貴族の娘の誇り高い青ざめた顔と、恋人であるアイルランドの冒険家とを、暗い家に飾ってある古い肖像画を見るようにながめていた。殺された夫や毒婦たちのとりとめのない歴史的な記憶が長い沈黙を満たしていた。

この病的な沈黙のさなかに、屈託のない声が響いた。「それは、うんと長い葉巻だったんですか？」

話題があまりに急変したので、一同は誰がしゃべったのかと思わずあたりを見まわした。「わたしが言っているのは」小柄なブラウン神父が部屋の隅から語りかけた。「ブレインさんが吸っている葉巻のことです。ステッキほどの長さがあると見えますな」

唐突な発言だったが、面を上げたヴァランタンの表情には、苛立ちと共に同意の色がうかがわれた。

「たしかに、そうだ」ヴァランタンはきっぱりと言った。「イヴァン、もう一度ブレインさんの様子を見に行って、ここへすぐにお連れしなさい」

当家の執事が扉を閉めたとたん、ヴァランタンはこれまでとうって変わった真面目な態度で、マーガレットに話しかけた。

「お嬢さん、あなたがつまらぬ体面にとらわれずに司令官の行動を説明してくださったことを、ここにいる一同が感謝し、敬服していると思います。しかし、まだ足りない点があります。わたしの理解するところでは、ギャロウェー卿はあなたが書斎から客間へ行く時にすれ違いました。それからほんの数分後に庭へお出になったが、その時、司令官はまだ庭を歩いていた」

「お忘れになっては困ります」マーガレットは声にかすかな皮肉を滲《にじ》ませて、こたえた。

「わたしはあの方の求婚を断ったんです。腕を組んで帰って来るわけにはまいりませんわ。ともかく、あの方は紳士ですから、しばらくあとにお残りになりました――それで、殺人の疑いをかけられたんです」

「そのわずかな時間に」ヴァランタンはおごそかに言った。「彼は本当に――」

ふたたびノックの音がして、イヴァンが傷痕のある顔をのぞかせた。

「お邪魔して申し訳ありませんが、ブレイン様はこの家を出て行かれました」

「出て行った！」ヴァランタンはそう叫ぶと、初めて椅子から立ち上がった。

「行ってしまいました。駆けて、蒸発してしまいました」イヴァンはおどけたフランス語でこたえた。「帽子と外套もなくなっています。それに、まだ続きがございます。あの方の行方を示す手がかりがないかと思って、家の外へ飛び出しましたら、一つ見つかりました。それも大変な手がかりです」

「どういうことだ？」ヴァランタンがたずねた。

「御覧に入れましょう」召使いはそう言うと、ピカピカ光る抜き身の騎兵のサーベルを持って、戻って来た。サーベルの先端《さき》と刃には血の筋がついていた。部屋にいた者はみんな稲光でも見るようにそれを見たが、物慣れたイヴァンはしごく淡々と話を続けた。

「街道をパリの方へ五十ヤードほど行ったところの藪に捨ててありました。つまり御立派なブレイン様が逃げる途中、投げ捨てた場所に、これを見つけたというわけです」

またしても沈黙が訪れたが、今度はべつな種類の沈黙だった。ヴァランタンはサーベルを取って仔細に観察し、まわりを気にせず一心に何か考え込んでいたが、やがて敬意を込めた顔をオブライエンの方に向けた。「司令官殿、あなたは警察の調査のために必要があれば、いつでもこの武器を提供してくださると信じています。それまでは」彼はカチャリと音を立ててサーベルを鞘に収めると、言った。「あなたの剣をお返しいたしましょう」

一同はこの振舞いの武人らしさに感服して、思わず拍手をせずにいられなかった。

実際、ニール・オブライエンにとって、この一幕は人生の転機となったのである。朝の色彩の中で謎めいた庭をふたたび散歩する頃、彼のいつもの物腰にあった悲壮な空虚さはすっかり消え失せていた。彼は幸せになれる多くの理由を持つ男だった。ギャロウェー卿は紳士であり、謝罪してくれた。マーガレット嬢は単なる淑女よりも良いもの——少なくとも一人の女性であり、朝食前に古い花壇を散歩した時、何か謝罪の言葉よりも嬉しいものを彼にくれたらしい。屋敷にいる全員が前の晩よりも朗らかで、思いやり深くなっていた。というのも、死の謎は依然残されていたが、疑いの重荷は全員から取り除けられ、変わり者の百万長者——自分たちはほとんど知らぬ男と一緒に、パリへ飛んで行ってしまったからだ。悪魔は屋敷から放り出された——自分で自分を放り出したのだ。

それでも、謎はまだ残っていた。オブライエンが庭の腰掛に坐っているシモン博士の隣にどっかりと腰を下ろすと、優れて科学的な精神の持主である博士は、すぐにその話題を蒸し返した。とはいえ、オブライエンに多くを語らせることは出来なかった。彼の考えはもっと楽しいことに向かっていたからである。

「あんまり興味が持てませんね」とアイルランド人は率直に言った。「なにしろ、もうハッキリしているようですからね。ブレインは何らかの理由で、あの正体不明の男を憎んでいたんです。それで、庭におびき出して僕の剣で殺した。それからパリに逃げて、途中で剣を放り投げて行ったんでしょう。そういえば、イヴァンから聞いたんですが、死んだ男のポケットにはアメリカのドル紙幣《さつ》が入っていたそうですよ。ということは、ブレインと同じアメリカ人で、これで決まったようなものでしょう。何か難点があるようには思えません」

「途方《とほう》もない難点が五つもあります」博士は静かに言った。「塀の中に高い塀が立っているようにね。誤解しないでください。ブレインがやったということは、わたしも疑っていません。逃げたのがその証拠だと思います。でも、どんな風にやったか、ということになりますとね、第一の疑問は、人を殺すのに、なぜ嵩張《かさば》る大きなサーベルを使ったかということです。ポケットナイフで殺して、ナイフをポケットにしまい込めば済むことじゃありませんか。第二の疑問は、なぜ物音も悲鳴も聞こえなかったかです。相手が偃月刀をふりかざして襲ってきたら、ふつうの人間は黙っていますか？　第三の疑問はこうです——玄関の扉は召使いが一晩中見張っていたし、ヴァランタン家の庭には鼠一匹入り込むことができません。然《しか》らば、死んだ男はどうやって庭に入ったのかです。第四の疑問は、同じ条件の下《もと》で、ブレインはどうやって庭から出たかです」

「それで、第五は？」ニールは小径《こみち》をゆっくりと歩いて来るイギリス人の神父をじっと見ながら、言った。

「些細《ささい》なことかもしれませんが」と博士は言った。「どうも腑《ふ》に落ちないんです。首の切り口を最初に見た時、犯人は何度も切りつけているなと思いました。しかし、よく調べてみると、切断された面にいくつも傷があることがわかったんです。言いかえると、それは頭を切り落としたあとでつけられた傷です。ブレインは月明かりの中で死体を切りさいなむほど、敵を凄まじく憎んでいたのでしょうか？」

「ひどい話だ！」オブライエンは身震いした。

二人が話している間に、小柄な神父のブラウンはそばまで来ていたが、持ち前の内気さから、話が済むのを待っていた。それから、おずおずとこう言った。

「もし、お邪魔してすみませんが。報《しら》せをお伝えするようにと言われて来たんです」

「報せ？」シモンは鸚鵡返しに言って、眼鏡の奥から苦々しげに神父を見つめた。

「ええ、残念ながら」ブラウン神父は穏やかに言った。「また殺人があったんですよ」

坐っていた二人は跳び上がり、腰掛がぐらぐらと揺れた。

「しかも、いよいよもって奇妙なことに」神父は鈍い目で躑躅《つつじ》を見ながら、語り続けた。

「今度もおぞましい事件です。またしても首切りなのですよ。二つ目の首は川の中で血を流していました。ブレインがパリへ逃げた街道を二、三ヤード行ったところで、推測によればブレインが――」

「何ということだ！」オブライエンが叫んだ。「ブレインは偏執狂なんですか？」

「アメリカにもアメリカ流の敵討ちがあります」神父は平然と言って、それから言い足した。「お二人にも、図書室へ来て、見てもらいたいとのことです」

オブライエン司令官は他の二人のあとについて検死に向かったが、むかつくような気分の悪さだった。彼は軍人として、こういう陰《いん》にこもった殺人を嫌悪した。この異常な人体切断は、どこまで行ったら終わるのだろう？　初めに首が一つ、次いでもう一つ、叩き切られた。この事件では（彼は苦々しく思った）、頭二つは一つよりまし[2]ということにはならない。書斎を通る時、彼は偶然ぞっとするものに鉢合わせして、よろけそうになった。ヴァランタンの机の上に、なんと三つ目の血のしたたる首の彩色画が載っていたのだ。それはヴァランタンその人の首だった。よく見ると、「ギロチン」という国粋主義の新聞で、週ごとに政敵を一人槍玉にあげ、目を剝《む》き、苦悶の表情をした断頭直後の首という格好で絵に描くのだった。ヴァランタンが選ばれたのは、反教権主義者として知られていたからだった。しかし、オブライエンはアイルランド人で、罪を犯すにしても一種の清純なところがあったから、ひとりフランスにのみ属する、知性のこうした甚だしい残虐さには胸が悪くなった。ゴシック建築の教会のグロテスクな装飾から新聞の品のない諷刺画に至るま

2　「三人寄れば文殊の知恵」の意。

で、何もかもパリだと感じた。あのフランス革命の壮大な悪ふざけの数々が思い出された。彼はこのパリという街全体を、一つの醜悪なエネルギーとして見た――ヴァランタンの机に載っている血なまぐさい素描から、ノートルダム寺院に山なす樋嘴《ガーゴイル》の怪物像の上で大悪魔が笑っているところまで。

図書室は細長く、天井が低くて、暗かった。光は低い鎧戸の下からわずかに入って来るだけで、赤らんだ朝の色をまだいくらか帯びていた。ヴァランタンと召使いのイヴァンがわずかに傾《かし》いだ長机の向こう側で待っており、机には遺骸が載っていたが、薄明かりの中でいやに巨きく見えた。庭で発見された男の黒い大きな身体と黄色い顔は、前とおおむね変わらない姿でかれらを迎えた。今朝方、川の蘆《あし》の間から釣り上げられた第二の首は、その傍らで水を流し、滴《したた》らせていた。ヴァランタンの部下は、今も川に浮いているであろう第二の死体の残りの部分を回収するため、捜索を続けていた。ブラウン神父はオブライエンのような繊細さをまったく持ち合わせていない様子で、つかつかと二つ目の首に近寄ると、目をパチクリさせながら入念に調べた。それは濡れた白髪の雑巾《ぞうきん》も同然で、横から射し込む赤い朝の光を受けて、銀色の炎の輪に縁《ふち》どられていた。顔は醜く、紫色の、まずは悪党面といったところで、川を流れている間に木や石にひどくぶつかり、傷だらけになっていた。

「おはよう、オブライエン司令官」ヴァランタンは物静かに親しみをこめて言った。「ブレイン氏がまた新たな惨殺実験をしたことは、お聞き及びでしょうね」

ブラウン神父はなおもかがんで白髪の首を見ていたが、そのまま面も上げずに言った。

「この首もブレインが切ったというのは、間違いないんでしょうね」

「ええ、そう考えるのが常識ではありませんか」ヴァランタンは両手をポケットに入れて言った。「同じやり方で殺されているし、発見された場所も二、三ヤードと離れていません。それに、あの男が持ち去ったとわかっている同じ凶器で切られているんです」

「ええ、それはわかっています」ブラウン神父は素直にこたえた。「ですが、ブレイン氏にこの首を切ることができたかどうか、疑わしいと思うんです」

「どうしてですか？」シモン博士が理性的な目で見つめながら、質問した。

「だって、博士」神父は瞬《まばた》きしながら、顔を上げて言った。「人は自分の首を切り落とすことができるでしょうか？　わたしにはわかりませんね」

オブライエンは、狂った宇宙が耳元で音を立てて崩れるような気がした。しかし、博士はせっかちな実際家らしく、いきなり前に飛び出すと、死体の濡れた白髪を掻き上げた。

「間違いなくブレインさんですよ」神父は静かに言った。「あの人は左の耳に、まったく同じ傷がありましたからね」

ヴァランタン刑事は、それまで眼光も鋭く神父をじっと見つめていたが、引き結んだ口を開《あ》いて、鋭く言った。「ブラウン神父、あの男のことを良く御存知のようですな」

「ええ」小柄な神父は素直にこたえた。「ここ数週間、たびたびお会いしましたからね。あの方は、わたしどもの教会の信徒になろうと考えておられたんです」

ヴァランタンの目に狂信家特有の光が現われた。彼は両手を握りしめ、神父につかつかと歩み寄った。「そして、たぶん」毒のある冷笑を浮かべて、言った。「死んだら、あなたの教会に全財産を遺贈することも考えていたんでしょう」

「そうかもしれません」ブラウン神父は動じずに言った。「あり得ることです」

「そういうことなら」ヴァランタンは恐ろしい微笑を浮かべて言った。「あの男のことをきっと良く御存知なんでしょうね。あの男の生活や、あの男の――」

オブライエン司令官がヴァランタンの腕に手をかけた。「つまらん中傷はやめたまえ、ヴァランタン。さもないと、また刃傷沙汰になるかもしれんよ」

しかし、ヴァランタンは（神父の謙虚な眼差しにじっと見つめられて）すでに落ち着きを取り戻していた。「まあ」と彼はそっけなく言った。「人の個人的な意見は措《お》いておきましょう。みなさんは約束なすったのだから、まだここに留まっていなければいけません。御自分でも――また、お互い同士でも――約束を守るように心がけてください。何かもっとお知りになりたいことがあれば、ここにいるイヴァンがおこたえします。わたしは仕事にかかって、関係当局に書類を書かねばなりません。もうこれ以上、事件を伏せておくことはできませんから。もし何か新しい報せがあれば、わたしは書斎で書き物をしています」

「まだ何か報せがあるのかね、イヴァン」警視総監が大股に部屋から出て行くと、シモン博士が尋ねた。

「たった一つだけ、あると存じます」イヴァンは灰色の年老いた顔に皺を寄せて、言った。「ですが、それなりに重要なことです。芝生で見つかったあの老いぼれですが」彼は死者への敬意を毛ほども見せずに、大きな黒い身体と黄色い顔を指さした。「ともかく、あの男の身元がわかりました」

「本当かい！」博士は驚いて叫んだ。「それで、何者なんだ？」

「名前をアーノルド・ベッカーと言うのですが」と刑事の助手は説明した。「偽名をたくさん使っていました。あちこちを渡り歩いた流れ者で、アメリカにいたこともわかっています。ですから、あちらでブレインの恨みを買ったのでしょう。わたしどもとこの男はあまり関係がありませんでした。あいつは主にドイツで仕事をしていましたから。もちろん、ドイツ警察とは連絡を取っておりました。しかし奇妙なことに、やつにはルイス・ベッカーという双子の兄弟がいて、こちらはわたしどもと大いに関係があったのです。じつを言いますと、つい昨日のこと、ギロチンにかける仕儀《しぎ》に至ったのですから。いや、変な話ですが、あいつが芝生に伸びているのを見た時は、腰が抜けるかと思いました。ルイス・ベッカーがギロチンにかけられるのをこの目で見ていなかったら、草叢に倒れているのはルイス・ベッカーだと断言したことでしょう。でも、もちろん、ドイツに双子がいることを思い出して、その筋を辿ってみますと――」

イヴァンは誰も聞いていないという結構な理由によって、説明をやめた。司令官も博士も、ブラウン神父をじっと見ていたのである。神父は身体を硬ばらせて急に立ち上がったと思うと、突然激しい苦痛に襲われたかのように、顳顬《こめかみ》をきつく押さえていた。「頼む、やめてくれ！」神父は大声で言った。「ちょっとしゃべるのをやめてくれ。半分わかって来たんだ。神は力を与え給うだろうか？　わたしの頭脳《あたま》はもうひとっ跳《と》びして、一切を見抜けるだろうか？　天よ、助けたまえ！　わたしも以前は考えることが結構得意だった。アクィナス3)のどの頁《ページ》だって解釈できたんだ。わたしの頭は割れてしまうのか——それとも見抜けるだろうか？　半分だ——まだ半分しかわからない」

神父は両手に顔を埋《うず》め、何か考えるか祈るかして、苦悶に身を硬ばらせて立っていた。あとの三人は、昨夜来の騒動の最後を飾るこの奇観に目を瞠《みは》るばかりだった。

ブラウン神父が両手を下ろした時、そこに現われたのはまるで子供のような、みずみずしく生真面目な顔だった。神父は大きなため息を吐《つ》いてから、しゃべりだした。「このことはできるだけ早く言って、片づけてしまいましょう。いいですか、みなさんに真実を納得していただくには、これが一番の早道だと思うんです」神父は博士の方をふり向いた。「シモン博士、あなたはしっかりした頭脳をお持ちで、今朝方、この事件について五つの難問を提示なさいましたね。あれを今もう一度言ってくだされば、わたしがお答えします」

シモン博士は驚き怪しみ、鼻眼鏡がずり落ちたが、すぐ求めに応じた。「では、最初の疑問を申しますが、短剣でも殺せるのに、なぜ面倒なサーベルで人を殺したりするのでしょうか？」

「短剣では首を切断することはできません」ブラウン神父は落ち着いて言った。「そして、この殺人事件に於いては、首を切り離すことが必要不可欠だったのです」

「なぜです？」オブライエンが興味を惹かれてたずねた。

「それで、次の疑問は？」とブラウン神父は言った。

「殺された男は、なぜ悲鳴を上げるなり何なりしなかったのでしょうか？」と博士はたずねた。「庭でサーベルに出くわすとは、尋常じゃありません」

「小枝です」神父は暗い声でこたえ、死の現場に面している窓の方をふり返った。「どなたも、あの小枝の意味に気がつきませんでした。あれが、なぜあそこの芝生に落ちていたのか？　御覧なさい、どの木からもあんなに離れているじゃありませんか。あれは折ったんじゃありません、叩き切ったんです。殺人者はサーベルで何か芸当をして、相手の注意を引いたんでしょう。宙に放り投げた枝を切るところでも見せてね。そうして敵がその結果を見ようとしてかがみ込んだ隙《すき》に、音もなく剣をサッとふるって、首が落ちた」

「なるほど」博士がゆっくりと言った。「十分筋は通りますね。しかし、残りの二つの疑問には誰でもお手上げでしょう」

神父は依然窓の外をたしかめるように見ながら、言葉を待った。

「御存知の通り、この庭は気密室のように隙間《すきま》もなく密閉されています」と博士は言った。

3　中世イタリアの神学者・哲学者。『神学大全』で知られる。

「おたずねしますが、あの見知らぬ男はどうやって庭へ入り込んだのです?」

小柄な神父は、ふり向きもせずにこたえた。「庭に見知らぬ男などいなかったのです」

沈黙がおり、やがてふいに子供のような甲高い笑い声があがって、緊張を和らげた。ブラウン神父の言ったことがあまりにも不合理なので、イヴァンはあからさまに揶揄《からか》いたくなったのだ。

「何ですと!」と彼は叫んだ。「それじゃ、昨夜《ゆうべ》太ったでっかい死体をソファーまで運んだのは、夢だったとでもいうんですか? あの男は庭に入らなかったんでしょう?」

「庭に入る?」ブラウン神父は考え込むように繰り返した。「いや、完全に入ったわけではありません」

「いい加減にしてくれ」シモン博士が叫んだ。「人は庭に入るか、入らないかのどちらかだ」

「そうとは限りません」神父はほのかに微笑をたたえて言った。「次の疑問は何ですか、博士?」

「あなたは病気のようだが」シモン博士が棘々しく言い放った。「しかし、お望みなら、次の疑問を申しましょう。ブレインはどうやって庭から出たのですか?」

「庭からは出ていません」神父はなおも窓の外を見ながら、こたえた。

「庭から出ていないですと?」シモンは憤然として怒鳴った。

「完全に出たわけではありません」とブラウン神父は言った。

シモンはフランス式論理を狂乱させ、拳を振りまわして叫んだ。「人間は庭から出るか、出ないかのどちらかだ」

「必ずしもそうとは限りません」とブラウン神父は言った。

シモン博士は痺《しび》れを切らして、やにわに立ち上がると、「こんな馬鹿げた話につきあってる暇はない」と怒りもあらわに言った。「人間が塀のどちら側にいるのかもわからないようなら、これ以上お話をうかがうつもりはない」

「博士」と聖職者はたいそう穏やかに言った。「わたしたちはずっと楽しくやって来たじゃありませんか。これまでの友情に免じて、怒るのはやめて、五つ目の疑問を言ってください」

苛立ったシモンはドアの近くの椅子に腰を下ろし、突《つ》っ慳貪《けんどん》に言った。「頭と肩に奇妙な切り傷があった。それは死後つけられたように見えた」

「さよう」神父は身じろぎもせずに言った。「あなたはたった一つ、単純な思いちがいをしたが、あれはそういう思いちがいをさせるためにつけられたんです。あの頭は当然あの胴体についていたと思い込ませるのが目的でした」

ありとあらゆる怪物がつくられる頭脳の片隅が、ゲール人オブライエンの中で恐ろしく蠢《うごめ》きだした。人間《ひと》の歪んだ空想が生み出したあらゆる半人半馬や人魚たちが、あたりに混沌と溢れかえっているような気がした。遠い先祖よりもっと昔にいた誰かの声が、耳元でささやいているようだった。「双子の実が生《な》る木が生えている化物の庭に入るな。双頭の男が死んだ邪悪な庭を避けよ」。しかし、こうした恥ずべき象徴の怪物たちが、彼のアイルランド人魂の古鏡《ふるかがみ》をよぎる一方で、彼のフランス化された知性は油断なく、他のみんなと同じように、変わり者の神父を不信の目でしげしげと見つめていた。

ブラウン神父はついに一同をふり返り、窓を背にして立った。顔は深い影に隠れていたが、その影の中にあっても、灰のように蒼ざめていることは見てとれた。それでも神父は、この世にゲール人の魂など存在しないかのように、理路整然と話した。

「みなさん、庭で見つけたのは、ベッカーという見知らぬ男の死体ではありません。庭に見知らぬ男の死体などなかったんです。シモン博士の合理主義に楯をつくようですが、わたしはやはり、ベッカーは部分的にしかここにいなかったと断言します。ごらんなさい」(と言って、大きな黒い謎の死体を指差した)「みなさんは、あの男をまるで見たことがない。こちらの男は見たことがありますか?」

神父は未知の男の黄色い禿げ頭を素早くどけて、そのかわりに、隣にあった白髪の頭を据えた。するとそこにはまぎれもないジュリアス・K・ブレインが、完全に一体となって横たわっていた。

「殺人犯は」ブラウン神父は静かに語り続けた。「敵の首を叩き切ると、剣を塀ごしに遠くまで放り投げました。しかし、知恵のまわる男なので、剣だけを投げはしませんでした。首も塀の外へ放ったんです。そのあとは、べつの首を胴体にくっつければよく、みなさんは(非公式な検死の際に、犯人が主張した通り)まったくの別人だと思い込んでしまったのです」

「べつの首をくっつける?」オブライエンが目を丸くして言った。「べつの首って、何ですか? 庭の茂みに首が生《な》っているわけじゃないでしょう?」

「さよう」ブラウン神父はしわがれた声で言って、自分の靴を見た。「首が生る場所は一つしかありません。断頭台の籠《かご》の中です。警視総監アリスティド・ヴァランタンは殺人事件の起こる一時間ほど前、そのそばに立っていました。まあ、みなさん、お待ちなさい。わたしを八つ裂きにする前に、もう少しだけ話を聞いてください。ヴァランタンは正直な男です——疑わしい大義に熱狂することが正直だとすれば、ですがね。しかし、彼のあの冷たい灰色の目を見て、狂っていることがわかりませんでしたか? あの男は、彼が十字架の迷信と呼ぶものを打破するためなら、何でも、どんなことでもするでしょう。彼はそのために戦い、そのために飢えを忍び、そのためにとうとう人を殺したんです。ブレインの途方もない財産はこれまでたくさんの宗派にばらまかれていたので、大勢《たいせい》を変えるようなことはありませんでした。ところが、ヴァランタンはある噂を耳にしました。ブレインが、頭脳散漫な懐疑論者がよくやるように、わたしどもの教会になびこうとしている、と。そうなると事情は違ってきます。ブレインは、目下貧窮に陥っている好戦的なフランス教会に資金をつぎこむだろうし、『ギロチン』のような国粋主義の新聞を六紙でも援助するにちがいない。戦いはすでに一点に勝敗がかかっていたので、この危機を前にして狂信家の心に火がついてしまったんです。彼は百万長者を抹殺しようと決心し、天下無双の刑事が一度だけの犯罪を犯すのに、いかにもふさわしいやり方をしました。切り落とされたべッカーの首を、何か犯罪学上の理由にかこつけて盗み取り、公務に使う箱に入れて家へ持ち帰りました。ブレインとは最後の議論をしました。ギャロウェー卿が終わりまで聞かなかったあの議論です。それでも説得できなかったので、出入口のない庭にブレインを連れ出して、剣術の話をして小枝とサーベルで実演をしてみせ、それから――」

傷痕のあるイヴァンが跳び上がって、わめいた。「この気狂いめ。今すぐ御主人様のところへ行くんだ。なんなら、おまえの――」

「どのみち、行くつもりでした」ブラウン神父は物憂げに言った。「懺悔を求めなければなりませんし、あれやこれやありますからね」

一同は、不幸なブラウン神父を人質か生贄《いけにえ》のように追い立て、うちそろってヴァランタンの書斎へなだれ込んだ。書斎は水を打ったように静かだった。

偉大な刑事は机に向かい、何か仕事に夢中になって、みんながどやどやと入って来たのにも気づかない様子だった。一同はふと足を止めた。やがて博士が、背筋をピンと伸ばした優雅な後姿に何かを感じて、ふいに前へ飛び出した。手を触れ、ひと目見ただけでわかったことだが、ヴァランタンの肘のそばには錠剤の入った小箱があり、ヴァランタンは椅子に坐ったまま息絶えていた。そして自殺者の何も見えぬ顔には、カトー[4]の誇りにも勝るものが浮かんでいた。

4　前二三四年 - 前一四九年。ローマの将軍。カルタゴ殲滅に執念を燃やした。

奇妙な足音

THE QUEER FEET

会員厳選のクラブ「真の漁師十二人会」の会員が、年に一度の晩餐会に出席するため、ヴァーノン・ホテルへ入って来たところに、もしあなたが居合わせたなら、その会員が外套を脱いだ時、下に着ている夜会服が黒ではなく、緑色であることに気づかれるだろう。もし(あなたが、そんな人物に話しかけるほどの不敵な度胸をお持ちだとして)その理由を尋ねたならば、相手はたぶん、給仕と間違われないためだと答えるだろう。そうすると、あなたはギャフンとなって引き下がる。しかし、それではいまだに未解決な一つの謎と、語るに値する物語を聞き逃すことになる。

もし、(ありそうもない仮定をさらに続けて)あなたがブラウン神父という、温和で働き者の小柄な神父とお会いになって、今までの人生で一番の幸運は何でしたかと尋ねたならば、おそらく神父は、こう答えるだろう――全体として、一番の大当たりはヴァーノン・ホテルの一件だろう。なにしろ廊下の足音に耳を澄ましていただけで、犯罪を防ぎ、おそらくは一人の男を救ったのだから、と。神父はきっと、この時の大胆な名推理を多少誇らしく思っているだろうから、話を聞かせてくれるかもしれない。とはいえ、あなたが「真の漁師十二人会」と出くわすほど社交界の高みに上りつめることはまずあるまいし、反対に、落ちぶれて貧民窟や犯罪者のお仲間となり、ブラウン神父と巡り会うこともなさそうだから、わたしがお話ししない限り、この話を聞く機会はないと思うのである。「真の漁師十二人会」が年に一度の晩餐会を開いたヴァーノン・ホテルは、行儀作法に拘泥《こうでい》してほとんど狂気の域に達した寡頭政治社会でなければ、存在し得ないような施設だった。それはあの逆転の産物――「排他的」な営利事業だった。すなわち、人を引きつけるのではなく、文字通り追い払うことによって金を儲《もう》ける商売だったのである。金権社会の中心地では商人も賢くなり、お客以上に選《よ》り好みすることをおぼえる。かれらはわざと難しい障碍《しょうがい》を設け、退屈した金持ちの顧客がその難関を突破するために、金と術策を用いるように仕向ける。もしもロンドンに、身長六フィート以上の者は入れないという流行《はやり》のホテルがあったら、社交界は文句も言わずに六フィート以上の人間を集めて、晩餐会を開くだろう。また、もしも経営者のただの気まぐれから、木曜日の午後にしか店を開《あ》けない高級レストランがあったら、木曜の午後は大繁盛するだろう。ヴァーノン・ホテルは、まるで偶然のように、ベルグレイヴィア[1]の広場の角に建っていた。小さいホテルでまことに不便だったが、その不便さこそ、ある階級を保護する城壁だと考えられていた。とりわけ一つの不便さは、ごく重要なものと見なされていた――このホテルでは実際上、一度に二十四人しか食事が出来なかったことである。たった一つしかない正餐用のテーブルは有名なテラス席で、一種のヴェランダにあって外気にさらされ、そこからは、ロンドンでも屈指

1　ハイドパークのそばの上流社会を象徴する住宅地。

の古く美しい庭園が一望出来た。従って、このテーブルの二十四席も陽気の暖かい時しか使えず、そこで食事をする楽しみは、得難いが故にいっそう人の求めるところとなった。ホテルの現在の所有者はリーヴァーというユダヤ人で、このホテルを狭き門とすることによって、百万ポンドからの収益を上げた。当然のことながら、彼はこうして商売の規模を抑える一方、細心の注意を払ってサービスに磨きをかけた。酒と料理はヨーロッパのいかなるホテルにもひけを取らず、接客係の態度は、英国上流階級におさだまりの気分をそのまま真似していた。経営者は給仕全員を自分の手の指のように知り抜いていた。給仕は全部で十五人しかいなかったからである。このホテルの給仕になるよりは、下院議員になる方がはるかに容易だった。一人一人の給仕が、まるで紳士の従僕のように、恐ろしく押し黙ってなめらかに動く訓練を受けていた。実際、食事の際には、紳士一人に少なくとも一人の給仕がつくのが普通だった。

「真の漁師十二人会」は、こうした場所でなければ会食をしなかっただろう。贅沢で他人の混ざらぬ場所を求めていたから、他のクラブが同じ建物で食事をするなどということは、考えただけで気が動転しただろう。年に一度の晩餐会では、会員は誰かの私邸にいるかのように、宝物をすべて開帳するのが慣わしだった。とりわけ重要なのは、いわばクラブの象徴である魚料理用のナイフとフォークのセットで、それは一つ一つが魚の形をした精巧な銀細工であり、柄《え》には大粒の真珠が一つ嵌《は》まっていた。これらはいつも魚料理が出る時、テーブルに並べられ、魚料理はいつも豪勢な食事のもっとも豪勢な料理だった。このクラブには儀式やしきたりが山ほどあったが、歴史もなければ目的もなく、そこがまさにこのクラブの極めて貴族的なところだった。「漁師十二人」の一人となるためには、これといった条件はなかったが、すでにひとかどの人物になっていなければ、この会の噂すら聞くこともなかった。クラブは創設から十二年を経ていた。会長はオードリー氏、副会長はチェスター公爵だった。

この驚嘆すべきホテルの雰囲気を多少なりともお伝えすることが出来たとすれば、読者は、わたし風情《ふぜい》がいかにしてこのホテルのことを知るに至ったのか、と当然の疑問を抱かれるかもしれない。それに、わたしの友人ブラウン神父のように平凡な人物が、彼の輝《か》ける殿堂に居合わせたのはいかなる次第かとお思いになるかもしれない。それに関しては、わたしの話は単純で、月並とさえ言える。この世には、一人のたいそう年老《としと》った暴動家かつ煽動家《せんどうか》がいて、いかに洗練された隠れ家《が》であろうとズカズカと乗り込み、人間はみな兄弟だという恐ろしい事実を告げてまわる。そして、この平等論者が青白い馬に乗って行くところには、どこへでも随《つ》いて行くのがブラウン神父の職業だった。その日の午後、給仕の一人のイタリア人が中風の発作を起こし、ユダヤ人の雇い主は、そのような迷信にいささか呆れながらも、手近にいるカトリックの神父を呼ぶことを承知した。給仕がブラウン神父にいかなる懺悔をしたかは、神父が胸にしまって明かさないので、我々の関知するところではない。ともかく、話を聞いた神父は言伝《ことづて》を伝えるか、何かの不正を正すために、手紙か文書を書く必要に迫られたらしい。そこでブラウン神父は、たとえバッキンガム宮殿にいても同じことをしたろうが、おとなしく、しかも遠慮なく、部屋と筆記具を借りたいと申し出た。リーヴァー氏はどうしたものか迷った。氏は親切な男であると同時に、親切心の贋物《まがいもの》である、悶着《もんちゃく》の嫌いな性向を有していた。とはいえ、その晩自分のホテルに妙な他所者《よそもの》がいるのは、磨きあげたばかりの品物に一点の汚れがついたようなものだった。広間で待つ人間も、偶然入って来る客もいなかったからだ。給仕は十五人。客は十二人。その夜ホテルに新しい客がいるのを見たら、自分の家に新しい兄弟があらわれて、朝飯を食べたりお茶を飲んだりしているのと同じくらいの驚きだろう。おまけに、神父の風采はぱっとしないし、服は泥だらけである。誰かが彼を遠くからチラリと見ただけでも、クラブの危機を招きかねない。リーヴァー氏はついに、この不体裁を——取り除くことは出来ないので——誤魔化《ごまか》す手を思いついた。ヴァーノン・ホテルに入ると（あなたが入ることはけしてあるまいが）、最初に短い廊下を通る。そこには、煤《すす》けたように薄黒いが貴重な絵が数枚かかっている。その先が玄関広間兼ラウンジで、この広間の右手にはお客用の部屋に通じる廊下がいくつかあり、左手にも同じような廊下が一つあって、厨房やホテルの事務室に続いている。そこのすぐ左手はガラス張りの事務室で、ラウンジに接している——この部屋はいわば建物の中の建物で、古いホテルのバーに似ているが、昔はたぶんバーだったのだろう。

この事務室には経営者の代理人が坐っており（このホテルではよんどころない事情でも

ない限り、誰か本人が姿をあらわすことはなかった）、事務室のすぐ先には、使用人溜《だま》りへ行く手前に紳士用の携帯品預り所《クローク》があって、ここが紳士の領域の最果《さいは》てだった。しかし、事務室と預り所の間には他に出入口のない小さな私室があり、公爵に一千ポンド用立てるとか、六ペンス借すのを断るといった微妙かつ重要な用件のために、経営者が時折使っていた。一介《いっかい》の神父が紙に殴り書きをするために、この神聖な部屋を三十分も瀆《けが》すことを許したのは、リーヴァー氏の大いなる寛容さのしるしといえる。ブラウン神父が書いていたのは、この話よりもずっと面白い話だったと思われるが、残念ながら、けして公表はされないだろう。わたしに言えるのはただ、それがこの物語と同じくらいの長さであり、最後の二、三節はあまり面白味のない、退屈なものだったということだけだ。

というのも、そのくだりにさしかかると神父は少し気が散って、思いはあらぬ方《かた》をさまよい、平生《ふだん》から鋭敏な動物的感覚が冴えて来たからだ。暗闇と晩餐の時間が近づいていた。神父のいる忘れられた小部屋には明かりが一つもなく、おそらく、次第に濃くなる夕闇が——これはよくあることだが——音感を鋭くしたのだろう。文書の終わりの重要でない箇所を書いているうちに、ブラウン神父はいつのまにか、外から繰り返し聞こえて来る音のリズムに合わせて字を書いていた。人は時々、鉄道列車のガタゴトいう音に合わせて考えごとをするが、ちょうどそれと同じだった。意識して聴くと、その音が何だかわかった。ドアの前を通り過ぎるあたりまえの足音で、ホテルでは別に珍しいことではない。それでも神父は暗くなった天井をじっと見ながら、耳を澄ました。数秒間、夢見るように聴き入っていたが、やがて、つと立ち上がると、小首を傾げて真剣に耳を澄ました。それからまた椅子に坐って両手で額を覆い、今度はただ聴くのではなく、聴きながら考えた。

外の足音は、その刹那刹那《せつな》をとれば、どこのホテルでも聞こえそうな音だったが、全体としてみると、何か非常に奇妙なところがあったのだ。他の足音は聞こえなかった。この建物はいつもごく静かで、数少ない馴染み客はすぐに自分の部屋へ行ってしまうし、訓練された給仕は、呼ばれるまでほとんど姿を見せぬように命じられていた。異常な事態の起こるおそれがこれほど少ない場所は、他に考えられなかった。ところが、この足音はじつに奇妙で、それを正常と呼ぶべきか異常と呼ぶべきかも決めかねるほどだった。ブラウン神父はピアノで曲をおぼえようとする人のように、足音に合わせ、指でテーブルの端をたたいた。

初めに、身軽な男が競歩の試合をしているような、小刻みな足音がひとしきり続いた。それがあるところへ来ると止まり、ゆっくりと身を揺らすような歩みに変わって、歩数は初めの四分の一ほどもないが、時間は同じだけかかった。そして、あたりに谺《こだま》するこの重い足音が消えたと思うと、またぞろ小波《さざなみ》のような軽い急ぎ足の足音が聞こえてきて、やがてまた重い足取りに変わる。それが同じ靴であることは間違いなかった。なぜなら、（先程も言った通り）そのあたりを歩く者は他にいなかったし、その靴は、小さいが聞き違えようのないキュッキキュッという音を立てたからだ。ブラウン神父は何でも問いただささずにはいられない性質《たち》の頭脳を持っていたので、この一見どうでも良いような問題に悩んで、頭が割れそうになった。跳躍のために走る人間なら見たことがある。滑るために走る人間も見たことがある。だが、歩くために走るとは一体どういうことか？　あるいは、走るために歩くというのは？　しかし、この見えざる脚の珍妙な動きは、他に表現のしようがないのだ。この男は、廊下の半分をうんとゆっくり歩きたいために、あとの半分を大急ぎで歩いているのか、さもなければ、一方の側で速く歩く無上の喜悦《よろこび》を味わうために、他方の側でゆっくりと歩いているかのどちらかだった。いずれにしても意味をなさないようだ。神父の頭の中は、部屋と同じようにだんだん暗くなって来た。

それでも、落ち着いて考えはじめると、小部屋の暗さそのものが、かえって思考を活発にさせてくれるようだった。奇妙な脚が不自然な、または何かを象徴するような動きで廊下を跳ねまわる様子が、一種の幻影のように髣髴《ほうふつ》と見えて来た。これは異教徒の儀式の踊りだろうか？　それとも、斬新な科学的体操なのだろうか？　ブラウン神父は、この足取りが暗示するものについて、いっそう厳密に自問しはじめた。まずはゆっくりした足取りだが、これが経営者の足音でないことはたしかだ。ああいう人種は足早にちょこまかと歩くか、じっと坐っているかである。指図を待つ召使いや使いの者とも考えられない。そんな風には聞こえないのだ。(寡頭政治社会に於いて)貧しい階級の人間は、多少酔いがまわると千鳥足でうろつくこともあるが、しかし大抵は、ことにこういう豪華な場所では、しゃちこばって直立するか、坐っているかである。やはり違う。あの重たく、かつ弾《はず》むような歩き方——無頓着に勢いをつけ、特にうるさくはないけれども、自分がどんな音を立てているかを一向気《いっこう》にしない、ああいう歩き方をするのは、この地球上の動物のうちでもただ一種類しかいない。すなわち西ヨーロッパの紳士で、おそらくは生活のために一度も働いたことのない人間である。

神父がかかる確信に達したまさにその時、足音は速い歩調に変わって、鼠のごとくあたふたとドアの前を駆け抜けた。この足音はうんと速いにもかかわらず、かえってうんと静かであることに神父は気づいた。まるで爪先立ちで歩いているかのようだ。けれども、それは彼の心の中で内証事《ないしょごと》とは結びつかず、何かべつのものが連想された――それが何だったかは、どうしても思い出せなかった。神父は自分が薄ら馬鹿になったような気のする、あの思い出せそうで思い出せない焦《じ》れったさに悶々とした。あの奇妙な素早い足音は、たしかにどこかで聞いたことがある。と、その時、ふいに新たな考えが閃《ひらめ》いて、神父はいきなり席を立ち、戸口に寄った。彼の部屋には廊下に直接出る出口はなく、一方はガラス張りの事務室に、もう一方は預り所《クローク》に通じていた。事務室の方のドアを開けようとしたが、鍵がかかっていた。次いで彼は窓を見やった。今は四角い窓ガラス一杯に紫の雲が広がり、雲の裂け目から鉛色の夕陽が射していた。神父はふと、犬が鼠を嗅ぎつけるように、悪事の匂いを嗅ぎとった。

彼の理性的な部分が（それが賢い部分かどうかはともかくとして）ふたたび支配権を握った。そういえば経営者は言っていた――ドアには鍵をかけさせてもらうが、のちほど開けに来ると。部屋の外の奇妙な音には、自分は思いつかないけれども、十も二十も理由が考えられるかもしれない。神父は、自分本来の仕事である書き物を、かろうじて終えられるだけの明かりしか残っていないことを思い出した。嵐を孕《はら》んだ夕空の残光を受けようとして、紙を窓辺へ持って行くと、ほとんど完成しかかっている記録の執筆にふたたび取りかかった。明かりがだんだん弱まるにつれて、紙の上に身をかがめながら、およそ二十分も書き続けた頃、神父は突然ハッと背筋を正した。またしてもあの奇妙な足音が聞こえて来たのだ。

今度は、その足音に三つ目の奇妙な点が加わっていた。それまで、正体不明の男は歩いていた。軽やかで稲光のように速い足取りだったが、ともかくも歩いていた。しかし、今度は走っているのだ。疾走し、跳びはねる豹《ひょう》の足音のように、素早く、柔らかな、弾む足音が廊下をやって来るのが聞こえる。誰だか知らないが、走って来るのは非常に逞《たくま》しい敏捷な男で、ひそかな、しかし凄まじい興奮に駆られている。ところが、音はざわめくつむじ風のように事務室の前まで来たかと思うと、急にまた例のゆっくりした鷹揚《おうよう》な歩きぶりに変わった。

ブラウン神父は書き物を放り出し、事務室のドアには鍵がかかっているので、反対側の預り所《クローク》へ飛び込んだ。係の者は一時席を外していた。この日一組だけの客は宴会中で、仕事がなかったからであろう。灰色の外套の林を掻き分けてゆくと、薄暗い預り所は明かりのついた廊下に面していて、そこは一種のカウンターか半仕切り――我々みなが傘を預けたり、預り札を受け取ったりする、普通のカウンターのようになっていた。この窓口は半円形で、真上に明かりが一つ灯《とも》っていた。光はブラウン神父自身にはほとんどとどかず、神父は薄暗い夕暮れの窓を背にして、黒い輪郭を浮き上がらせているだけだったが、預り所の外の廊下に立っている男には、舞台照明のような光が照《あ》たっていた。

それはごく地味な夜会服を着た上品な人物だった。背は高いが、あまり場所をふさがないような感じだった。もっと小柄な人間の多くが目立ったり邪魔になったりする場所を、この男は影のように滑り抜けて行きそうだった。ランプの光の中で、今はうしろに引っ込めているその顔は、色の浅黒い、快活な外国人の顔だった。姿も良く、態度は気さくで自信に満ちていた。強いて難を挙げるならば、その姿や態度に較べると黒い上着がやや見劣りし、妙な具合に張り出し、膨らんでさえいる点だろう。男は夕陽を背にしたブラウン神父の黒い影法師をみとめると、番号を書いた紙切れを放って、愛想の良い威厳のある声で言った。「帽子と外套を頼む。すぐに行かなければならんのでね」

ブラウン神父は無言で紙を受け取り、言われた通り外套を探しに行った。彼はこういう奉公人の仕事を生まれて初めてするわけではなかった。外套を取って来てカウンターに置くと、チョッキのポケットを探っていた見知らぬ紳士は笑って言った。「銀貨が一枚もない。これをあげよう」彼は半ソブリン金貨を投げ出して、外套を取った。

ブラウン神父の姿は依然真っ黒で動かなかった。だが、その瞬間、神父は我を失っていたのだ。彼の頭脳はいつも我を失っている時こそ、真価を発揮した。そういう瞬間の彼は、二と二を足して四百万に出来るのだ。カトリック教会は（常識と堅く結ばれているので）

そういうことを認めない場合が多かった。神父自身、認めないことが多かった。しかし、これは——稀《まれ》なる危機に際して重要な——真の霊感であり、誰にもあれ我を失う者は、それを救うであろう。[2]

「でも、あなたは」と神父は慇懃《いんぎん》に言った。「ポケットに銀をお持ちだと思うのですが」

長身の紳士は目を剝いた。「ええ、いまいましい。金《きん》をやるっていうのに、何の文句があるんだ？」

「場合によっては、銀の方が金よりも価値があるからです」と神父は穏やかに言った。

「つまり、量が多ければです」

見知らぬ相手は興味深げに神父の方を見た。それからもっと興味深げに、廊下の先の玄関を見た。それからまたブラウン神父に視線を移し、それから神父の頭ごしに、嵐のあとの残照に今なお染まっているうしろの窓を、しごく入念に見た。そして、腹を決めたようだった。男は片手をカウンターにかけて、軽業師のように楽々と跳び越えると、神父の前に立ちはだかり、おそろしく大きな手で襟《えり》をつかんだ。

「じっとしてろ」男は切れぎれのささやき声で言った。「脅かしたくはないんだが——」

「脅かしたいのは、わたしの方です」ブラウン神父はドロドロ鳴る太鼓のような声で言っ

2　マルコ伝八章三十五節「自分の命を救おうと思う者はそれを失い、わたしのため、また福音のために自分の命を失う者はそれを救うであろう」のもじり。

た。「死せざる蛆《うじ》と消えることなき焔で、[3] あなたを脅かしたい」

「妙竹林《みょうちきりん》な預り物係もいたもんだな」

「わたしは神父なのですよ、ムッシュー・フランボー。懺悔なら、いつでも聞いてあげます」

相手はしばし息を呑んで棒立ちになっていたが、やがてよろよろと後ろの椅子に坐り込んだ。


「真の漁師十二人会」の晩餐は、最初の二品まで滞《とどこお》りなく終わった。筆者はこの時のメニューを持っていないが、もし持っていたとしても、誰にも珍文漢文《ちんぷんかんぷん》だったろう。それは料理人が用いる一種の超絶フランス語で書いてあったが、フランス人が見てもさっぱり理解出来ぬ代物だった。このクラブには伝統があって、前菜《オル・ドーヴル》は正気の沙汰《さた》とは思われぬほど多種多様でなければならなかった。それらに真剣な情熱が注がれていたのは、この晩餐会やクラブそのものと同様、明らかに無用なつけ足しであるからだった。一方、スープは軽く控え目なものでなければならない、という伝統もあった——来《きた》るべき魚料理の饗宴に備えて、いわば簡素であっさりした前夜祭であるべきだからだ。一同がしていた話は、大英帝国を支配するあの奇妙な他愛のないおしゃべりで、それは秘《ひそ》かにこの国を支配しているのだが、ふつうの英国人が立ち聞きしたとしても、少しも啓蒙されるようなものではなかった。どちらの党の閣僚も洗礼名で呼ばれ、退屈な奴だが大目に見てやるといった調子であしらわれた。急進派の大蔵大臣は、その苛斂誅求《かれんちゆうきゆう》の故に保守党をあげて呪っているはずだったが、ここでは彼の二流の詩や、猟場での乗馬の技倆《うで》が讃めそやされた。保守党の首領のことは、自由党の人間はみな暴君だといって憎んでいるはずだったが、この人も話題になり、総じて――自由主義者として――賞讃された。どういうわけか政治家は非常に重きをなしているようだったが、大事なのは政治以外のすべてのことらしかった。会長のオードリー氏は愛想の良い年配の人物で、いまだにグラッドストーン風の堅い高襟をつけており、あの幻のような、しかし確固とした社会の象徴ともいうべき存在だった。彼は何もしたことがなかった――間違ったことすらしなかったのだ。道楽者ではなかったし、とりたてて金持ちですらなかった。彼はいつも、ただ何となく物事の肝腎なところにいるので、それだけのことだった。いかなる政党も彼を無視は出来ず、彼がもし入閣を望めば、必ずや大臣になれただろう。副会長のチェスター公爵は、新進の青年政治家だった。というのはつまり、ぺったりと撫でつけた金髪に雀斑《そばかす》だらけの顔をした感じの良い若者で、ほどほどの知性と莫大な資産の持主だったということである。公の場に出ると、彼の風貌は常に人気を博し、主義主張は単純明快だった。冗談を思いつけばすぐ口に出して、才気煥発だと評判された。冗談を思いつかない時には、今はふざけている場合ではないと言って、有能だと評判された。私人として、自分と同じ階級のクラブにいる時は、ただ明るく率直

3　マルコ伝九章に描かれた地獄の情景。

な剽軽者で、学校の児童さながらだった。政界に身を置いたことのないオードリー氏は、政治というものをもう少し真剣に考えていた。彼は時折、自由党と保守党の間に違いがあると仄《ほの》めかすような物言いをして、一同を困らせることさえあった。彼自身は、私生活にあっても保守党だった。昔気質の政治家のように銀髪をうしろの襟にかぶせていて、うしろから見ると、大英帝国が必要とする人物そのものに見えた。前から見ると、おっとりした気ままな独身者《ひとりもの》で、オールバニー[4]にでも部屋を持っていそうだったが――事実、持っていたのである。

前にも述べた通り、テラスのテーブルには二十四の座席があり、クラブの会員は十二人しかいなかった。従って、全員がテーブルの内側に並ぶという、一番贅沢なやり方でテラスを占有することが出来た。向かい側には誰も坐らず、遮《さえぎ》るものなしに庭がながめられた。暮色が垂れ込め、空はこの季節にしては少し毒々しい夕焼けだったが、庭はまだ色鮮やかだった。会長は列の真ん中に坐り、副会長は右端に坐った。十二人の客が最初にぞろぞろと着席する時、十五人の給仕は全員(理由は何か知らぬけれども)、国王に捧《つつ》げ銃をする兵隊よろしく、壁際にずらりと並ぶ慣わしだった。一方、太った経営者は、まるでこのクラブのことなどついぞ知らなかったかのように、満面に驚きを浮かべて、会員たちに一礼するのだった。しかし、ナイフとフォークの音が聞こえて来る頃には、この従者《つきびと》の一隊は姿を消し、ただ一人二人があとに残って、死んだような沈黙のうちに忙しく動きまわり、皿を下げたり配ったりするのだった。言うまでもなく、経営者のリーヴァー氏は身悶えるほどのお愛想を尽くして、とうの昔に退出していた。彼がふたたび現われたなどと言っては誇張になり、非礼にさえあたるだろう。しかし、大切な一品、魚料理が運ばれて来る段になると——何と言い表わしたものだろう？——そこにはある生き生きとした影、彼の人格の投影が感じられて、彼が近くを漂っていることを示していた。神聖なる魚料理は（俗人の目には）大きさも形もウエディング・ケーキのような、いわばプディングのお化けといったところで、相当な数の珍しい魚が、神が与えた姿形をすっかり失って混ぜ込まれていた。「真の漁師十二人」は名高い魚用のナイフとフォークを取り、おごそかに賞味にかかった。まるでそのプディングの一口が、それを使って食べている銀のフォークと同じくらい高価なものであるかのように。わたしの知る限りでは、実際、そうだったらしい。この料理は、みなひたすら貪り食うばかりで、口を利く者はなかった。そして、ようやく自分の皿が空《から》になりかけた頃、若い公爵が毎度お決まりの発言をした。「こういう料理はここでなければつくれませんね」

「そうとも」オードリー氏は話し手の方を向いて、老いて尊き頭を何度も縦に振りながら、深みのある低音《バス》の声で言った。「どこへ行ったって駄目さ、ここでなけりゃあ。わしの聞き及んだところでは、カフェ・アングレで——」

4　旧子爵邸を改築したロンドン、ピカデリーにある独身者用のアパートメント。バイロンなどが住んだ。

ここで皿が下げられたので話が途切れ、彼は一瞬まごついたが、大切な思考の糸をもう一度たぐりよせた。「カフェ・アングレでもこれと同じものができると聞いたんだ。しかし、似ても似つかんかった」そう言って、絞首刑を言い渡す判事のように、無慈悲に首を振った。「似ても似つかんかった」

「あの店は評判倒れですな」とパウンド大佐なる人物が言った。（その顔つきからすると数カ月ぶりで口を利いたらしい。

「さあ、どうですかね」楽天家のチェスター公爵が言った。「ものによってはじつに美味《うま》くて、天下一品ですよ。たとえばね――」

給仕が一人、部屋の向こうから素早く歩いて来て、突然ハタと立ち止まった。立ち止まっても、歩く時と同様に音は立てなかったが、茫洋《ぼうよう》とした気の良い紳士たちは、自分たちの生活を取り巻いて支えている見えざる機械が、ごく滑らかに作動することに慣れきっていたため、給仕が思いがけないことをしたのは驚きであり、不快だった。あなたやわたしなら、さしずめ無生物の世界が反抗したら――たとえば、椅子が我々から逃げて行ったら感じるようなことを、かれらは感じたのだ。

給仕は数秒間、目を丸くして突っ立っていた。その間、席上のどの顔にも、まったく現代の産物と言うべき奇妙な羞恥の表情が深まった。それは現代の人道主義と、富める者と貧しい者の間に横たわる現代の恐るべき深淵とが合わさって出来たものだった。歴史上の本当の貴族なら、こういう時は給仕に物を投げつけたろう。空瓶からはじまって、しまいにはきっと金《かね》を投げたにちがいない。本当の民主主義者なら、仲間に話しかけるようなはっきりした言葉で、おい、何をやってるんだと訊いたろう。しかし、こうした現代の金満家たちは、奴隷であれ友人であれ、貧乏人がそばにいることに我慢がならないのである。召使いに何か問題が生じることは、かれらにとって鬱陶《うっとう》しい傍迷惑《はためいわく》にすぎなかった。無情なことはしたくないが、情深くする必要に迫られることも恐れていた。それがどんなことであれ、ともかく終わって欲しかった。果たして、それは終わった。給仕はしばらく強硬症《カタレプシー》の患者のように身を硬ばらせて立っていたあと、くるりとふり返って、夢中で部屋から飛び出した。

彼が部屋に、というよりも戸口にふたたび現われた時は、もう一人の給仕と一緒で、その男と南国人特有の激しさで身ぶり手ぶりを交えながら、ヒソヒソとささやいていた。やがて、第一の給仕は第二の給仕を置いて行ってしまい、第三の給仕を連れて戻って来た。この慌しい宗教会議に第四の給仕が加わった頃には、オードリー氏も機転を利かして沈黙を破る必要を感じた。彼は議長の木槌の代わりに、うんと大きな咳払いをして、言った。

「ムーチャー君は、若いがビルマで素晴らしい働きをしていますな。まったく、世界の他のいかなる国も――」

第五の給仕が矢のように飛んで来て、オードリー氏に耳打ちした。「相済《あいす》みません。一大事です！　主人がお話し申し上げたいのですが」

会長が戸惑ってふり返ると、リーヴァー氏がどしどしと早足に近づいて来るので、茫然と目を瞠った。善良な経営者の歩き方はいつもと同じだったが、顔はけして同じではなかった。ふだんは明るい赤銅色の顔が、今は病人のように黄色かった。

「申し訳ございません、オードリー様」彼は喘息病《ぜんそくや》みのように息を切らして言った。「まことに気がかりなことがございまして。皆様の魚料理の皿でございますが、ナイフとフォークをのせたまま、片づけられてしまいました！」

「そいつは結構じゃないか」会長はやや気色ばんで言った。

「あの男を御覧になりましたか？」興奮したホテルの主人は喘《あえ》ぎながら言った。「皿を下げた給仕を御覧になりましたか？　そいつを御存知ですか？」

「給仕を知ってるかだって？」オードリー氏は激してこたえた。「知ってるものか！」

リーヴァー氏は両手を広げて、苦しげな身ぶりをした。「そいつはわたしがよこした人間ではないのです。いつ、何のために来たのかもわかりません。わたしの給仕に皿を下げに来させたところ、皿はもう持って行かれたあとだったのです」

オードリー氏は依然取り乱した表情のままで、大英帝国が必要とする人物にはとても見えなかった。一座の者は誰も何も言えなかったが、ただ一人、木彫りの人形のようなパウンド大佐だけは、刺激を受けていつになく生気を帯びたようだった。他のみんなが坐っているのにぎくしゃくと立ち上がり、片方の眼に眼鏡を捩《ね》じ込んで、しゃべり方を半分忘れてしまったように、しわがれた低い声で話した。「ということは、つまり、何者かが我々の銀器を盗んだということかね？」

経営者はいよいよお手上げという様子で、両手を広げる仕草を繰り返した。すると、テーブルに向かっていた全員が一斉にサッと立ち上がった。

「給仕は全員ここにいるかね？」大佐が低い耳障りな調子で詰問した。

「ええ、全員ここにいます。僕がこの目でたしかめました」若い公爵が子供子供した顔を人の輪の真ん中に突き出して、言った。「部屋に入る時、いつも数えるんです。壁の前に並んでる格好が、じつに面白いもんですからね」

「でも、正確には憶えられんでしょう」オードリー氏が遠慮して、口重《くちおも》に言った。

「いや、たしかに憶えてるんです」公爵は興奮して声を上げた。「このホテルに給仕が十五人以上いたことは一度だってありませんし、今夜も十五人しかいませんでした。誓ってもいい。それ以上でも、それ以下でもなかったんです」

経営者は驚きのあまり、中気にでもかかったようにブルブル震えながら、公爵の方に向き直った。「す――すると、十五人の給仕全員を御覧になったとおっしゃるんですね？」

「いつもと同じようにね」公爵はうなずいた。「それが、どうかしましたか？」

「いえ、べつに」リーヴァー氏は次第に訛りを強くしながら言った。「ただ、そんなはずはないんです。一人は二階で死んどりますから」

部屋の中は一瞬、水を打ったように静まりかえった。こうした閑人《ひまじん》たちも、さすがに（死という言葉はあまりに超自然的なものなので）一刹那おのおの魂を顧み、それが小さな干豆のようにひからびているのを見たのかもしれない。かれらのうちの一人――たぶん公爵だろう――は金持ちの愚かな親切心を起こして、こんなことまで言った。「何か我々にできることはありませんか？」

「神父を呼んでやりました」ユダヤ人は多少心を動かされたように言った。

その時、一同は運命の鐘の音を聞いたように、自分自身の置かれている境遇を思い出した。不気味な数秒間、十五番目の給仕は二階の死人の幽霊かもしれない、とかれらは本当に感じていた。その重苦しい気持ちに圧倒されて、口も利けなかった。幽霊はかれらにとって乞食と同様、厄介者だったからである。しかし、銀器のことを思い出すと、不思議なるものの呪縛が解けた。唐突に解けて、荒々しい反動が起こった。大佐は椅子を跨《また》ぎ越して、つかつかと戸口へ向かった。「諸君、もし十五番目の男がここにいたとすれば、その十五番目が泥棒だったんだ。今すぐ表と裏へまわって、出入口を固めよう。話はそのあとだ。あの二十四粒の真珠は取り返す値打ちがあるぞ」

何事によらず、そのように慌てることが紳士らしい振舞いかどうか、オードリー氏は初めのうち決しかねているようだったが、公爵が若者らしい元気さで階段を駆けおりて行くのを見ると、もっと大人らしい物腰で、あとに続いた。

それと同時に、第六の給仕が部屋へ駆け込んで来て、魚料理の皿は食器棚に重ねてあるが、銀器は影も形もないと報告した。

おおわらわで廊下へ転がり出た晩餐客と給仕たちは、二手に分かれた。「漁師」たちの大部分は経営者のあとについて正面玄関へ行き、出て行った者がいるかどうかを尋ねた。

パウンド大佐は会長、副会長ともう一人二人を連れて、使用人溜《だま》りへ続く廊下を勢い良く駆け抜けた。こちらの方から逃げる可能性が高いと考えたのだ。途中で、薄暗い凹《くぼ》みか洞窟のような携帯品預り所《クローク》の前を通り過ぎ、そこの係とおぼしい、黒服を着た小柄な人物が奥の方の暗がりに立っているのをみとめた。

「おい、君！」と公爵が声をかけた。「誰かここを通らなかったかい？」

小柄な人物はその問いに直接《じか》にはこたえず、ただこう言っただけだった。「たぶん、みなさんがお捜しのものはここにあります」

一同は何事かと怪しく思って、立ち止まった。くだんの人物は静かに預り所の奥へ行って、輝く銀器を両手に一杯抱えて戻って来ると、店屋の店員のように落ち着いて、カウンターの上に並べた。そこに現われたのは、風変わりな形をした十二対のフォークとナイフだった。

「おまえ――おまえは――」大佐はついに平静さを失って、ものを言いかけたが、その時、薄暗い小部屋を覗いて、二つのことに気づいた。第一に、背の低い黒服の男は聖職者のような身形《みなり》をしていること。第二に、男の背後にある窓が、まるで誰かが乱暴にそこを通って行ったかのごとく割れていることだった。

「携帯品預り所に預けるにしては、貴重品じゃありませんか」聖職者は落ち着き払って、楽しげに言った。

「き――君がこれを盗《と》ったのかね？」オードリー氏が目を丸くして、どもりどもり言った。

「そうだとしても」聖職者は愛想良くこたえた。「少なくとも、こうしてお返ししているわけです」

「しかし、あなたが盗んだのではあるまい」パウンド大佐は依然割れた窓を見つめながら、言った。

「スッパリ申し上げますとね、やっておりません」相手は少し冗談めかしてそう言ってから、重々しく椅子に腰を下ろした。

「しかし、犯人を知っているのだな」と大佐が言った。

「本名は知りませんが」神父は平然と言った。「闘う時の腕っぷしなら多少知っていますし、あの男の魂の問題は良くわかっています。わたしを絞め殺そうとした時に体力の見当はつきましたし、悔悛した時、道義心の程度もわかりました」

「ほほう——悔悛したですって！」若いチェスター公は大声を上げて、くつくつと笑いだした。

ブラウン神父は立ち上がり、両手を後ろにまわした。「妙な話じゃありませんか。盗人や浮浪者は悔い改めるのに、裕福で安閑と暮らしている人の多くは、いつまで経っても頑なであさはかで、神のためにも人のためにも実を結ばないのですから。しかし、失礼ですが、あなたはわたしの領分をいささか侵害しておられます。悔悛が事実であることをお疑いになるのなら、このナイフとフォークを御覧なさい。あなたがたは真の漁師《すなど》十二人で、ここにあなたがたの銀の魚が揃《そろ》っています。しかし、神はわたしを人間を漁る漁師にしたもうたのです」

「その男をつかまえたのかね？」大佐が顔を顰《しか》めて訊いた。

ブラウン神父は相手の顰め面をまじまじと見た。「ええ、つかまえました。見えない釣針と透明な釣糸で。その糸は、彼が世界の果てまで彷徨《さまよ》えるほど長いのですが、ひょいとたぐれば連れ戻せるのです」[5]

長い沈黙が続いた。その場にいた他の面々は、戻って来た銀器を仲間のところへ運んだり、この奇妙な一件について経営者と話し合うために散って行った。しかし、難しい顔をした大佐は依然カウンターに斜めに腰かけ、ひょろ長い脚をぶらぶらさせて、黒い口髭を嚙んでいた。

しまいに彼は静かな口調で、神父に言った。「犯人は利口な奴だったに違いないが、わたしはもっと利口な人間を知っているように思いますよ」

「たしかに利口な男でした」と相手はこたえた。「ですが、あなたのおっしゃるもう一人の人物については、よくわかりません」

「あなたのことだ」大佐はそう言って、短く笑った。「わたしは犯人を牢屋に入れる気はない。その点は安心してください。しかし、銀のフォークなぞ何本さしあげたって良いか

5　マルコ伝一章十七節「わたしについてきなさい。あなたがたを、人間をとる漁師にしてあげよう」参照。

ら、あなたがこの一件にどうして関わり合ったのか、どうやってあの品物を取り返したのかを、くわしく聞きたいんです。わたしの見たところ、あなたはここにいる連中のうちで、一番現代的な悪党のようですな」

ブラウン神父はこの軍人の無愛想な率直さが、むしろ気に入ったようだった。「そうですね」と微笑を浮かべて言った。「もちろん、あの男の素性や身の上については、何もお話しするわけにはまいりません。しかし、わたしが自分で見つけ出した外面的な事実なら、話していけない理由は特にないでしょう」

神父は思いのほか軽快な身ごなしで仕切りを跳び越え、パウンド大佐の横に坐って、門によじのぼった子供のように短い脚をぶらぶらさせた。彼はクリスマスの炉端で昔馴染《むかしなじみ》に話をするような、うちとけた調子で物語を語りはじめた。

「じつは、こういうことなんですよ、大佐。わたしがそこの小部屋に籠《こも》って書き物をしておりますと、この廊下から、まるで死の舞踏のように奇妙なダンスをする足音が聞こえてきたんです。最初は素早い、ちょこまかした足音で、賭けをした男が爪先立ちで歩いているような具合でした。それから、ゆっくりした、鷹揚な、靴をキュッキュッと軋《きし》らせる足音がしました。大男が葉巻を手にして歩いているようでした。しかし、どちらも同じ人間の足音であることは間違いなくて、それが交互に聞こえて来たんです。最初は走り、それから歩き、それからまた走るという具合です。一人の人間がこうやって二役をいちどきに演じているのはなぜだろうと、わたしは最初のうちはただ漫然と考えていたんですが、そのうち気になってたまらなくなりました。片一方の歩き方は知っていました。ちょうどあなたのような歩き方ですよ、大佐。肥えふとった紳士が何かを待っている時の歩き方です。精神的に焦《じ》れているからというよりも、肉体的に活発なので、ついウロウロと歩きまわるんです。もう一つの歩き方も知っているはずでしたが、それが何か思い出せませんでした。あんな奇妙なやり方で、爪先立って突き進むような野生動物に、どこか旅先で出会ったろうか？　そんなことを考えていると、どこかで皿がカチャンと鳴る音がしました。すると、答が聖《サン》ピエトロ大聖堂のように、はっきりと現われたんです。あれは給仕の歩き方です――前かがみになって視線を落とし、親指のつけ根で床を蹴って、上着の裾とナプキンをはためかせて行く、あの歩き方です。わたしはそのあと、さらに一分半ばかり考えました。すると、犯罪の手口が、自分でそれをやろうとしているかのように、はっきりとわかったんです」

パウンド大佐は鋭い目で相手の顔を見つめていたが、語り手の穏やかな灰色の瞳は思いに沈み、ほとんどうつろになって、天井を向いたままだった。

「犯罪というものも」神父はゆっくりと語りだした。「他の芸術作品と似ています。驚いた顔をなさらないでください。地獄の工房から来る芸術作品は、けして犯罪だけではありませんよ。だが、神聖なものであれ、悪魔的なものであれ、どんな芸術作品にも欠けてはならぬ特徴があります――つまり、仕上がりはいかに複雑であっても、その中心は単純だということです。ですから、たとえば『ハムレット』を取ってみれば、墓掘り人の気味の悪さや、狂った娘の花や、オズリックのとんでもなく派手な衣装や、亡霊の青白い顔、髑髏《しやれ》髏《こうべ》の笑い――こうしたものはすべて、黒衣をまとった単純な悲劇的人物を取り巻く、もつれ合った花環《はなわ》の奇妙な飾りにすぎないのです。じつに、今度の事件も」神父はそう言って、微笑みつつ、カウンターからゆっくりと下りた。「今度の事件も、やはり黒衣の男の単純な悲劇です。さよう」神父は大佐が訝しげに顔を上げるのを見ながら、語り続けた。「この話全体が、一着の黒い上着を中心にまわっています。この話にも『ハムレット』同様、ロココ風の余分な装飾がついています――たとえば、あなた方がそうですよ。いるはずのない場所にいた死んだ給仕もそうです。テーブルからまたたくまに銀器を下げて、宙に消えてしまった見えざる手もそうです。けれども、いかに巧妙な犯罪でも、突き詰めれば、たった一つのごく単純な事実を土台にしています――それ自体は不思議でも何でもない事実です。それを覆い隠して、人の考えを他所《よそ》にそらすところから、謎が生じるのです。今回の大がかりで、繊細で、（ふつうに行けば）たんまり儲《もう》かったはずの犯罪は、紳士の夜会服と給仕の服が同じだという単純な事実に基づいていました。あとは芝居だけです。それも滅法上手な芝居でした」

「しかし」大佐は立ち上がって、自分の靴に顰め面をしながら、言った。「わたしにはまだ、よく呑み込めんのです」

「大佐」とブラウン神父は言った。「いいですか、あなた方のフォークを盗んだ鉄面皮の大天使は、明かりが煌々《こうこう》と灯り、衆人の目が光っている中で、この廊下を二十ぺんも往復したんですよ。彼は薄暗い片隅に隠れたりはしませんでした。人は、怪しいと思えばそういうところを探すでしょう。あの男は明るい廊下を絶えず動きまわって、どこへ行っても、そこにいるのは当然だという顔をしていました。どんな人相だったかは聞かないでください。今夜、あなた御自身の目で六、七回は彼を見たはずです。あなたは他のお歴々と一緒に、その廊下の突きあたりにある応接室で待っておられました。向こうにテラスがある、あの部屋です。犯人は紳士方の中へ入って行く時は、給仕らしく稲妻のように――うなだれて、ナプキンをひらひらさせ、飛ぶような足どりでやって来ました。テラスにサッととび出して、テーブルクロスを何とかして、またサッと事務室と給仕溜りの方へ戻りました。事務員や給仕の目につく場所へ来る頃には、頭の天辺《てっぺん》から爪先まで、なにげない仕草の端々《はしばし》まで、別人になり変わっていました。使用人がいつも見ているお客のように、心ここにあらずといった尊大な様子で、連中の間をぶらぶらと歩いたんです。晩餐会に来たお偉方が、動物園の動物のように館内の到る処を歩きまわるのは、かれらにとってべつに珍しいことではありません。好き勝手なところを歩きまわる習慣ほど、上流人士らしい特徴はないということを、連中は知っていますから。その紳士はあの廊下を歩くのにお飽きあそばされると、くるりと踵《きびす》を返して、事務室の前を通って戻って行くのでした。あいつは、そら、すぐそこの円天井の蔭で魔法のように変身して、再度、漁師十二人の中へいそいそと出て行ったんです――媚《こ》びへつらう召使いとしてね。紳士方がたまたま入って来た給仕なぞを見るはずがありますか？　給仕が、ぶらぶら歩いている一流の紳士を疑ったりするはずがありますか？　あの男は一ぺんか二へん、いとも大胆な芸当をやってのけました。経営者の私室のあたりへ来て、喉が渇いたからソーダ水をくれ、とのんきそうに声をかけたんです。御親切にもそれを自分で運ぶと言って、実際にそうしました。あなた方が大勢おられる中を通って、素早くきちんと運んだのです。どう見ても、用事を言いつけられた給仕ですよ。無論、こんなことを長く続けられるわけはありませんが、魚料理が終わるまで続けていれば良かったのです。

彼が一番困ったのは、給仕が一列に並ぶ瞬間でした。ですが、その時も片隅の壁に寄りかかって、大事な瞬間に給仕たちは彼を紳士だと思い、紳士方は給仕だと思うようにしました。そのあとは、もう造作《ぞうさ》もありませんでした。たとえテーブルから離れたところを給仕が見ても、その給仕はもの憂げな貴人を見たにすぎません。ともかく、魚の皿が片づけられる二分前に合わせて、敏捷な使用人になりすまし、自分で皿を片づけさえすれば良かったんです。彼は皿を食器棚に置いて、銀器を胸のポケットに押し込み、胸のところを膨らませて脱兎《だっと》のごとく(わたしはその足音を聞きました)携帯品預り所まで走りました。そこで、また金持ちに化ければ良かったんです――急用で帰らねばならなくなった金持ちに。預り所の係に札を渡して、来た時と同じように優雅に帰って行けば良かったんです。ただ――たまたまそこにいた係が、わたしだったというわけです」

「あなたはその男に何をしたんです？」大佐が異様に真剣になって、言った。「その男は何と言いましたか？」

「申し訳ありませんが」神父は頑として言った。「話はこれでおしまいです」

「面白いのはここからだろうに」パウンド大佐はつぶやいた。「犯人の手口は、わたしにも理解できたようだ。でも、あなたという人が、よくわからないのですよ」

「わたしは行かねばなりません」ブラウン神父は言った。

二人は一緒に正面の玄関広間まで廊下を歩いて行くと、チェスター公爵の潑剌《はつらつ》とした雀斑《そばかす》だらけの顔が見えた。公爵は毬《まり》のように跳ねて、こちらへやって来た。

「来たまえ、パウンド」公爵は息を切らして言った。「そこらじゅう捜したんだよ。晩餐は素敵に再開されたし、オードリー老がフォークの無事を祝して演説をすることになってるんだ。この件を記念して、何か新しい儀式を始めたいという話になってね。ねえ、あの品物は君が取り返したんだから、君に何か名案はないかね？」

「そうだな」大佐は皮肉るような目つきで賛意を示しながら、言った。「今後は黒ではなくて緑の夜会服を着る、というのはどうだね。給仕とそっくりでは、どんな間違いが起こらんとも限らない」

「冗談じゃない！」と青年は言った。「紳士は、けして給仕のように見えたりしないよ」

「給仕が紳士のように見えることもないだろうな」パウンド大佐は相変わらず顔に苦笑いを浮かべて言った。「神父さん、紳士になりすますとは、あなたの御友人はよほど気の利いた男だったんでしょうな」

荒れ模様の夜だったので、ブラウン神父は平凡な外套のボタンを襟元までかけ、傘立から平凡な蝙蝠傘を取った。

「さよう。紳士になるのはまことに大変でしょう。しかし、わたしは時々考えるんです。給仕になるのも、同じくらい骨が折れるんじゃないかとね」

神父は「ごきげんよう」と言って、この快楽の殿堂の重い扉を押し開けた。黄金《こがね》の門が背後に閉まると、じめついた暗い通りをスタスタと歩き出し、一ペニーの乗合いバスを探した。

飛ぶ星

THE FLYING STARS

「わしが今までやった中で一番素晴らしい犯罪は」フランボーは行い澄《す》ました老人になってから、よくこんな話をしたものだった。「ふしぎな偶然だが、わしの最後の犯罪でもあった。あれをやったのはクリスマスの時でな。わしは芸術家として、常にその時々の季節とか、風景にふさわしい犯罪を提供するよう心がけていた。ちょうど彫刻の群像を置く背景を決めるように、大事件を起こすのはこのテラスが良いとか、あの庭が良いとか、そんな風に選んだわけだ。だから、田舎の大地主をペテンにかけるならば、樫《かし》の羽目板を張りまわした長い部屋でやらなければいけないし、ユダヤ人なら、カフェ・リッシュ1)の照明や衝立《ついたて》に囲まれて、思いがけなく一文無しになるのが良いわけだ。イギリスで大聖堂の首席司祭を財産から解放してやろうと思ったら（これは人が思うほど容易じゃない）、寺町の緑の芝生や灰色の塔を額縁にして――わしの言う意味はわかるだろうな――その中にそいつを置きたかった。同じように、フランスで腹黒い金持ちの農民から金を奪った時は（こいつはほとんど不可能な難事だがね）、刈り込んだポプラの灰色の並木や、ミレーの偉大な魂が宿っているゴールの荘厳な平野を背景にして、カンカンになったその野郎の顔を浮き上がらせることができれば満足だった。

さて、わしの最後の犯罪はクリスマスの犯罪だった。陽気で小ぢんまりした英国中流階級の犯罪、チャールズ・ディケンズの犯罪だった。あれをやったのはパトニー[2]に程近い、古き良き中流階級の家、三日月形の車回しがある家、横に厩《うまや》がある家、外の二つの門に表札がかかっている家、チリ松の植えてある家だった。これだけ言えば、どんな家かわかるだろう。本当に、わしがやったディケンズ流の模倣《まね》は、手際も鮮やかで文学的だったと思うよ。その日の晩に悔悛してしまったのが惜しいくらいだ」

フランボーはそう言って、物語を内側から語りはじめるのだったが、それは内側から見ても奇妙な話だった。外側から見るとまったく理解不能だったが、局外者としては外側から研究するしか術《すべ》はない。この視点からすると、劇の始まりは、贈物の日《ボクシング・デー》[3]の午後からということになろう。その時、厩のある家の玄関の扉がチリ松の植わっている庭に向かって開き、若い娘が小鳥の餌をやりにパンを持って出て来た。可愛らしい顔で、素晴らしい茶色の目をした娘だったが、身体つきはまるで想像も出来なかった。茶色の毛皮にすっぽりくるまり、どこまでが髪の毛で、どこまでが毛皮なのかもわからなかったからだ。魅力的な顔がなければ、よちよち歩きの仔熊に見えたかもしれない。

冬の午後は夕暮れに向かって次第に茜色《あかねいろ》をおび、花のない花壇にはすでにルビー色の光が揺れて、いわば死んだ薔薇の幽霊がそこを一杯にしていた。家の一方の側には厩があり、

1　十九世紀末に人気を博したパリの高級レストラン。リッシュには「金持ち」の意味がある。
2　ロンドン西南部。
3　クリスマスの翌日に使用人などに祝儀を配る習慣がある。

反対側には月桂樹の立ち並ぶ小径か回廊があって、その先は裏のもっと広い庭につづいていた。若い娘は鳥にパンを撒《ま》いてやると（犬が食べてしまうので、その日はこれで四度目か五度目だった）、月桂樹の小径をつつましやかに通り抜け、常緑樹《ときわぎ》がつやつやと光る裏の木立へ入って行った。と、そこで驚きの声をあげて――本当に驚いたのか、それが約束になっているのかはわからない――庭の高い塀を見上げた。そこには、どこか風変わりな人物が、風変わりな格好で塀に跨《またが》っていた。

「跳び下りちゃだめよ、クルックさん」娘はおびえて呼びかけた。「そこは高すぎるわ」

天馬に跨るごとく境の塀に乗っているのは、背の高い、身体つきのゴッゴツした若者だった。黒い髪の毛はブラシのように逆立ち、顔立ちは知的で秀でた容貌といっても良かったが、肌の色は薄黄色で、外国人のようだった。それが目立ったのは、けばけばしい真っ赤なネクタイをしているからだったが、服装の中で彼が唯一注意を払っているのは、このネクタイらしかった。おそらく、何かのシンボルなのであろう。若者は娘がおびえて嘆願するのに耳も貸さず、バッタのように跳んで、娘の横の地面に降り立った。脚を折っても不思議ではなかった。

「僕は泥棒になるために生まれたんだと思うな」若者は平然と言った。「もしも、この隣の結構な家に生まれなかったら、きっとそうなっていたにちがいないよ。でも、泥棒も悪くないんじゃないかな」

「まあ、なんてことを言うの」娘はたしなめた。

「あのね」と若者は言った。「もし塀の向こうとこちらが全然別世界で、間違った側に生まれたら、塀を乗り越えたって、間違ってはいないと思うんだ」

「あなたって人は何を言うか、何をやりだすか、わかりゃしない」

「自分でもわからないことがよくあるもの」とクルック氏はこたえた。「でも、これで塀の正しい側に来たわけだ」

「どっちが塀の正しい側なの？」若い娘は微笑んで訊いた。

「どっちでも、君のいる側さ」クルックという名の若者は言った。

二人が一緒に月桂樹の小径を通って前庭へ歩いて行くと、自動車の警笛が三度鳴った。音は次第に近づいて来て、やがて素晴らしくスピードの速い、いとも優雅な薄緑の自動車が、鳥のように玄関の前へ滑り込んで、エンジンをガタガタいわせながら停車した。

「これは、これは！」と赤いネクタイの若者は言った。「塀の正しい側に生まれた人間のお出ましだな。君のサンタクロースがこんなに現代的だったなんて、知らなかったよ、アダムズさん」

「あの方はわたしの名付け親のレオポルド・フィッシャー爵士《しゃくし》よ。毎年、贈物の日《ボクシング・デー》に来てくださるの」

そのあとの無心な沈黙が、さほど嬉しくもないことを無意識に暴露してしまったので、ルビー・アダムズはこう言い足した。

「すごく親切な人なのよ」

ジョン・クルックは新聞記者だったので、この著名な財界の大立者のことは知っていた。一方、財界の大立者がクルックの名を知らなかったとしても、それは彼の罪ではない。レオポルド爵士は「クラリオン」紙や「新時代《ニュー・エイジ》」紙の記事で、さんざん叩かれていたからだ。しかし、クルックは何も言わず、自動車の荷物が下ろされるのを不機嫌そうに見守っていた。それは中々時間《ひま》のかかる作業だった。緑の服を小ぎれいに着た大男の運転手が車の前からおりて来て、灰色の服を小ぎれいに着た小男の従僕が車の後ろからおりて来た。二人はレオポルド爵士を間に挟んで戸口の段の上まで運び、入念に梱包《こんぽう》された小包のように、荷解《にほど》きをはじめた。バザールが開けるほどたくさんの膝掛、森のあらゆる獣の毛皮、虹のすべての色を揃えた襟巻が一枚また一枚と剝がされていって、しまいに人間らしい形をしたものが見えて来た。それは優しげだが外国人のような風貌の老紳士で、灰色の山羊《やぎ》鬚《ひげ》をたくわえ、ニコニコ微笑《わら》いながら、大きな毛皮の手袋を擦《こす》り合わせていた。

こうして御開帳が済むずっと前から、外玄関《ポーチ》の大きな二枚扉は真ん中から開いて、アダムズ大佐（毛皮の令嬢の父親）が、著名な客人を自ら招じ入れようとして、外に出ていた。大佐は背が高く、日焼けした寡黙な男で、トルコ帽に似た赤い喫煙帽[4]をかぶり、エジプトにいる英国軍将帥《サーダー》か大官《バシャ》のように見えた。その隣には、最近カナダから来た義弟がいた。大柄で、少し騒々しい農場主の若者で、黄色い顎鬚を生やし、名前はジェイムズ・ブラントと言った。もう一人、あまり目立たぬ人物が一緒で、こちらは近所のカトリック教会の神父だった。というのも、大佐の亡くなった妻はカトリック信者で、こうした場合によくあることだが、子供たちは母親と同じ宗旨《しゅうし》に入るようしつけられていたからである。この神父はどう見てもパッとしない男で、ブラウンという名前すら渋かったが、それでも大佐はいつも親しみを感じて、こうした家族の集まりがあると、よく家に招《よ》ぶのだった。

この家の大きな玄関広間には、さしものレオポルド爵士が包装を解いても大丈夫な広さがあった。じっさい、この家は母屋《おもや》に対して玄関の内外が不釣合なほど広く、手前に玄関口があって奥に階段がある、一つの大きな部屋を成していた。大佐の剣がその上にかかっている広間の大きな暖炉の前で、くだんの荷解き作業は完了し、一同は、むっつりしたクルックも含めて、全員がレオポルド・フィッシャー爵士に紹介された。しかしながら、彼《か》の尊ぶべき老資産家は、何かが中に一杯詰まった衣装の一部となお格闘している様子で、やがて燕尾服の奥の方のポケットから黒い楕円形の小箱を取り出し、これは名づけ子へのクリスマス・プレゼントだと嬉々《きき》として説明した。彼はどこか憎めないところのある、あからさまな自慢顔で、小箱を一同の前に差し出した。軽く触れると蓋がパチリと開いて、見る者の目を眩《くら》ませた。まるで水晶の噴水が迸《ほとばし》って、目の中にとび込んだかのようだった。オレンジ色の天鵞絨《びろうど》の巣に三つの卵のごとく納まっていたのは、まわりの空気そのものを燃え上がらせるような、白いキラキラ輝く三石のダイヤモンドだったのである。フィッシャーは情深く微笑みながら、娘の驚きとうっとりするほどの喜びを、大佐のしかつめらし

4　スモーキングキャップ。家でくつろぐ時にかぶった帽子。

い賛辞とぶっきら棒な礼の言葉を、そこに居合わせた全員の驚嘆のさまをとくと味わった。

「さあ、それじゃあ、しまっとこうかい」フィッシャーはそう言って、小箱を燕尾服のポケットに戻した。「ここへ来るまでも用心せにゃならんかった。あれはアフリカ産の貴重なダイヤモンドでな、しょっちゅう盗まれるものだから『飛ぶ星』と呼ばれておるんじゃ。名だたる大泥棒はみんなこれを狙っとるが、街やホテルをうろつく与太者《よたもの》だって、こいつを見たら手を出さずにはおれまい。ここへ来る途中に失《な》くしても、不思議はなかった。あり得ることじゃ」

「当然のことと言うべきですよ」赤いネクタイの男がうなった。「そいつらが盗《と》ったとしても、悪いとは思いません。パンを求めても石ころ一つもらえないなら、自分で石ころを取ろうとするのは仕方ないでしょう」

「そんなことを言うのは、やめて」娘が奇妙に頬を赫《あか》らめて、言った。「あなたがそんなことを言うようになったのは、あの恐ろしい何とかになってからよ。わたしの言ってる意味、わかるでしょう。煙突掃除人を抱きしめたがる人を何て言ったかしら?」

「聖者ですな」とブラウン神父が言った。

「わしが思うに」レオポルド爵士が人を見下したような微笑を浮かべて、言った。「ルビーが言っとるのは、社会主義者のことじゃよ」

「急進主義《ラディカル》者というのは、二十日大根《ラディッシュ》を食って生きてる人間のことじゃありませんよ」クルックは少し苛立って言った。「それに、保守主義者はジャムを保存する人間のことではありません。同じように、社会主義者というのはね、いいですか、煙突掃除人と社交の夕《ゆうべ》を過ごしたがる人間のことじゃないんです。社会主義者というのは、すべての家の煙突が掃除されて、すべての煙突掃除人が報酬をもらえることを願う人間のことなんです」

「しかし、その人間は」神父が小声で口を挟んだ。「あなたが自分の煤《すす》を持つことを許さないのですよ」

クルックは興味と尊敬すら浮かべた目で、神父を見た。「自分の煤なんか欲しがる人間がいますか？」

「いないこともありません」ブラウン神父は目に沈思の色を浮かべてこたえた。「庭師は煤を使うと聞いています。それに、わたしはいつか、クリスマスに手品師が来なかったので、煤だけで六人の子供を喜ばせたことがありましたよ――顔に塗布いたしましてな」

「まあ、すてき」ルビーが言った。「ここでもやっていただきたいわ」

騒々しいカナダ人のブラント氏がいいぞと大声を上げ、肝をつぶした資産家も（不賛成の意を示すために）声を上げようとした。すると、その時、玄関の二枚扉を叩く音がした。神父が扉を開けると、前庭の常緑樹やらチリ松やらがふたたびその向こうに見えたが、今は華やかな菫色の日没を背景にして、暗闇に沈みつつあった。こうして額縁に嵌まった景色は舞台背景さながらに、何とも色美しく趣があったため、みんなは一瞬、戸口に立っている風采の上がらない人物のことを忘れていた。その男は埃《ほこり》をかぶったような様子で、擦り切れたコートを着ており、ごく普通の使い走りの者らしかった。

「こちらにブラントさんという方はおられますか？」男はそう言って、ためらいがちに一通の手紙を差し出した。ブラント氏は、自分だと大声でこたえたが、ハッとして、声が詰まった。彼は驚きを隠せぬ様子で手紙の封を切って、読んだ。顔が少し曇ったが、やがて晴れやかになり、義兄でありこの家の主人である大佐の方を向いた。

「御迷惑をおかけするのは心苦しいんですがね、大佐」ブラント氏は明るい植民地風の決まり文句で言った。「ぼくの古い知り合いが用事があって、今夜ここへ会いに来たら、お困りですか？　じつを言うと、その知り合いってのはフロリアンなんです。あの有名なフランスの軽業師で、喜劇役者でもある男ですよ。何年も前に西部で知り合ったんですが（あの男は生まれはフランス系カナダ人ですからね）、ぼくに用があるらしいんです。どんな用かはさっぱり見当もつきませんがね」

「もちろん、かまわんとも」大佐は鷹揚にこたえた。「君の友人なら、誰が来ても歓迎だ。きっと珍客にちがいない」

「あの男なら、顔を黒くしてくれますよ」ブラントは笑って言った。「義兄《にい》さんのおっしゃるのが、そういうことでしたらね。ほかのみんなの目も黒くしてしまうことは請け合いです。ぼくは平気ですよ。お上品な人間じゃないのでね。昔ながらの愉快なパントマイムが好きなんだ。男がシルクハットの上に坐っちまうような芝居がね」

「わしの帽子は御免こうむる」レオポルド・フィッシャー爵士が威厳をこめて言った。

「まあ、まあ」クルックが軽い調子で口を挟んだ。「喧嘩はよしましょう。シルクハットに坐るよりも、もっと下品なおふざけだってありますから」

略奪を是とするような意見といい、可愛い名づけ子と親密そうな様子といい、フィッシャーには赤ネクタイの青年が気に入らなかったので、思いきり嫌味を利かせて、横柄に言った。「さだめし君は、シルクハットに坐るよりも、うんと下品なことを知っておるんだろうね。それは一体、どんなことかね？」

「シルクハットが頭の上に坐ってることですよ。たとえばね」と社会主義者は言った。

「さあ、さあ」カナダ人の農園主が、野育ちの博愛を示して言った。「楽しい晩を台無しにするのはよしましょう。どうです、今夜はみんなで何かやりませんか。べつに顔を黒く塗ったり、帽子の上に坐ったりしなくても結構ですが――何かその種のことをしようじゃありませんか。英国風の昔ながらのパントマイムはどうです？　道化師《クラウン》やコロンバインなんかが出て来るやつです。ぼくは十二歳で英国を離れる時に見ましたが、それ以来、そいつはずっと、ぼくの頭の中で篝火《かがりび》みたいに赤々と燃えてたんです。つい昨年、懐かしい母国に帰って来てみると、ああいう物はすっかりなくなっていました。今時のは、しんきくさい御伽話ばっかりです。こっちは焼けた火掻き棒とか、警官がソーセージにされるのを見たいのに、お姫様が月明かりの中でお説教したり、青い鳥が出て来たりといった調子でね。青髭の方がぼく好みですよ。ことに青髭がパンタルーンになるのが一番好きでしたね」

「警官をソーセージにするのは大賛成です」とジョン・クルックは言った。「社会主義の定義としては、さっきのより上等だ。でも、衣装が大変そうだな」

「そんなことはないさ」ブラントがすっかり夢中になって言った。「道化芝居《ハーレクイネード》[5]というのは、何よりも簡単ですよ。その理由は二つあります。第一に、思いついた台詞や所作《しょさ》を好きなだけ入れてかまわないし、第二に、小道具がみんな家にある品物ですからね——テーブルとか、タオル掛けとか、洗濯物籠とかね」

「なるほど」クルックは同意して、しきりに頷《うなず》きながら歩きまわった。「でも、残念ながら、警官の制服は手に入らないな。このところ、警官は一人も殺してないから」

ブラントはちょっとの間、眉を寄せて思案顔をしていたが、やがて膝をポンと叩いた。

「大丈夫、できますよ！　ここにフロリアンの居所が書いてある。あの男はロンドン中の衣装屋を知ってますよ。電話して、来るついでに警官の衣装を持って来てもらおう」そう言うと、電話の方へぴょんぴょんと跳びはねて行った。

「ねえ、素敵ね、おじ様」ルビーは今にも躍りだしそうになって、言った。「わたしはコロンバインの役で、おじ様はパンタルーンね」

百万長者は一種異教的な厳粛さで、身体を硬ばらせていた。「ルビーや、パンタルーン役は他の人にやってもらいなさい」

「何なら、わたしがパンタルーンをやろう」アダムズ大佐が口から葉巻を離して、言った。大佐がしゃべったのは、これが最初で最後だった。

「記念に銅像でも立てなけりゃいけません」カナダ人が電話口からうきうきして戻って来

ると、言った。「これで全員、役が決まった。クルック君は道化師だ。新聞記者だから、古い冗談を良く知ってるだろうからね。ぼくはハーレクインをやろう。長い脚で跳びまわっていればいいんだから。友人のフロリアンは警察官の衣装を持って来るそうです。途中で着替えて来ると言ってます。場所は、この広間で演《や》りましょう。観客はあの奥の広い階段に、一列ずつ坐ればいい。そこの玄関の扉は、開けても閉めても、舞台背景になりますね。閉めていれば英国の家の中、開けていれば月夜の庭です。何でも、魔法のようにうまく行くぞ」彼はたまたまポケットに入っていた玉突きのチョークを取り出して、広間の床の、戸口と階段との真ん中あたりに、脚光《フットライト》の線を引いた。

くだらない余興であるにしても、準備がどうして間に合ったのかは、今もって謎である。しかし、一同は、家に若さがある時だけ生きて来る、無鉄砲さと勤勉の合わさった勢いで、支度に取りかかった。その夜、この家には若さがあった。もっとも、その若さが燃え立っている二つの顔と二つの心に、みながみな気づいていたわけではあるまい。こういうものは常にそうだが、この思いつきは、つまらないブルジョア的慣習を出発点にしていたために、かえってますます奔放なものになった。コロンバインはふくらんだスカートを穿《は》いて、魅力的な姿だったが、そのスカートは居間の大きなランプ笠に奇妙に似ていた。道化とパ

5　イタリアの即興喜劇に由来するイギリスのドタバタ芝居。主人公ハーレクインをはじめ、恋仲の娘コロンバイン、その父で老いぼれのパンタルーン、道化等の役が決まって登場する。

ンタルーンは、料理人からもらった小麦粉で顔を真っ白にし、誰か他の使用人から借りた口紅で赤く塗ったが、口紅を提供した人物は（真のキリスト教徒の慈善家がみなそうであるように）名前を明かさなかった。ハーレクインは葉巻の箱から取った銀紙をすでに身にまとっていたが、その上に光り輝く水晶の飾りをつけるのだと言って、古いヴィクトリア女王時代のシャンデリアを壊そうとした。みなはやっとのことでそれを止めた。実際、ルビーが仮装舞踏会でダイヤの女王に扮した時に使った、パントマイム用の模造宝石をどこからか掘り出して来なかったら、彼は本当にシャンデリアを粉々にしていたにちがいない。まったく、彼女の叔父ジェイムズ・ブラントは、興奮して手に負えなかった。まるで学校の子供だった。彼は紙製の驢馬《ろば》の頭を、いきなりブラウン神父の頭にかぶせた。神父は辛抱強く耐え、耳を動かす自己流のこつさえも発見した。ブラントはさらに紙の驢馬の尻尾をレオポルド・フィッシャー爵士の燕尾服につけようとしたが、睨《にら》みつけられて退散した。

「叔父さまったら、やりすぎだわ」ルビーは大真面目でクルックの肩にひとつながりのソーセージを巻きつけてから、言った。「どうして、あんなにはしゃいでいるのかしら？」

「あの人はハーレクインで、君がお相手のコロンバインだからだよ」とクルックは言った。

「僕は古くさい冗談を言う、ただの道化だ」

「あなたがハーレクインならよかったのに」ルビーはそう言って、ぶらぶら揺れるソーセージから手を離した。

ブラウン神父は舞台裏の作業を逐一《ちくいち》知っていたし、枕をパントマイムの赤ん坊に早変わりさせて喝采を博したこともあるが、正面にまわって観客の間に坐り、初めてマチネを見る子供のように、おごそかな期待に胸を膨らませていた。観客は少なかった。親類と近所の友達が一人二人、それに召使い達がいるだけだった。レオポルド爵士は前の列に坐り、今も毛皮を襟に巻いている着ぶくれた格好のおかげで、うしろにいる小柄な神父は視界を大分狭められたが、聖職者がひどく損をしたかどうかは、芸術界の権威の間でも一向に意見の一致を見ない。パントマイムはまったく混乱をきわめていたが、さほど馬鹿にしたものでもなかった。全体を通じ、荒れ狂う即興の連続で、それは主として道化役のクルックが演じているのだった。彼はふだんから頭の良い男だったが、今夜は霊感に満ちて、荒々しい全知全能ぶり、この世界よりも賢い愚かさを吹き込まれていた。それは、若者がある特別な顔に、ある特別な表情をほんの一瞬見た時に訪れる霊感だった。彼は道化役のはずだったが、実際には、ほとんどすべての役を一人で演じていた。作者（作者があったとしてだが）、プロンプター、背景画家、道具方、そして何よりもオーケストラを。この途方もない芝居が突然幕間《まくあい》に入ると、彼はそのたびに舞台衣装のままピアノの前へすっ飛んで行って、馬鹿馬鹿しく、しかもこの場にぴったりの通俗な曲を掻き鳴らした。

この芝居のクライマックスは、例によって、舞台背景になっている玄関の二枚扉が大きく開いた時だった。扉の外には、月明かりに照らされた美しい庭が見えたが、それよりも観客の目を惹いたのは、その名も高き本職の客人、警官に扮した名優フロリアンの姿だった。ピアノに向かった道化は「ペンザンスの海賊」[6]の中の警官隊の合唱を弾いたが、大喝采に掻き消されてしまった。というのも、偉大な喜劇役者の仕草は、一つ一つが控え目に、しかし見事に警官の挙措《きょそ》態度《たいど》を真似ていたからである。ハーレクインは警官に躍りかかり、ヘルメットの上から殴りつけた。ピアノ係が「その帽子はどこで手に入れた？」を弾いた。警官は驚きを見事に演じながら、きょろきょろとあたりを見まわし、ハーレクインがとび跳ねて、また警官を殴った（ピアノ係は「そこで、も一つやってのけ」の数小節を思わせるメロディーを弾いた）。ハーレクインはそれから警官の腕の中にとび込み、やんやの喝采を浴びながら相手を押し倒した。不思議な俳優が死んだ男の名演技を見せたのは、この時だった。その演技は、パトニー近郊ではいまだに語り草になっている。生きた人間がこれほどぐんにゃりして見えるとは、信じ難いほどだった。

運動能力に長《た》けたハーレクインは警官を袋のように振りまわしたり、体操用の棍棒のようにねじったり、放り投げたりした。それもずっと、狂ったように滑稽なピアノの曲に合わせて、やったのである。ハーレクインが喜劇の巡査を重そうに床から持ち上げると、道化は「我は汝の夢から醒める」を弾いた。巡査を背中に背負《しょ》い上げた時は、「肩に荷を負って」を弾き、ハーレクインが最後にドスンと迫真の音を立てて警官を床に落とした時、ピアノに向かった狂人は調子の良い節《ふし》を掻き鳴らしながら、何か言葉を口ずさんだが、それは「恋しい人に手紙を書いたが、途中で落っことした」という歌詞だったと今も信じられている。

精神の無政府状態がこうして極限に達した時、ブラウン神父は完全に目の前を遮《さえぎ》られてしまった。前列にいる財界の大立者がすっくと立ち上がって、ポケットというポケットに夢中で手を突っ込みはじめたからである。彼はやがて、ポケットをさぐりながら、苛々して席に着いたが、また立ち上がった。一瞬、脚光《フットライト》を跨いで舞台へ出て行くかに見えたが、ピアノを弾いている道化を睨みつけると、黙って部屋から飛び出した。

神父はそのあとの二、三分間、素人役者のハーレクインが、ものの見事に気絶している宿敵の傍らで、滑稽だが優雅でないこともない踊りを踊るのを見ていた。ハーレクインは本物の、しかし荒削りな技倆《うで》を見せて踊りながら、ゆっくりとうしろへ退《さが》り、戸口から月光と静寂に満ちた庭へ出て行った。銀紙と模造宝石で即席につくった衣装は、脚光《フットライト》の明かりの中ではいやにギラギラしすぎていたが、さやかな月の下を踊りながら遠ざかって行くにつれて、次第に魔法を帯びたような銀色の姿に変わった。観客は万雷の拍手を送って舞台へ歩み寄ったが、その時、ふいに誰かがブラウン神父の腕に触れて、大佐の書斎へおいでくださいと耳打ちした。

神父は疑念をつのらせながら、呼び出した使いの者のあとに随いて行ったが、厳粛にして喜劇的な書斎の中の光景を見ても、疑念が晴れることはなかった。そこにはアダムズ大

6　劇作家ギルバートと作曲家サリヴァンの名コンビによるオペレッタ。心優しい海賊たちをめぐる奇想天外な喜劇。

佐が、恥ずかしげもなくパンタルーンの扮装をしたまま、椅子に坐っていた。額の上には節くれ立った鯨の鬚が揺れていたが、その哀れな老いた目には、サトゥルナリア[7]のお祭さえ興醒めがしそうな悲痛な色が浮かんでいた。レオポルド・フィッシャー爵士は炉棚に凭れ、由々《ゆゆ》しき事が起こったと言わんばかりに勿体《もったい》ぶって、ゼイゼイ息をついていた。

「まことに心苦しいのですが、ブラウン神父」とアダムズが言った。「じつは、今日の午後、我々みんなが見たあのダイヤモンドが、わたしの友人の燕尾服のポケットから消えてしまったらしいのです。それで、あなたは――」

「わたしは」ブラウン神父はにっこりと笑って、その先を言った。「この方の真後ろに坐っていましたから――」

「そういうことを申し上げるつもりはありません」アダムズ大佐は言いながら、フィッシャーの顔をしかと見た。その様子からすると、どうやら、そういうことが話題になっていたらしい。「わたしはただ、どんな紳士にもできる御協力をお願いしたいだけです」

「それは、ポケットを裏返して見せることですね」ブラウン神父はそう言って、さっそくポケットを裏返し、中に入っている物を見せた。それは七シリングと六ペンス、汽車の往復切符、小さな銀の十字架、小さな聖務日課書、チョコレートの棒だった。

大佐は長いこと神父の顔をながめていたが、やがて言った。「じつを申しますと、わたしとしては、あなたのポケットの中身よりも、頭の中身を拝見したいのです。娘はあなたのお宗旨の信者ですが、その、このところ――」そこで言葉が途切れた。

「このところ」とフィッシャー老人が大声で言った。「父親の家を凶悪な社会主義者に開放してしまったんじゃ。その男は、金持ちから何でも盗んでやると公言しておる。その結果がこれじゃ。金持ちがここにおる――誰にも負けない金持ちが」

「わたしの頭の中身が御所望なら、さしあげましょう」ブラウン神父は少しうんざりしたように言った。「それにどれほどの価値があるかは、あとでおっしゃってくだされればよろしい。しかし、その古ぼけたポケットから最初に出て来るものは、こういうことです。ダイヤモンドを盗もうとする人間は、社会主義を論じたりはしません。むしろ」と真面目くさってつけ加えた。「社会主義を攻撃するでしょう」

他の二人はハッと身じろぎした。神父は語り続けた。

「いいですか、わたしたちはあの連中のことを多少なりとも知っています。社会主義者はピラミッドを盗まないのと同様に、ダイヤモンドを盗んだりもしません。それより、今すぐ目を向けるべきなのは、わたしたちの知らないただ一人の人物です。警官を演じたあの男――フロリアンですよ。あの男は今、どこにいるんでしょうな?」

パンタルーンは弾《はじ》かれたように立ち上がり、大股に部屋から出て行った。そのあとは幕間となって、百万長者は神父を、神父は聖務日課書をじっと見つめていた。やがてパンタルーンが戻って来て、途切れとぎれの重々しい声で言った。「警官はまだ舞台に倒れたま

7　古代ローマの冬の祭。宴を開き大騒ぎをする。

までです。幕が六回も上がり下りしたのに、倒れたままなんです」

ブラウン神父は日課書を手から取り落とし、頭の中が空白になったような表情で目を瞠った。その灰色の目に光がほんの少しずつ戻りはじめ、やがて彼はほとんど意味のわからない返事をした。

「失礼ですが、大佐、奥様はいつ亡くなられました？」

「家内ですか！」軍人は目を丸くして言った。「彼女《あれ》が死んだのは二月《ふたつき》前です。弟のジェイムズは来るのが一週間遅くて、死に目に会えませんでした」

小柄な神父は鉄砲に撃たれた兎のように跳び上がった。「来てください！」神父はいつになく興奮して叫んだ。「来てください！　あの警官を見に行かなきゃいけません！」

三人はコロンバインと道化（二人は楽しそうにヒソヒソ話をしているようだった）のそばを乱暴に通り過ぎて、もう幕の下りている舞台に駆け込んだ。ブラウン神父は、床にのびている喜劇の警官の上にかがみ込んだ。

「クロロホルムだ」神父は立ち上がりながら、言った。「今の今まで、思いつかなかった」

一同は愕然《がくぜん》として黙り込んだが、やがて大佐がゆっくりと言った。「これはどういうことなのか、真剣におこたえいただけませんか」

ブラウン神父はふいに大声で笑い出した。しかし、すぐにそれをこらえて、そのあとは話の途中にほんの時たま、笑いを噛み殺すそぶりを見せただけだった。「みなさん」と彼は喘ぎながら言った。「今はあまり話している暇がありません。わたしは犯人を追いかけなければならない。しかし、警官を演じたこのフランスの名優——ハーレクインが一緒にワルツを踊り、揺すったり、ぶん投げたりしたこの賢い死体——これは」神父はまた声が詰まり、背を向けて走り出した。

「これは何なのです?」フィッシャーが声をかけて、訊いた。

「本物の警官なんですよ」ブラウン神父はそう言って、暗闇の中へ走り去った。

緑豊かなその庭の外れには窪地や木蔭がいくつもあり、サファイア色の空と銀色の月を背景にして、月桂樹や他の常緑樹が、真冬だというのに、まるで南国のように暖かな色合いを見せていた。揺れる月桂樹の華やかな緑、夜空の紫がかった豊かな藍色、巨大な水晶球のような月、そうしたものが無責任なほどロマンティックな光景をつくっていた。そして今、庭木の梢《こずえ》を奇怪な人影がよじのぼっているが、こちらはロマンティックというよりも信じ難い姿をしている。頭から踵《かかと》の先まで全身がキラキラと光っていて、まるで幾千万の月を身にまとっているかのようだ。本物の月の光が彼の一挙一動をとらえ、身体の新たな部分を火と燃え上がらせている。しかし、男は光を閃《ひらめ》かせながら巧みに身体を揺らして、こちらの庭の低い木から、あちらの庭の、枝が八方に茂った高い木へ飛び移る。そこでふと動かなくなるが、それは、低い木の下に人影がスッと現われ、間違いなく樹上の男に向かって、呼びかけたからである。

「やあ、フランボー」とその声は言う。「君は本当に『飛ぶ星』のように見えるね。しかし、飛ぶ星というのは結局、『流れ星』となって落ちるんだよ」

樹上の銀色にきらめく人影は、月桂樹の中で身を乗り出したらしい。逃げられる自信があるので、下にいる小男の言葉に耳を傾けている。

「今までのうちで最高の出来だよ、フランボー。アダムズ夫人が亡くなってわずか一週間後にカナダから来たのは(たぶん、パリからの切符で来たんだろうがね)、賢いやり方だった。そんな時は、誰も人のことをあれこれ詮索する気にならないからね。『飛ぶ星』に目をつけて、フィッシャー氏が来る日を突きとめたのは、それ以上に賢かった。しかし、そのあとは賢いどころか、天才的としか言いようがない。宝石を盗むことは、君にはお茶の子さいさいだったろう。フィッシャーの上着に紙の驢馬の尻尾をつけるふりなぞしなくても、手先の早業で、いかようにでもして盗めたはずだ。しかし、それから先のことを考えると、それまでの君が霞《かす》んで見える」

緑の葉の間にいる銀色の人影は、催眠術にかかったように、そこを動こうとしない。うしろの方へ逃げるのはわけもないのに、下にいる男をじっと見つめている。

「さよう」と下にいる男は言う。「わたしには全部わかっている。君がパントマイムを強引にお膳立てしただけでなく、それを二重の目的に利用したことも。君はこっそり宝石を盗むつもりだったが、仲間からの報せが入った。君にはすでに疑いがかかっていて、腕利きの警察官がまさに今夜、つかまえに来ることがわかった。並の泥棒なら警告に感謝して逃げただろうが、君は詩人だ。君は小道具の宝石の光の中に本物の宝石を隠すという名案を、すでに思いついていた。そして、ハーレクインに扮するなら、警官が登場するのはぴったりだと考えたわけだ。立派な警官殿はパトニーの警察署から君を探しに来て、世にも奇妙な罠《わな》に足を踏み入れてしまった。玄関の扉が開くと、そこはもうクリスマスのパントマイムの舞台で、踊るハーレクインに蹴られる、棍棒で殴られる、気絶して麻酔薬を嗅がされる、とさんざんな目に遭《あ》った。しかも、パトニーでも一番のお上品な人々がそれを見ながら、大笑いしているんだ。いやはや、これより素敵なことは、君にももうけっしてできまい。さて、ところで、例のダイヤモンドは返してもらってもいいだろう」

きらめく姿が揺れている緑の枝が、ハッと驚いたようにざわめいた。しかし、声の主は語り続けた。

「返してもらいたいんだ、フランボー。そしてこんな生き方もやめてもらいたい。君にはまだ若さと名誉とユーモアがある。今の稼業を続けていて、それがいつまでも続くと思うな。人間というものは、ある水準の善を保つことはできるかもしれないが、ある水準の悪を保つことは、誰にもできなかった。道はひたすら下り坂だ。親切な男も、酒を飲んで残忍になる。正直な男も人殺しをして、そのことで嘘をつく。わたしの知っている大勢の男が、最初は君のような義賊で、金持ちから盗む愉快な強盗だったが、しまいには泥にまみれてしまった。モーリス・ブルームは信念のある無政府主義者、貧しき者の父として出発したが、敵味方の双方が利用し、軽蔑するいやらしいスパイとなり、密告者となった。ハリー・バークも資産開放運動をまずは誠実に始めたが、今じゃ酒浸《さけびた》りで、ブランデーとソーダのために、飢え死にしかけた姉さんにたかっている。アンバー卿は一種の騎士道精神からやくざ者の社会に入ったが、今ではロンドンでも最下等の禿鷹どもに強請《ゆす》られて、金を毟《むし》りとられている。バリロン大尉は、君より一時代前の偉大なる悪党紳士だった。彼は自分を裏切って追い詰めた『警察《さつ》の犬』や故買人が怖ろしくて、わめきながら精神病院で死んだ。君の背後にある森は、いかにも自由なように見えるだろう、フランボー。君なら一瞬のうちに、猿のようにあそこへ姿を消すことができるのも知っているよ。しかし、いつの日か君も老いた白髪の猿になるのだよ、フランボー。その時、君は自分の森の中に坐っているが、心は冷えきり、死が近づいているだろう。梢からは葉がすっかり落ちていることだろう」

あたりは依然しんとしていた。まるで下にいる小男が、長い見えざる糸で樹上の男を繫《つな》ぎとめているかのようだった。小男は語り続けた。

「君の堕落はすでに始まっている。君は以前、卑劣な真似はしないと豪語していたが、今夜は卑劣なことをしている。君は、ただでさえいろいろの不利を背負った正直な青年に疑いがかかるようなことをしている。青年が愛し、彼を愛している女性との仲を裂こうとしているんだ。しかし、死ぬまでにはもっと汚いことをするにちがいない」

きらめく三つのダイヤモンドが、樹の上から芝生に落ちた。小柄な男はしゃがみ込んでそれを拾い上げ、ふたたび上を向いた時には、樹の緑の籠《かご》に銀色の鳥はいなかった。

宝石が戻った（よりによってブラウン神父が偶然拾った）おかげで、その晩は嬉しい大騒ぎのうちに幕を閉じた。レオポルド爵士は大そう上機嫌で、神父にこんなことさえ言ったのである——自分としてはもっと広い考えを持っているが、信仰のために俗世間を離れ、世の中を知らずにいなければならない人々に対して、敬意を払うことは出来る、と。

透明人間

THE INVISIBLE MAN

カムデン・タウンの急坂になった二本の通りに冷たく青い夕闇が垂れ込め、その中で、街角の菓子屋が葉巻の先のように光っていた。いや、むしろ花火の先端のようにと言うべきかもしれない。というのも、その光は色とりどりで錯綜し、数多くの鏡に散らされ、金色や派手やかな色のたくさんのケーキと砂糖菓子の上に踊っていたからである。この焔のような一枚ガラスの飾り窓には、大勢の浮浪児が鼻をぺったりと押しつけていた。というのも、チョコレートはみな、ひょっとしたらチョコレートそのものよりも素晴らしい、赤や金や緑の光る紙に包まれていたからであり、それに、この飾り窓に置いてある巨きな白いウエディング・ケーキは、なぜか遠い存在でありながら人を楽しませるもので、まるで北極全体が食べ物になったようだったからだ。このような虹色の誘惑は、当然、近所の十《と》歳《お》か十二歳《じゆうに》くらいまでの子供を集める力があった。しかし、この街角はもっと年上の若者にも魅力的で、どう見ても二十四歳にはなっている一人の青年が、同じ飾り窓をじっと覗き込んでいた。この店は彼にとっても猛烈な魅力を持っていたが、その理由はチョコレートだけでは説明がつかなかった。とはいえ、彼がチョコレートを馬鹿にしていたわけではまったくない。

彼は背が高く逞しい赤毛の青年で、顔つきはきっぱりとしているが、態度は物憂げだった。小脇にペン画のスケッチを入れた平たい灰色の紙挟みを抱えているが、社会主義者だといって叔父（この叔父は海軍大将だった）に勘当されて以来、そうしたスケッチを出版社に売り、なんとか糊口《ここう》をしのいでいるのだった。じつを言うと、彼は社会主義の経済理論に反対する講演をしたのだが、そのため、かえって社会主義者と間違えられたのである。この男の名前はジョン・ターンブル・アンガスといった。

青年はようやく店に入ると、菓子売場を通り抜けて、そこで働いている若い娘に帽子を上げて挨拶しながら、奥の部屋へ入って行った。そこはパン菓子を食べさせる一種の食堂だった。娘は黒髪で、上品で、きびきびしており、黒い服を着ていた。顔の色つやが良く、黒い瞳はじつに生き生きと動いた。彼女は少し経ってから、青年の入った奥の部屋へ注文を取りに行った。

青年の注文は、いつもと同じものらしかった。「それではね」と几帳面《きちようめん》に言った。「半ペニーの菓子パン一つと、砂糖抜きのコーヒーを小椀で一杯」彼は娘が背を向ける寸前に言い足した。「それから、僕と結婚してもらいたい」

店の若いお嬢さんは急によそよそしくなって、言った。「そういう冗談は許しません」

赤毛の青年は灰色の目を上げたが、意外にも真剣な眼差しだった。

「本気で言ってるんだ。真面目だよ——半ペニーの菓子パンと同じくらい真面目な話だ。高価《たか》くつくのも、菓子パンと同じだ。お金を払うんだからね。不消化なところも菓子パンと同じだ。胸が苦しいからね」

黒髪の娘は黒い瞳を相手からいっときも外《そ》らさず、悲壮なほど克明《こくめい》に観察しているようだった。検分が済むと、微笑の影のようなものを浮かべて、椅子に腰をおろした。

「ここにある半ペニーの菓子パンを」アンガスはぼんやりと言った。「食べてしまうのは、残酷だと思わないかい？　もしかしたら成長して、一ペニーの菓子パンになるかもしれない。結婚したら、こんな野蛮な遊びはやめよう」

　黒髪のお嬢さんは椅子から立ち上がり、窓辺へ歩み寄った。その様子からすると、何かしっかり考えている風だったが、まんざらこの青年に同情がなくもなさそうだった。彼女がようやく決心した面持ちでクルッとふり返ると、驚いたことに、青年は飾り窓からさまざまな物を持って来て、注意深くテーブルに並べていた。ピラミッドのように積まれたあざやかな色の砂糖菓子、数皿のサンドイッチ、練り粉職人が使う謎めいたポートワインとシェリー酒の壜が二本。そうしたものを綺麗に並べた真ん中に、飾り窓の一大装飾であった、砂糖をふった白いケーキの巨大な塊が注意深く置いてあった。

「一体何をしてるの？」と娘は訊いた。

「義務を果たしているんだよ、愛しいローラ」青年はふざけはじめた。

「ねえ、お願いだから、少し待って」彼女は声を上げた。「それに、わたしにそんなふうに話しかけるのはやめてちょうだい。それは何かと訊いているのよ」

「お祝いの御馳走です、ホープさん」

「じゃあ、そっちは？」彼女は砂糖の山を指差して、苛立たしげに言った。

「ウエディング・ケーキですよ。アンガス夫人」

娘はその品物の方へつかつかと歩いて行って、カタコトと音を立てながら持ち上げると、飾り窓へ戻した。それから戻って来て優美な肘をテーブルにつき、憎からず思っているが、かなり腹を立てたという様子で、青年をじっと見た。

「わたしに考える暇をくださらないのね」と彼女は言った。

「僕はそんな馬鹿じゃない。キリスト教徒としての謙遜の精神で、こうしているんだ」

娘は相変わらず青年の顔を見ていたが、微笑みの蔭に隠した心は大分深刻になっていた。

「アンガスさん」彼女は落ち着いた口調で言った。「これ以上馬鹿げた真似を続ける前に、わたし自身のことを、なるべく手短にお話ししておかなければなりません」

「喜んでうかがいましょう」アンガスは真面目にこたえた。「ついでに、僕のことをおっしゃってくれてもかまいませんよ」

「いいから、おしゃべりはやめて聞いてください。それは恥ずかしいことでもないし、とくに後悔してもいないんです。でも、わたしとは関係がないのに、わたしを悪夢のように悩ませていることがあると言ったら、どうお思いになる？」

「そういう場合には」青年は真剣に言った。「あのケーキをこちらへ戻すことをお勧めします」

「ともかく、まず話を聞いてください」ローラは重ねて言った。「最初に申し上げなければいけないのは、わたしの父はラドベリーで『赤魚亭』という宿屋をやっていて、わたしはそこの酒場で給仕をしていたということです」

「いつも不思議に思ってたんだ」と青年は言った。「どうして、この菓子屋には、キリスト教的な雰囲気があるんだろうって[1]」

「ラドベリーは東部地方の眠ったような草深い寒村です。『赤魚亭』のお客といったら、行商人が時たま立ち寄るくらいで、あとはもう本当にひどい人たちばっかりでした。あなたはあんな人たちをごらんになったことがないでしょう。つまらないのらくら者たちで、ギリギリ食べていくお金しかないくせに、酒場でくだを巻いたり、馬に賭けたりするしか、やることがないんです。みっともない服を着ているけれども、それだって、あの連中にはもったいないくらいでした。そういうろくでなしの若者にしても、年中うちの店へ来たわけじゃありません。ただ二人だけ、毎度毎度やって来るお客がいました――この人たちはあらゆる点で似ていました。二人とも自分のお金で暮らしていて、うんざりするくらい怠け者で、いつもゴテゴテとおめかしをしていました。でも、わたしは少しだけ、あの人たちを可哀想に思ったんです。うちみたいなさびれた小さい酒場へこそこそとやって来るのは、二人とも身体が少し異常だったせいだとわたしは半分信じていたんです。そういうことを物笑いにする田舎者もいますからね。でも、本当に異常というんでもなくて、少し変わっている程度なのでした。片方はびっくりするくらい身体が小さくて、小人か、少なくとも競馬の騎手みたいでした。それでも、見た目は騎手とは全然ちがって、丸い黒い頭に手入れの良い黒い顎鬚を生やしていて、鳥みたいに光る目をしていました。ポケットのお金をジャラジャラいわせて、大きな金時計の鎖もチャラチャラ鳴らして、来る時は、いつも必ず紳士みたいにめかし込んでいるんですけど、着飾りすぎて紳士には見えませんでした。でも、役立たずな閑人でしたが、馬鹿じゃありませんでした。少しも役に立たないことをやらせると、妙に器用なんです。即興で手品をするとか、本職の仕掛花火みたいに、十五本のマッチに立てつづけに火をつけるとか、バナナなんかを切って、踊る人形をつくるとかいったことです。名前はイジドー・スマイズといいました。今でも目に浮かぶようですわ。小さな浅黒い顔でカウンターへやって来て、五本の葉巻でとび跳ねるカンガルーをつくる様子が。

もう一人はもっと物静かで平凡な人でしたけれども、どういうわけか、わたしは小さなスマイズさんよりこの人の方が怖かったんです。こちらはうんと背が高くて、痩せ型で、明るい色の髪の毛をしていました。鼻梁《はなばしら》が高くて、ちょっと薄気味の悪い美男子とでも言えるかもしれません。ただ、見たことも聞いたこともないほどの、凄い藪睨みだったんです。あの人がまっすぐにこちらを向くと、どこを見ているのかはもちろんわかりませんし、自分がどこにいるのかもわからなくなってしまうんです。きっと、こういう醜さのために、あの可哀想な人は少し鬱屈《うっくつ》していたんでしょう。スマイズさんはどこにいても、何かとふざけた悪戯をしようとしましたけれど、ジェイムズ・ウェルキン（これが藪睨みの男の名

1　魚はキリストの象徴。

前でした）の方は、うちの酒場で浴びるように飲んでは、あの平らな灰色の田舎をたった一人で長々と歩きまわるだけで、他のことは何もしませんでした。もちろん、スマイズさんだって、背が低いことを多少は気に病んでいたでしょうが、あの人はもっと上手にそれを我慢していたんです。そういうわけで、同じ週にあの二人から結婚を申し込まれた時は、驚きもしましたけれど、本当に困ってしまって、それにとても可哀想になりました。

それで、わたし、あとから考えると馬鹿なことをしてしまったんです。だって、何といいましても、あの変わり者の二人は、ある意味でわたしの友達でした。だから、あの人たちの申し込みを断る本当の理由を知られるのが怖かったんです。どうしようもなく醜いというのが、その本当の理由でした。それで、わたしはべつの出鱈目《でたらめ》な口実をつくりました。世の中に出て、自力で道を切り開いた人としか結婚するつもりはない——あなた方のように、親からもらった遺産で暮らすのは、わたしの主義に反するって言ってやったんです。良かれと思って、そんな風に言ったんですけれども、その二日後に、すべての厄介事がはじまりました。わたしが最初に聞いたのは、二人とも馬鹿げた御伽話の主人公みたいに、運だめしに出かけたということでした。

その日以来、今日までどちらとも会っていません。でも、スマイズという小男からは二通の手紙が来て、それにはほんとに、ドキドキするようなことが書いてありましたの」

「もう一人の男から、便りはなかったのかい？」アンガスがたずねた。

「ええ、手紙をくれたことはありません」娘は一瞬ためらって、言った。「スマイズの最初の手紙には、ウェルキンと一緒にロンドンまで歩いて行ったということが書いてあるだけでした。でも、ウェルキンは足が達者なので、小男の方はついて行けなくなって、道端で一休みしたんです。そこへたまたま来合わせた旅回りの一座に拾われて、あの人はほとんど小人に近い背丈でしたし、またじつに利口な人でしたから、見世物商売ですっかり成功しました。それからすぐアクエリアム座に移って、何だか忘れましたけど、手品をやったそうです。これが一通目の手紙でした。二通目はもっとびっくりするような内容で、もらったのはつい先週です」

アンガスという男はコーヒーを飲み干し、辛抱強い穏やかな目で娘を見ていた。ふたたび話を始めた時、彼女自身の口もいくぶん笑いに綻《ほころ》んでいた。

「あなた、あちこちの広告板で『スマイズの物言わぬ召使い』というのをごらんになったことがあるでしょう？　もしないとしたら、見ていないのは、あなた一人だわ。わたしも良くは知らないけれど、家事一切を機械でやる、ぜんまい仕掛の発明品なの。そういうの、御存知でしょう。『ボタン一押し——けして酒を飲まぬ執事』、『ハンドルを一ひねり——けして色目を使わない女中十人』。広告はきっと見たことがあるはずよ。ともかく、どんな機械にしても、お金がざくざく儲かるんです。その儲けはすべて、わたしがラドベリーの田舎で知っていたあのおチビさんの懐《ふところ》に入るのよ。あの可哀想な人が自立できたのは、そりゃあ嬉しいわ。でも、正直なところ、わたし、怖いんです。今にもあの人がひょっこり現われて、おれは世間で道を切り開いたと言うんじゃないかと思って——それは、たしかにやり遂げたんですから」

「もう一人の男は？」アンガスは飽くまでも落ち着いた様子で、同じことをたずねた。

ローラ・ホープはふいに立ち上がった。「ねえ、あなたって、きっと魔法使いなのね。そうよ、その通りなの。もう一人は、一行だって手紙をよこしません。どこでどうしているかも皆目わからないわ。でも、わたしが心底怖いのはこの人なんです。わたしの行く先々につきまとっているのは、この人なんです。わたしはこの人のせいで半分気が変になってしまったわ。いいえ、もうすっかり変になっているのかもしれません。いるはずのない場所にあの人の気配を感じたり、あの人がしゃべるはずのない時に、声が聞こえたりするんですから」

「だけど、君」青年は陽気に言った。「仮にそいつが悪魔《サタン》そのものだったとしても、こうして他人《ひと》にしゃべっちまったからには、もうおしまいさ。ねえ君、人間はたった一人でいると、気が狂うものだよ。でも、その藪睨みの先生の気配を感じたり、声を聞いたと思ったのは、どんな時だったんだい？」

「ジェイムズ・ウェルキンの笑い声は、あなたが今話しているのと同じくらい、はっきりと聞こえたのよ」娘は落ち着いて言った。「近くには誰もいなかったわ。わたしはお店の外の四つ角にいて、通りは両方ともずっと先まで見渡せたんですもの。あの人の笑い方は藪睨みの目と同じくらい異様だったけれども、その時までは、どんな風に笑ったか、すっかり忘れていたの。もう一年近くあの人のことは考えてもいなかったんです。でも、それからほんの二、三秒後に、あの人の恋敵からの最初の手紙が届いたのは、厳然たる事実だわ」

「君はその幽霊に、ウンとかスンとか言わせたことはあるかい?」アンガスがいくらか興味をおぼえて質問した。

ローラはふいに身震いしたが、やがて震えない声で言った。「あるわ。あれはちょうど、イジドー・スマイズが成功したことを書いてよこした二通目の手紙を読み終わった時だったわ。その時、ウェルキンがこう言うのが聞こえたの。『だが、君はあいつのものにはならない』。まるであの人が部屋の中にいるみたいに、はっきり聞こえましたわ。なんてことかしら。わたし、気が変になってしまったのよ」

「本当に狂ってるなら」と青年は言った。「正気だと思うだろうよ。でも、たしかに、その見えない紳士については、ちょっと変なものがあるみたいだな。頭二つは一つに勝る、だ——頭以外の部分のことを言うのはやめておこう——それに、君がもし健全な実際家としての僕にそうさせてくれるなら、飾り窓からあのケーキをこちらへ戻して——」

言い終わらぬうちに、表の通りから鋼鉄の軋《きし》るような音が聞こえて来て、小型の自動車が猛烈なスピードで店の入口まで走って来ると、そこでぴたりと止まった。と同時に、つややかなシルクハットをかぶった小男が、表の部屋に立って足を踏み鳴らしていた。

アンガスはこれまで精神衛生上の理由から、余裕ある上機嫌な態度を保ってきたが、ついに心の緊張をあらわにして、奥の部屋からいきなり大股に出て行くと、新来の客の前に立った。相手を一目見ただけで、恋する男の乱暴な想像があたっていたことがわかった。洒落《しゃれ》た格好はしているが、小人のような背丈のこの男は――尖った黒い顎鬚を横柄に突き出したところといい、利口そうだが落ち着きのない目といい、小ぎれいだが神経質に震える指といい、たった今娘の言った男以外の何者でもあり得なかった。バナナの皮とマッチ箱から人形をつくったイジドー・スマイズ。酒を飲まぬ執事と色目を使わぬ女中の機械で大金を儲けたイジドー・スマイズ。一瞬、二人の男は、彼女はおれのものだというお互いの態度を本能的に感じ取り、対抗心の真髄である妙に冷静な寛大な様子で、お互いを見た。

しかし、スマイズ氏は二人が敵対する大元の理由には触れず、藪から棒にこう言っただけだった。

「ホープ嬢《さん》は飾り窓のあれを見ましたか？」

「飾り窓？」アンガスは目を丸くして、聞き返した。

「他のことを説明している暇はない」小男の億万長者は無愛想に言った。「誰かがここで悪ふざけをしていますから、調べる必要がある」

男はピカピカのステッキで飾り窓を指した。ついさっき、アンガス氏の婚礼の準備のために空っぽになった、あの飾り窓である。アンガス氏はそれを見て驚いた。ガラスの表に細長い紙が貼ってあったからだ。少し前にその窓を覗いて見た時は、そんなものは付いていなかった。活発なスマイズのあとについて通りへ出ると、長さは一ヤード半もあろうかという切手シートの耳が外のガラスに丁寧に貼りつけてあり、その上に、蚯蚓《みみず》の這ったような字でこう書いてあった――「スマイズと結婚すれば、あいつは死ぬ」。「ローラ」アンガスは大きな赤毛の頭を店の中に突っ込んで、言った。「君は狂っていなかったよ」

「ウェルキンの奴の筆跡だ」スマイズが不機嫌に言った。「もう何年も会ってないが、年中嫌がらせをして来る。この二週間のうちに、脅迫状が五通もわたしのアパートに届いた。それなのに、誰が置いてゆくのかわからないし、もちろん、ウェルキン本人の仕業かどうかもわからないんだ。アパートの門衛は、不審なやつは見かけなかったと断言してるし、ここでもあいつは、人の集まる店の飾り窓に腰羽目みたいなものを貼りつけたが、店の中にいた人間は――」

「おっしゃる通りです」アンガスは腰を低くして言った。「店の中にいた人間はお茶を飲んでたんです。いや、まったく、問題にまっすぐ取り組むあなたの良識に敬服しますよ。他の問題はあとで話しましょう。犯人はまだそれほど遠くへ行っていないはずです。十分か十五分前にあの窓辺へ寄った時は、紙はまだ貼ってなかったんですから。しかし、追いかけるには遠いところへ行ってしまったとも言えますね。どっちの方向へ逃げたのかもわからないんですから。スマイズさん、僕の提案を聞いていただけるなら、この件は早く誰か精力的な探偵の手に、それも警察じゃなく私立探偵にまかせた方がいいですよ。僕は物凄く頭の切れる男を知っています。あなたの自動車で行けば、ここから五分ばかりのところで開業しているんです。フランボーという名前で、若い頃はいささか波風の多い人生を送って来ましたが、今じゃまったく真人間になって、金を払うに値する頭脳の持主です。ハムステッドのラックナウ・マンションに住んでいます」

「そいつは奇遇だ」小男は黒い眉を弓なりにして言った。「わたしはそのすぐそばのヒマラヤ・マンションに住んでるんだ。君、良かったら、一緒に来てくれないかね。わたしは部屋へ戻ってウェルキンの怪しい手紙を整理しておくから、その間に、一っ走《ひとばし》り御友人の探偵殿を呼びに行ってくれないか」

「よろしうございます」アンガスは丁寧に言った。「では、そうと決まったら、善は急げですよ」

二人の男は、即席の奇妙な公平さに則《のっと》って、お嬢さんに同じような恭《うやうや》しい暇乞《いとまご》いをすると、速い小型車に飛び乗った。スマイズがハンドルを握り、車が通りの大きな角を曲がった時、アンガスは「スマイズの物言わぬ召使い」という巨大な広告を見つけて、おかしくなった。それには馬鹿でかい鉄製の首なし人形がソース鍋を持っている図が描いてあり、「つむじを曲げない料理人」という言葉書きが添えられていた。

「わたしの家でも使っていますよ」黒鬚の小男は笑って言った。「宣伝のためもありますが、本当に便利なのでね。正直に贔屓目《ひいきめ》ぬきに申し上げますが、わたしのつくったあの大きなぜんまい人形たちは、石炭でも紅葡萄酒《クラレット》でも時刻表でも、わたしの知っているどんな生身の召使いよりも素早く持って来ます。どのボタンを押せば良いか、わかっていればですがね。ただ、ここだけの話ですが、あの召使いたちにも不便な点がないとは言いきれませんな」

「本当ですか？」とアンガスは言った。「かれらに何かできないことがあるんですか？」

「さよう」スマイズは澄ましてこたえた。「誰があの脅迫状をわたしのアパートに持って来たかは、教えてくれない」

この男の自動車は持主に似て、小さく機敏だった。じつは、これも家事用召使いと同じく、彼の発明品だったのである。彼は宣伝の上手な山師かもしれないが、自分の商品を信じている男だった。何かちっぽけなものが飛んで行くという感覚は、衰えかけた夕暮れの陽射しの中で、長く白い曲線の道を疾走しているうちに、いっそう強まった。やがて白い道の彎曲《カーヴ》はますますきつく、目まぐるしくなった。二人は現代宗教で言うところの、螺旋的上昇の途中にあった。実際、エディンバラほど絵になる眺めではないが、エディンバラと同じくらい切り立ったロンドンの一画を、上まで登りつめようとしていたのだ。高台の上に高台が重なり、二人が目指すマンションの塔はその中でも一際高く、ほとんどピラミッドのように聳《そび》え立って、横から射す夕陽を浴びて黄金色《きんいろ》に染まっていた。角を曲がってヒマラヤ・マンションと呼ばれる三日月街に入ると、景色は窓を開けたように一変した。積み重なった住宅が、まるで緑の甍《いらか》の海に浮かぶように、ロンドンの上に鎮座していたのである。マンションの正面、三日月形の砂利道の反対側には、庭園というよりも、そそり立つ生垣か土手のような一囲いの茂みがあって、それよりも少し下がったところを、人工の川が流れていた。それはこんもりと樹に隠された城砦の濠《ほり》のような、一種の運河だった。

車が三日月形の道を走り抜ける時、とある曲がり角で、栗を売る男の屋台がポツンと立っているのを通り過ぎた。曲がり角の反対側には、紺の制服を着た警官がゆっくりと歩く姿が、遠くの方にぼんやりと見えた。町外れのその淋しい高台に、人間といえばこの二人しかいなかったが、アンガスは、かれらがロンドンの無言の詩を表現しているような、不条理な感覚を抱いた。その二人は物語の登場人物であるような気がした。

小さな車は弾丸のように目指す建物へ飛んで行き、爆弾のようにその持主を発射した。スマイズはすぐさま光り輝く金モールをつけた背の高い門衛と、ワイシャツを着た背の低い小使いに訊ねた——誰かが、あるいは何かが、おれの部屋を訪ねて来なかったかと。二人は前に同じことを訊ねられた時から、人も物も一切ここを通っていませんとこたえた。すると、スマイズは少々戸惑い気味のアンガスとエレベーターに乗って、ロケット弾のごとく飛び上がり、最上階へ着いた。

「ちょっと入ってくれたまえ」スマイズは息を切らして言った。「例のウェルキンの手紙を見せたいんだ。一っ走りして友達を呼んで来るのは、それからでも良いだろう」壁に隠されたボタンを押すと、扉がひとりでに開いた。

扉の向こうは細長い広々した控えの間で、普通の意味で目につくものは、仕立屋のマネキンのように左右にずらりと並んでいる、背の高い、半ば人間の形をした機械だけだった。それらは仕立屋のマネキン同様に首がなく、仕立屋のマネキン同様、両肩が不必要にたくましく盛り上がり、胸は突き出した鳩胸だった。しかし、そういう点を除くと、駅にある人間くらいの背丈の自動販売機と較べて、大して人間の姿に似ているわけではなかった。盆を運ぶために腕のような大きな鉤《かぎ》が二ついており、見分けをつけるために青豆色か、朱色か、黒に塗り分けてあった。その他の点では単なる自動機械にすぎなかったので、誰も良く見ようとはしなかっただろう。少なくとも、この時はそうだった。というのも、二列に並んだ家事用人形の間に、この世のたいていの機械よりももっと興味を惹くものが落ちていたからである。それは赤インクで走り書きした白い紙切れだった。敏捷な発明家は、扉が開くとほとんど同時にそれを拾い上げた。何も言わず、アンガスに渡した。赤インクはまだ乾ききっておらず、「今日彼女に会いに行ったら、おまえを殺す」と書いてあった。

短い沈黙があって、それから、イジドー・スマイズは静かに言った。「ウイスキーを少しいかがです？　わたしは飲んだ方が良さそうだ」

「ありがとう。僕は少々フランボーをいただきたいな」アンガスは重苦しい調子で言った。「この事件は、どうも深刻なことになって来たようだ。今すぐ行って、彼を連れて来ます」

「君の言う通りだ」相手は天晴《あっぱ》れなほどの明るい声で言った。「できるだけ早く連れて来てくれたまえ」

しかし、アンガスは玄関の扉を閉める時に、スマイズがボタンを押すのを見た。するとぜんまい人形のうちの一つが、置き場所からすっと滑り出て、床の溝づたいに進み、サイフォンと酒壜を載せた盆を運んで行った。死せる召使いたちは扉が閉まると同時に生き返ったようだったが、あの小男をたった一人、人形の中に残して行くのは、何か薄気味が悪かった。

スマイズの部屋の踊り場から階段を六段下りたところで、ワイシャツ姿の例の男がバケツを持って何かしていた。アンガスは立ち止まり、男に言った——探偵を連れて戻って来るまで、この場所を離れないでくれ。見知らぬ人間が階段を上がって来たら、よく憶えていてくれ——彼は男にそうすると約束させ、あとで礼ははずむからと言い置いた。それから正面玄関まで駆け下り、入口の門衛にも同じように見張りを頼んだ。門衛の話によれば、この建物に裏口はないそうなので、手間が一つ省けた。アンガスはそれでもなお安心出来ず、歩きまわっている警官をつかまえて、入口の向かい側に立って見張っていてくれと頼んだ。最後に、栗屋の屋台の前にふと足をとどめて、栗を一ペニー分買い、あとどのくらいこの辺にいるかと訊いた。

栗屋は外套の襟を立てて、雪になりそうだから、ぼつぼつ引きあげるつもりだと言った。なるほど、夕空は次第に曇り、寒さもつのってきたが、アンガスは雄弁を揮《ふる》って、栗屋をその場に引き止める説得をした。

「売物の栗で暖まったらいい」と彼は熱心に言った。「ありったけ食べちまえ。損はさせないよ。僕が戻って来るまでここに待っていたら、一ポンド金貨をやろう。男でも女でも、子供でも、もし誰かがあの門衛のいる建物に入って行ったら、その時教えてくれたまえ」

アンガスはそれから足早に歩き出し、包囲された塔を最後に一目見やった。

「あの部屋の守りは何とか固めたぞ。まさかあの四人が四人とも、ウェルキン氏の一味ということはないだろう」

ヒマラヤ・マンションが丘の頂上だとすれば、ラックナウ・マンションは建物が建て込んだその丘の、いわば下の段に建っていた。フランボー氏の事務所を兼ねた部屋はその一階にあり、「物言わぬ召使い」がいるあの部屋のアメリカ式機械装置や、よそよそしいホテルのような豪華さとは、あらゆる点で好対照だった。アンガスの友達であるフランボーは、事務所の奥のロココ風にしつらえた芸術的な私室に、彼を迎え入れた。その部屋の飾り物はサーベルに火縄銃、東洋の骨董品にイタリアの葡萄酒の壜、野蛮人の料理鍋に毛のふわふわしたペルシャ猫一匹、それに小柄で埃をかぶったようなローマ・カトリックの神父が一人で、神父はとりわけ場違いに見えた。

「こちらは友人のブラウン神父だ」とフランボーは言った。「前々から会わせたいと思ってたんだ。素敵な天気じゃないか、今日は。おれのような南国生まれの人間には、少々寒いがね」

「うん、このまま保《も》ってくれそうだね」アンガスはそう言って、紫の縞《しま》が入った東洋風の長椅子に腰をおろした。

「いいや」と神父が静かに言った。「雪が降りだしたよ」

果たして、そう言っているうちにも、あの栗屋の予想があたって、暗くなりゆく窓の外を降りはじめの雪がちらほらと舞った。

「ところで」アンガスは重苦しい調子で言った。「ここへ来たのは用事があるからなんだ。

それも、ちょっとおっかない用事でね。じつはね、フランボー。この家から石を投げればとどくところに、ある男が住んでいて、君の助けをどうしても必要としている。四六時中、見えない敵につきまとわれて、脅されているんだ――誰も姿を見たことのない悪党にね」アンガスはスマイズとウェルキンの物語を一伍一什《いちぶしじゅう》語った。まずはローラの話をして、それから自分自身のことや、誰もいない二本の道が交わる街角で不思議な笑い声がしたこと、無人の部屋で奇妙な言葉がはっきり聞こえたことなどを説明すると、フランボーはしだいに興味をおぼえた様子で聞き入ったが、小柄な神父は積み残した家具のように、話について来られないようだった。走り書きをした切手の耳が飾り窓に貼られたというくだりになると、フランボーは立ち上がり、大きな両肩で部屋をふさがんばかりだった。

「よかったら、その先は」と彼は言った。「その男の家へ近道で行く途中に話してもらった方がいいな。何だか、一刻も無駄にしてはいけない気がするんだ」

「いいとも」アンガスも腰を上げた。「しかし、今のところ彼は安全だよ。あの男の巣に入るたった一つの穴を、四人の男に見張らせてあるんだ」

かれらは通りへ出て、小柄な神父は小犬のようにおとなしく、あとからのそのそと随《つ》いて行った。彼は世間話でもするように、楽しげにこう言っただけだった。「雪が積もるのが早いねえ」

すでに銀色の雪をかぶった急な脇道を抜けて行く間に、アンガスは話を最後まで語った。それで、マンションが聳えている三日月街へ着く頃には、四人の見張りに注意を向ける余裕があった。栗屋は一ポンド金貨をもらう前にも後にも、固く断言した——入口を見張っていたが、訪問者は一人も入って行かなかった、と。警官はもっときっぱりと言いきった——自分はシルクハットをかぶったのから襤褸《ぼろ》を着たのに至るまで、あらゆる種類の悪党を相手にして来た。怪しい者は怪しい格好をしていると思い込むほどうぶではない。どんな相手にも用心を怠らぬようにしていたが、誓って誰一人来なかった、と。三人はそれから、今も笑顔で玄関口に立ちふさがっている金ぴかの門衛を取り囲んだが、門衛の証言はさらに決定的なものだった。

「公爵だろうと塵芥《ごみ》浚《さら》いだろうと、わたしは何人《なんぴと》にも、このマンションにどんな用事があるのか訊ねる権限を持っています」愛想の良い金モールの大男は言った。「誓って申しますが、こちらの紳士がお出かけになったあと、訊ねなければならない相手は一人も来ませんでした」

この場の主役ではないブラウン神父は、うしろに退《さが》って、つつましげに舗道をながめていたが、ここで遠慮がちに口を開いた。「それでは、雪が降り出してから、階段を上がり下りした人間はいないんですか？　雪は我々がフランボーの家にいる時に、降りはじめましたが」

「誰もここへは入りませんでした。わたしが請け合います」門衛は威厳たっぷりに言った。

「そんなら、あれは何でしょうな？」神父はそう言って、魚のようにぽかんと地面を見つめた。

他のみんなも下を向いた。するとフランボーは恐ろしい叫び声を上げて、フランス人らしい仕草をした。金モールの男が守っている入口の真ん中あたり、くだんの巨人が傲然《ごうぜん》と脚を広げて立っているその脚の間に、白雪に刻印された灰色の足跡が点々とつらなっていることは、まごうかたなき事実だったのである。

「神よ！」アンガスは思わず叫んだ。「あの透明人間だ！」

彼はもう何も言わず、身を翻《ひるがえ》して階段を駆け上がった。フランボーがその後を追った。だがブラウン神父は、自分が発した疑問への関心を失ったかのように、雪化粧した通りでなおもあたりをながめていた。

フランボーは大きな肩で扉を押し破りたいようだったが、直観では劣っても理性で勝《まさ》っているスコットランド人のアンガスは、扉の枠を手探りして、やがて隠しボタンを見つけ出した。扉はゆっくりと開いた。

雑然とした部屋の中は、ほとんど変わらなかった。玄関広間は暗くなっていたが、真っ赤な残《のこ》んの夕陽がまだそこかしこに射し込んでいた。首なしの機械が一、二体、何かの目的でもとの場所から動かされたとみえて、薄暗い部屋のそこかしこに立っていた。かれらが着ている緑や赤の上着は夕闇の中で黒ずみ、形がぼんやりとして来たために、前よりもいくらか人間の姿に似ていた。しかし、そうした機械たちの間の、赤インクで字を書いた紙が落ちていた、まさにその場所に、赤インクを壜からこぼしたようなものが広がっていた。しかし、それは赤インクではなかった。

フランス人らしく理性と激情を併《あわ》せ持つフランボーは、「殺人だ！」と一言言うと、部屋に飛び込み、ものの五分と経たないうちに部屋の隅々から戸棚まで調べつくした。だが、死体を見つけようとしていたのだとすれば、徒労に終わった。イジドー・スマイズは、死んだにしろ、生きているにしろ、その部屋にはいなかった。二人の男は遮二無二《しゃにむに》探しまわった揚句、顔から汗をだらだら流し、目をギラつかせて、控えの間でばったり出会った。「友よ」フランボーは興奮してフランス語でしゃべりだした。「この殺人犯は姿が見えないだけじゃなくて、殺された男まで見えなくしちまうんだな」

アンガスは機械人形がひしめく薄暗い部屋を見渡したが、スコットランド人の魂の底にあるケルト的な一部分に戦慄が走った。等身大の人形の一つは血溜《ちだま》りの真上に立っていて、たぶん、殺された男が倒れる直前に呼んだのだと思われた。盛り上がった肩についている腕代わりの鉤の一方が少し持ち上がっていたので、アンガスはふと恐ろしい想像をした——哀れなスマイズは、自分が作った鉄の子供に殴り倒されたのではなかろうかと。物質が叛乱を起こし、機械たちが主人を殺したのだ。だが、たとえそうだとしても、死体をどう始末したのだろう？

「食っちまったのかな？」夢魔が耳元でささやいた。アンガスは引きちぎられた人間の死体があの無頭のぜんまい仕掛に吸い込まれ、粉砕されるありさまを想像して、一瞬、吐き気を催した。

彼はぐっとこらえて精神の健全さを取り戻し、フランボーに言った。「いやはや、ひどいことになった。あの可哀想な男は雲みたいに蒸発して、床に赤い縞《しま》を残した。この世の物語じゃあないね」

「するべきことはただ一つだ」とフランボーは言った。「この世の物語だろうが、あの世の物語だろうが、ともかく下へおりて行って友達に話さなきゃならん」

二人は階段を下りて、バケツを持った男とすれ違ったが、この男は誰も侵入者を通さなかったともう一度断言した。下へおりて、門衛とまだその辺をうろついている栗屋に聞いてみたが、二人とも、自分たちはちゃんと見張っていたとあらためて言い張った。アンガスは四人目の証人を探してあたりを見まわしたが、見あたらないのに苛立って声を上げた。

「あのお巡《まわ》りはどこへ行ったんだ？」

「申し訳ない」とブラウン神父が言った。「わたしが悪いんです。ちょっとそこの通りの先まで、あるものを調べに行ってもらったんです――調べる価値があると思ったものでね」

「さっさと戻って来てほしいですな」アンガスはぶっきら棒に言った。「上にいた可哀想な男は殺されたうえに、跡形もなく消えちまったんですから」

「どんな風に？」と神父がたずねた。

「神父さん」フランボーが、ややあって言った。「こいつはもう、おれじゃなくてあんたの出番です。敵も味方も、誰一人あの家には入らなかったのに、スマイズはまるで妖精にさらわれたように消えちまったんです。これが超自然現象でないなら、おれは――」

そう言っている間に、ただならぬものを目にして、一同は話をやめた。紺の制服を着た大男の警官が、三日月街の角をまわって走って来たのだ。警官はまっすぐブラウン神父のところへやって来た。

「おっしゃる通りでした」と息を切らして言った。「お気の毒なスマイズさんの死体が、下の運河でたった今発見されました」

アンガスは片手を荒々しく頭にあてた。「駆け下りて、身投げしたんですか？」

「下りては来ませんでしたよ。絶対に」と警官が言った。「溺れたのでもありません。心臓の上をぐさりと一突きされて死んだんですから」

「しかし入ってきた人間は見なかったんでしょう？」フランボーは重々しい声で言った。

「少し道を歩いてみましょう」と神父が言った。

三日月街の向こうの端まで行った時、神父はだしぬけに言った。「これは迂闊《うかつ》だった！あの警官に訊くのを忘れてしまった。薄茶色の袋は見つかったんだろうか」

「どうして薄茶色の袋なんです？」アンガスは驚いてたずねた。

「もしそれが他の色の袋だったら、この事件は最初からやり直しです」とブラウン神父は言った。「でも、薄茶色の袋なら、事件は解決だからですよ」

「それは嬉しいですね」アンガスは皮肉たっぷりに言った。「僕にしてみれば、まだはじまってもいないというのに」

「すっかり話してくださいよ」フランボーは子供のように、妙に真面目な率直さで言った。

一同は知らずしらずのうちに歩調を速めながら、小高い三日月街の向こう側にある長い坂道を下っていた。ブラウン神父は無言だったが、先に立ってきびきびと歩いていた。しまいに神父は感心するほど曖昧《あいまい》な言葉遣いで言った。「そうですね、あなたがたは散文的すぎるとお思いになるかもしれません。我々はいつも物事の抽象的な面から出発しますし、今回の物語も、それ以外のところから始めることはできません。

ねえ、お気づきになったことはありませんか――人はこちらの言うことには、けっしてこたえないのに。人はこちらの意味することに対して――あるいは、かれらがそう受けとったことに対してこたえるのです。仮に田舎のお屋敷で、ある御婦人がべつの御婦人に「お宅にどなたか御滞在ですか」とたずねたとします。相手は「はい。執事と三人の従僕と、部屋付きの女中などがおります」とは言わないでしょう。その部屋には女中が控えていて、椅子のうしろに執事が立っていたとしてもです。その婦人は、相手が言うような人間はいないという意味で、「誰もおりません」とこたえるでしょう。しかし、仮に伝染病の調査をしている医者が「お宅にはどなたがおられますか?」とたずねたら、その時は、くだんの婦人も執事や女中のことを思い出すはずです。言葉はすべてこんな風に使われるもので、質問に対する文字通りの答は返って来ないのです。たとえ正しい答が返って来るとしてもね。あの四人の正直な人たちが、マンションには誰も入らなかったと言ったのは、いいい人間が一人も入らなかったという意味ではなかった。こちらが考えているような人間は誰も入らなかったという意味だったんです。一人の男が家に入って出て来たのに、かれらは気がつかなかったんです」

「透明人間ですか？」アンガスが赤い眉毛を吊りあげて訊いた。

「心理的な透明人間ですよ」とブラウン神父は言った。
一、二分経ってから、神父は頭の中で考えを追うように、やはり気取らない声で話を続けた。「もちろん、そんな男のことは誰も思いつきません。気がつけばそれまでのことだが、中々思い至らないのです。そこが犯人の賢いところです。しかし、アンガスさんの話にあった二、三の些細な事柄から、わたしはその男のことを考えました。第一に、例のウェルキンが長い散歩をしたという事実。そして、窓に大量に貼ってあった切手の耳。そして何よりも、お嬢さんが言った二つのこと――本当ではあり得ないことです。怒らないでくださいよ」神父はスコットランド人が頭をきっと動かしたのを見て、慌てて言い足した。「お嬢さんはたしかに本当だと思い込んでいたが、本当であるはずはないんです。手紙を受け取る一秒前に、その人が道に一人きりでいるということはあり得ません。受け取ったばかりの手紙を読み始めた彼女が、道に一人きりだったことはあり得ないのです。誰かがすぐそばにいたはずで、その男こそ、心理的な透明人間だったのです」
「どうして誰かがそばにいなくちゃならないんですか？」アンガスがたずねた。

「なぜなら」ブラウン神父は言った。「伝書鳩を使うのでもなければ、手紙を持って来た人間がいたはずだからです」

「つまり、こう言いたいんですか」フランボーが勢い込んで言った。「あのウェルキンの野郎が、恋敵の手紙をお嬢さんのところへ持って行った、と？」

「さよう」と神父は言った。「ウェルキンは恋敵の手紙をお嬢さんに届けた。そうしなければならなかったんですよ」

「ああ、もうこれ以上我慢できない」フランボーが痺《しび》れを切らした。「そいつは何者なんです？　どんな奴なんです？　心理的な透明人間ってのは、いつもどういう服装《かっこう》をしてるんですか？」

「赤と青と金の服を着て、中々立派な身形《なり》だよ」神父は即座に、はっきりとこたえた。「そういう目立つ、これ見よがしでさえある衣装で、八つの目玉が見張っているヒマラヤ・マンションに入って行った。冷酷にスマイズを殺し、死体を腕にかかえてふたたび通りへ出て——」

「神父さん」アンガスは棒立ちになったまま、言った。「あなたは気が狂ってるんですか？　それとも、狂ってるのは僕ですか？」

「あなたは狂ってはいませんよ」とブラウン神父は言った。「少し不注意なだけです。たとえば、こんな男を見逃してしまった」

神父はつかつかと三歩前に進み出て、何の変哲もない郵便配達人の肩にうしろから手をかけた。その男は誰にも気づかれずに、木蔭を通ってそそくさと追い越して行ったのだった。

「どういうわけか、郵便配達人には誰も気づかないのです」神父は考え深げに言った。

「しかし、かれらにも人並に情熱があるし、小さな死体なら簡単に詰められる大きな袋を持ち歩いています」

郵便配達人は、ふつうならこちらをふり向くところなのに、首を縮めて庭の生垣へ倒れ込んだ。痩せた男で金髪の顎鬚を生やし、見た目はごく普通だったが、肩ごしにおびえた顔をふり向けた時、悪魔のような藪睨みの眼に三人とも睨みつけられた。

フランボーは色々と用事があるので、サーベルと紫の絨毯《じゅうたん》とペルシャ猫の待っている家へ帰った。ジョン・ターンブル・アンガスは店のお嬢さんのところへ戻ったが、このあつかましい青年は、彼女と何とか楽しくやって行くだろう。しかし、ブラウン神父は星空の下で、雪の降り積もった丘を殺人犯と一緒に何時間も歩きまわった。二人が何を話し合ったかは、知るよしもない。

イズレイル・ガウの信義

THE HONOUR OF ISRAEL GOW

オリーブ色と銀色の嵐の夕暮れが迫る頃、ブラウン神父は灰色のスコットランドの格子縞羅紗服《プレイド》にくるまり、灰色のスコットランドの谷のはずれへやって来て、奇怪なグレンガイル城を見やった。その城は山凹《やまくぼ》か盆地とでもいった場所の一方を袋小路のようにふさいでいて、まるでこの世の果てのような景観《ながめ》だった。古いフランス＝スコットランド式の城館らしく、海緑色の瓦《かわら》を葺《ふ》いた急勾配の屋根と尖塔がそそり立っていたが、イングランド人には、お伽話の魔女がかぶる無気味なとんがり帽子が連想された。緑色の小塔のまわりに揺れる松林は、瓦の色との対照で、無数の烏の群れのように黒々としていた。夢見るような、眠気さえ誘う妖気がここに漂っているのは、単なる風景の戯れではなかった。この場所には実際に、誇りと狂気と謎につつまれた悲しみの暗雲が垂れ込めているのであって、そうしたものは他のいかなる人間の屋敷よりも、スコットランド貴族の屋敷の上に重くのしかかるのである。なぜなら、スコットランドには、伝統と呼ばれる二重の毒——すなわち、貴族の血統の意識とカルヴァン主義者の破滅の意識とがあるからだ。

神父はグラスゴーに用事があったのだが、一日暇《ひま》をさいて、友人フランボーに会いに来た。素人探偵のフランボーはグレンガイル城にいて、もっと正式な係官と共に、故グレンガイル伯爵の生と死について調べているところだった。この謎の人物は、武勲《ぶくん》と狂気と、とんでもない策謀によって、十六世紀のこの国の陰険な貴族の中でも一際恐れられた一族の、最後の末裔だった。スコットランド女王メアリー[1)]の周囲にめぐらされた野望の迷宮、嘘で固められた宮殿の奥の間のその奥に、この一族ほど深入りした者はなかった。土地に伝わる俗謡が、かれらの企みの動機と結末を良く物語っている。

緑の樹液《しる》は夏の樹に
オグルヴィーには赤い黄金《かね》

グレンガイル城には、何世紀にも亙《わた》ってまともな当主はいなかった。そしてヴィクトリア女王の御代《みよ》になると、奇行の種も尽きたかに思われた。しかしながら、グレンガイルの最後の末裔は自分に出来る唯一のことをして、一族の伝統を守った。つまり、行方を昏《くら》ましたのである。といっても、外国へ行ったわけではない。どこかにいるとすれば、今も屋敷にいるはずだというのが、衆論の一致するところだった。しかし、彼の名前は今も教会の戸籍簿や分厚く赤い貴族名鑑に載っているとはいえ、陽の下《もと》で彼の姿を見た者はいなかった。見た者がいるとすれば、それはこの屋敷に一人っきりの召使いということになろう。こ

1　一五四二年－八七年。最後はエリザベス一世に監禁され、処刑された。

の男は馬丁と庭師の中間のようなものだった。耳がほとんど聞こえないので、実務的な人間は彼を唖だと思い、卓識な人間は薄ら馬鹿だと断言した。げっそりと痩せた赤毛の労働者で、いかにも強情そうな顎をしているが、青い瞳はうつろだった。この男はイズレイル・ガウという名で呼ばれており、さびれた屋敷にたった一人で働く物言わぬ召使いだった。しかし、彼が馬鈴薯《じゃがいも》を掘る時の熱心さや、毎度毎度決まった時刻に厨房へ入って行くことから、人々は、誰か目上の人の食事をつくっているのではあるまいか、謎の伯爵は今も城に隠れ住んでいるのではあるまいかという印象を受けるのだった。伯爵が城にいる証拠をその上に求めても、おられませぬと召使いは頑なに言い張った。ある朝、市長と牧師が城に呼ばれた（グレンガイル家は代々長老派[2]の信者だったのである）。二人が城へ行ってみると、庭師と馬丁と料理番を兼ねたあの男が、数多《あまた》の仕事にさらに葬儀屋のそれを加えて、高貴な主人を棺に納めたあとだった。この奇妙な事実を承認するにあたって、どれほど多くの（あるいはわずかな）取り調べが加えられたのかは、今もってはっきりしなかった。というのも、二、三日前、フランボーが北の地を訪れるまで、法的な取り調べはまったく行われなかったのである。彼が行った頃には、グレンガイル卿の死体（もし、それが伯爵の死体だとすれば）は、丘の上の小さな墓地に埋められて、しばらく経っていた。

ブラウン神父が薄暗い庭を通り抜けて、城の真下へやって来た時、雲は重く垂れ込め、蒸し蒸しして雷でも鳴りそうだった。消え残った夕陽の緑と金の帯を背にして、黒い人影が神父の目に映った。煙突の煙出《けむだ》しのような山高帽をかぶり、肩に大きな鋤《すき》を担いだ男の姿だった。帽子と鋤のこの取り合わせは、妙に墓掘り人を思わせたが、ブラウン神父は芋を掘る聾の召使いのことを思い出して、なるほどと思った。神父はスコットランドの農民について、多少知っていた。かれらには、公の調査の際には「黒服」を着るべきだと感ずるような世間体の観念がある。しかし、そのために芋掘りの一時間を無駄にしない倹約心も持っているのである。神父が通りがかった時の驚いた仕草や怪訝《けげん》そうな目つきも、こういうタイプの人間の警戒心と猜疑心を物語っているようだった。

城の大扉を開けてくれたのは、他ならぬフランボー自身だった。その傍らには、鉄灰色の髪をした痩せた男が、書類を手に持って立っていた。ロンドン警視庁から来たクレイヴン警部だった。玄関の広間は調度があらかた取り除《の》けられてがらんとしていたが、邪悪なオグルヴィー家の先祖の一人か二人が、青白い顔に薄笑いを浮かべて、黒い鬘《かつら》と黒ずんだ画布の中からこちらを見下ろしていた。

二人に随《つ》いて奥の部屋へ入ると、今までこの仲間たちは樫の長いテーブルについていたことがわかった。かれらが坐っていたあたりには走り書きをした紙が散らかり、横にウイスキーと葉巻が置いてあった。テーブルの残りの部分全体にわたって、さまざまな物が間隔をあけて並べてあったが、いずれも、じつに不可解きわまるものだった。その一つは、キラキラ光るガラスの破片を積み重ねたようだった。茶色の埃を堆《うずたか》く盛ったようなものも

2　カルヴァンの宗教改革をルーツとするプロテスタントの一派。

あった。もう一つは、ただの棒切れに見えた。

「こちらは地質学博物館のようですな」神父は椅子に坐りながら、茶色の埃とガラスの破片の方へ顎をしゃくって、言った。

「地質学博物館じゃない」とフランボーがこたえた。「言うなれば心理学博物館です」

「ねえ、頼みますよ」刑事が笑いながら言った。「のっけから、そんな難しい言葉を並べるのはよしましょうや」

「心理学が何だか知らないのかい?」フランボーが親しげに驚きを示して言った。「心理学っていうのは、オツムがイカレることさ」

「そう言われても、わからんね」と警察官はこたえた。

「つまり」フランボーはきっぱりと言った。「グレンガイル卿について、たった一つだけわかったことがあると言いたいのさ。彼は狂人だった」

山高帽をかぶって鋤を担いだガウの黒い影が、暗くなって来た空を背にぼんやりと輪郭を浮き上がらせて、窓の外を通った。ブラウン神父はそれを見るともなく見ながら、言った。

「あの人物に妙なところがあったということは理解できる。さもなければ、生きている自分を葬りもしなかったろうし——死んだ自分を大慌てで埋葬したりもしなかったろう。しかし、それが狂気のせいだったとどうして考えるんだね?」

「まあ、ともかく」とフランボーは言った。「クレイヴンさんがこの家でどんな物を見つけたか、聞いてごらんなさい」

「蠟燭を取って来なきゃいけないな」クレイヴンが唐突に言った。「嵐が来そうだし、暗くて字が読めないよ」

「お集めになった珍品の中には蠟燭もあるんですか？」ブラウン神父は微笑みながら、たずねた。

フランボーは真剣な顔を上げ、黒い瞳で友人を見据えて、言った。

「そいつも妙なんですよ。蠟燭が二十五本もあって、燭台は一つもないんだから」

部屋が急に暗くなり、風が急に吹きつのる中で、ブラウン神父はテーブルをまわり、蠟燭の束が他のがらくたと一緒に置いてあるところへ歩いて行った。その時、偶然、赤茶色の埃の塊の上にかがみ込んだ。大きなくしゃみが出て、静けさを破った。

「おやおや！　これは嗅ぎ煙草だ」

彼は蠟燭を一本取って慎重に火をつけ、戻って来てウイスキー壜の口に挿した。落ち着かぬ夜の空気が窓の隙間から吹き込んで来て、長い焰を幟《のぼり》のように揺らめかせた。城のどちらの側にも、何マイルも続く黒松の林が、岩礁に打ち寄せる黒い海のようにざわめいているのが聞こえた。

「目録を読み上げましょう」クレイヴンは一枚の紙を取り上げ、おごそかに口を開いた。「この城のあちこちで見つかった不可解な物の目録です。あらかじめ申し上げておきますが、この屋敷は全体に家具調度を取り払われ、荒れるままになっていました。ところが、一つ二つの部屋には、誰かが質素に、しかし小ぎれいに住んでいた形跡があります。召使いのガウではない誰かがです。では、目録にうつりましょう。

品目第一。相当な量の宝石。そのほとんどがダイヤモンドで、いずれも台に嵌め込んだものではなく、裸石です。もちろん、オグルヴィー家には先祖伝来の宝石があって当然ですが、ここにあるのは、普通なら何らかの装飾品に嵌め込んである宝石なのです。オグルヴィー家の人々は、ダイヤモンドを小銭のようにポケットに入れていたようですな。

品目第二。嗅ぎ煙草の粉が山ほど。煙草入れにも袋にも入っておらず、炉棚や食器棚、ピアノの上など、いたるところに塊《かたまり》になっていました。この家の老紳士はポケットの中を探るのも、蓋を開けるのも面倒だったと見えます。

品目第三。家のここかしこに奇妙な小さい塊になって置いてある、極小の金属部品。その中には鋼鉄の発条《ばね》のようなものもあれば、ごくごく小さい歯車の形をしたものもあります。まるで機械仕掛の玩具《おもちゃ》の腹の中を取り出したようです。

品目第四。蠟燭。他に立てる道具がないので、壜の口にでも挿すより仕方がありません。さて、これでこの一件が、我々が思っていたよりはるかに奇妙なものであることを御了解いただけるでしょう。中心となる謎に関しては、我々にも心の用意があります。最後の伯爵におかしなところがあったのは、誰でも一目でわかりましたからね。我々は伯爵が本当にここに住んでいたのか、本当にここで死んだのか、伯爵を埋葬したあの赤毛の案山子《かかし》野郎《ろう》が伯爵の死と関係があるのかを確かめに来たんです。しかし、最悪の場合を考えてみるとしましょう。身の毛のよだつ解決でも、お涙頂戴の解決でもかまいません。じつは、あの召使いが主人を殺したとか、主人は本当は死んでいないとか、主人が召使いの格好をしているとか、召使いが主人の身代わりに墓に埋められたとか、何でも結構です。ウィルキー・コリンズ[3]流の悲劇を御自由に考えてください。それでもなお、燭台のない蠟燭の説明はつきませんし、良家の老紳士がピアノの上に嗅ぎ煙草をこぼす癖があったことも説明できません。物語の核心は想像できます。謎なのは、周辺の部分ですよ。いくら空想を逞しくしても、人間の頭では、嗅ぎ煙草とダイヤモンドと蠟とバラバラになった発条仕掛を結びつけることなどできません」

「そのつながりはわかるような気がしますよ」と神父は言った。「このグレンガイルという人はフランス革命に大反対でした。旧政体《アンシャン・レジーム》の熱烈な信奉者で、最後のブルボン王家の家庭生活を文字通り再現しようとしたんです。嗅ぎ煙草を持っていたのは、それが十八世紀の贅沢品だったからです。蠟燭は十八世紀の照明だったからです。鉄の機械部品みたいなものは、錠前いじりがルイ十六世の趣味だったことをあらわしていて、ダイヤモンドはマリー・アントワネットのダイヤの首飾りの象徴です」

あとの二人は目を真ん丸くして、神父を見つめていた。「何ていう突《と》っ拍子《ぴょうし》もない考えだろう!」とフランボーが言った。「本当にそうだと思ってるんですか?」

3　イギリスの推理作家・劇作家。一八二四年－八九年。

「絶対にそうじゃないね」とブラウン神父はこたえた。「嗅ぎ煙草とダイヤモンドとぜんまい仕掛と蠟燭を結びつけることは、誰にもできないなんていうから、口からでまかせで結びつけてみただけだよ。真相は間違いなく、もっと深いところにあるはずだ」

神父は口をつぐみ、小塔の間で悲しげに呻《うめ》く風の音に耳を傾けた。それから、言った。

「故グレンガイル伯爵は泥棒だったんです。命知らずの強盗という第二の暗い人生を生きていました。燭台が一つもなかったのは、蠟燭を使う時には短く切って、携帯用の角灯に使うだけだったからです。嗅ぎ煙草は、凶悪なフランスの犯罪者が胡椒を用いたように使ったんです。捕《と》り手や追っ手の顔にいきなり、ひとかたまり投げつけるというわけですよ。しかし、決定的な証拠は、ダイヤモンドと小さな鋼鉄の歯車という興味深い取り合わせにあります。それですべてがはっきりするじゃありませんか？　ダイヤモンドと小さな鋼鉄の歯車といえば、窓ガラスを切れる唯一の道具ですよ」

折れた松の大枝が強風に煽《あお》られて、まるで押し込み強盗の真似でもするように、背後の窓ガラスに激しくぶつかったが、誰もふり向きもしなかった。聞き手の目はブラウン神父に釘づけになっていた。

「ダイヤモンドと小さな歯車か」クレイヴンが反芻《はんすう》するように繰り返した。「それが正しい解釈だと思われる理由は、それだけですか？」

「正しい解釈だとは思っていませんがね」神父は平然とこたえた。「四つのものを結びつけることは誰にもできない、とおっしゃったからです。もちろん、真相はもっと月並なものでしょう。グレンガイルは自分の領地に宝石を発見した——もしくは発見したと思った。誰かがあのばらのダイヤを持って来て、城の洞窟で見つけたといって、一杯食わせたんですよ。小さな歯車は、ダイヤモンドを切る道具です。伯爵は事を大雑把《おおざっぱ》に、こっそりと進めなければなりませんでした。この辺の山に住んでいるわずかな羊飼いや荒くれ者の手を借りてね。嗅ぎ煙草は、ああいったスコットランドの羊飼いにとって、唯一の贅沢品です。かれらを買収できる唯一の物です。燭台がなかったのは、要らなかったからでしょう。洞窟を探検する時は、蠟燭を手に持っていたんです」

「それだけですか？」フランボーは長い沈黙のあとで言った。「退屈な真相に、これでやっと辿り着いたというわけですか？」

「いやいや」とブラウン神父は言った。

はるか遠くの松林を吹いていた風が、嘲るようにホーホーと長い鳴き声を立てて熄《や》んだ。ブラウン神父はまったく無表情に話を続けた。

「わたしが今みたいなことを言ったのはね、嗅ぎ煙草とぜんまい仕掛を、あるいは蠟燭と輝く宝石をもっともらしく結びつけることはできない、とおっしゃったからです。間違った哲学でも、この宇宙にあてはまるものが十《とお》はある。間違った説でも、グレンガイル城にあてはまるものが十はある。だが、我々が求めているのは城と宇宙の本当の説明です。ところで、展示品は他にありませんか？」

クレイヴンは笑い声を上げ、フランボーもニヤニヤして立ち上がり、長いテーブルに沿って歩いて行った。

「品目第五、第六、第七、その他は」とフランボーは言った。「種類は色々だが、あまり手がかりにはなりませんよ。鉛筆じゃなくて、鉛筆から抜き取った鉛の芯《しん》の奇妙なコレクションがあります。意味のわからない竹の棒——これはてっぺんがささくれているから、犯罪の道具かもしれません。もっとも、犯罪事件なんかは起こっちゃいませんがね。あとは古いミサ典書が二、三冊とカトリックの小さな聖画が何枚かあるだけです。たぶん、オグルヴィー家に中世から伝わるものでしょう——家門の誇りは、清教徒《ピューリタン》の信仰より強かったということですね。我々がこうしたものを博物館に入れた理由は簡単で、妙な具合にところどころを切ったり、傷つけたりしてあるからです」

外の大嵐が恐ろしい雲塊をグレンガイル城の上に吹きつけたので、ブラウン神父が彩色された小本をよく見ようとして手に取った時、長い部屋は暗闇につつまれた。神父は暗闇が通り過ぎる前に口を開いたが、その声はまるで別人のようだった。

「クレイヴンさん」神父は十歳《とお》も若返ったように言った。「例の墓を調べに行くための令状はお持ちでしょうね。それを早くやって、この恐ろしい事件の根本をつきとめた方がいい。わたしがあなただったら、今すぐ始めますよ」

「今すぐにですか」刑事は驚いて言った。「どうして、今なんです?」

「事が深刻だからです」とブラウン神父はこたえた。「こいつはこぼれた嗅ぎ煙草だとか、ばらの小石だとか、そこにある理由が百も考えられるものとは違います。こんなことをする理由としてわたしが思いつくことは、たった一つしかありません。そして、その理由は世界の根幹に関わるものです。この宗教画は、ただ汚れたり、破れたり、落書きがしてあるのではありません。そういうことなら、子供や新教徒が閑にまかせて、あるいは偏狭な考えからやることだってあり得ます。ところが、これはすこぶる慎重に——しかも奇妙なやり方でいじられています。古い飾り文字の中に大きな神の御名が出て来ると、そこを一つひとつ丹念に切り取ってあるんです。他に切り取ってあるものは一つだけで、幼子イエスの頭のまわりの光輪です。ですから、わたしは令状と鋤と手斧を持って、棺をこじ開けに行こうと言ってるんです」

「一体、どういうことなんです？」ロンドンの警察官が訊いた。

「わたしが言いたいのは」と小柄な神父はこたえたが、疾風がごうごうと唸る中で、わずかに声を高めたようだった。「宇宙の大悪魔が今この瞬間にも、この城の塔のてっぺんに腰を下ろして、百頭の象ほどもある巨大な身体で、黙示録のように吼《ほ》えたけっているかもしれないということです。この事件の根幹には、どこかに黒魔術がからんでいます」

「黒魔術か」フランボーは小声で繰り返した。彼は文明化された人間なので、その種のことはもちろん知っていたのである。「でも、他の品物は何を意味するんです？」

「どうせ、何かろくでもないことに決まっている」ブラウンはせっかちにこたえた。「わたしにわかるはずがあるかね？　地獄の迷路を全部言いあてることなんか、できるはずがないじゃないか。ひょっとしたら、嗅ぎ煙草と竹竿で拷問ができるのかもしれん。狂人は蠟と鋼のやすり屑を欲しがるのかもしれん。鉛筆から人を狂わせる薬ができるのかもしれん！　謎を解く一番の早道は、丘の上の墓へ行くことだよ」

仲間たちは言われた通り、神父のあとに随いて行った。庭へ出て、激しい夜風に薙《な》ぎ倒されそうになるまで、自分のしていることもわからなかったが、それでも、自動人形のごとく神父の言うことに従っていたのである。クレイヴンはいつの間にか斧を手に持っていたし、ポケットには令状があった。フランボーはあの奇妙な庭師の重い鋤を担いでいた。ブラウン神父は神の御名が引き剝がされた金箔装飾入りの小さな書物を持っていた。

丘を登って墓地へ行く道は曲がりくねっていたが、短かった。ただ風に煽られるので、骨の折れる長い道のりに思われたのである。坂を登れば登って行くほど、風景は遠くまで見渡されたが、どこまで行っても一面の松の海で、木々は今は風に吹かれ、同じ方向へ傾《かし》いでいた。一様なその身ぶりは壮大であると共に虚しく――人も住まぬ、目的のない惑星を風が吹き渡っているかのように、虚しく見えた。果てしなく続く灰青色の森のいたるところで、あらゆる異教的なものの根底にある太古の悲しみが、甲走《かんばし》った高い声で歌っていた。底知れぬ葉叢《はむら》の地底界から聞こえる声は、迷って彷徨い続ける異教の神々、彼《か》の不合理の森に分け入り、天上への帰り道を二度と見つけることの出来ない神々の叫びかと思われた。

「知っての通り」ブラウン神父は低い声で、しかし、くつろいだ調子で言った。「スコットランドが存在する前のスコットランド人は、奇妙な連中だった。実際、今でも奇妙な連中だがね。先史時代には、本当に悪魔崇拝をしていたのではないかと思う。だからこそ」神父はにこやかに言い添えた。「清教《ピューリタン》の神学にとびついたのだ」

「神父さん」フランボーは何か腹を立てたように、ふり返った。「あの嗅ぎ煙草は一体どういう意味なんだい？」

「フランボー君」ブラウン神父も同じように真剣にこたえた。「本物の宗教にはすべて、一つの特徴がある――唯物主義だ。だから、悪魔崇拝も立派に本物の宗教といえるのだ」

かれらは丘の上の草地に上ったが、そこは、轟《とどろ》き、吼え立てる松林が途切れているわずかな場所の一つだった。木材と鉄線で作った粗末な柵が嵐の中でガタガタと音を立て、向こうが墓地であることを告げていた。しかし、クレイヴン警部が墓の隅まで辿り着き、フランボーが鋤の先端《さき》を地面に刺して、それに凭れかかった頃には、二人とも、風に揺れる木や鉄線と同じくらい震えていた。墓の足元には、大きな背の高い薊《あざみ》が生えていたが、枯れて灰色や銀色になっていた。一、二度、薊の綿毛が風に捥《も》ぎとられて目の前を飛んで行くと、クレイヴンは矢でも飛んで来たようにギョッとして跳び上がった。

フランボーはヒューヒュー鳴る草を分けて、その下の湿った土に鋤の刃を突き立てた。だが、やがて作業をやめ、杖のように鋤に凭れていた。

「さあ、続けて」神父は優しく言った。「我々は真実を見つけようとしているだけだ。何を怖がっているんだね？」

「真実を見つけるのが怖いんですよ」とフランボーは言った。

ロンドンの刑事がいきなり、高い上《うわ》ずった声でしゃべりだした。世間話をするような明るい調子で言ったつもりらしい。「伯爵は一体なんで、あんな風に姿を隠したんだろう。何か良からぬ理由があったんだろうな。癩病だったのかな？」

「もっとひどいことだろうよ」とフランボーが言った。

「じゃあ訊くが」と刑事はたずねた。「癩病よりひどい理由というのは、どんなことだと想像するかね？」

「想像なんかしたくないよ」とフランボーは言った。

恐ろしい数分間、彼は黙々と掘り続けていたが、やがて喉が詰まったような声で言った。

「奴《やっこ》さんは、ちゃんとした形をしていないんじゃないかなあ」

「いつぞやの紙だって、ちゃんとした形ではなかった」とブラウン神父は静かに言った。

「我々はあの紙にも辛抱できたんだ」

フランボーは闇雲《やみくも》に掘り続けた。それでも、粗削りな木棺の形があらわれ、棺を何とか草の上に引き上げる頃には、嵐が靄のように丘々にまつわりついた重苦しい灰色の雲を吹き払って、星影微かな灰色の空が見えていた。クレイヴンが斧を手に進み寄った。と、薊の先が身体に触わって一瞬たじろいだが、気を取り直してしっかりと前に出、フランボーに負けない力で棺を打ち叩き、ねじ回した。やがて蓋が剝がれると、そこにあるものすべてが灰色の星明かりの中にあらわれて、チカチカと光った。

「骨だ」とクレイヴンは言った。それから、まるで予想外のものが出て来たように、「だが、人間の骨だ」と言い足した。

「そいつは」フランボーが妙に上がり下がりする声で、尋ねた。「ちゃんとしてるかい？」

「そのようだね」警察官はかすれた声で言って、棺の中にぼんやりと見える朽ちかけた骸骨の上にかがみ込んだ。「ちょっと待ってくれ」

大きな吐息がフランボーの巨体を波打たせた。「考えてみれば」と彼は言った。「そもそも、どうしてちゃんとしていないはずがあるんだ？　こういう糞ろくでもない寒い山へ来ると、一体何が人間に取り憑《つ》きやがるんだろう？　きっと、真っ黒い阿呆な景色がどこまでもつづいているせいだ――この森と、何よりも、太古からある無意識の恐怖のせいだ。まるで無神論者の夢みたいだよ。松の木があって、その先も松の木で、まだまだ何百万本も松の木があって――」

「何と、これは！」と棺のそばにいる男が叫んだ。「こいつには頭がないぞ」

他の二人が身を硬ばらせて立っている間に、神父は初めて驚きの混じった関心を示した。

「頭がない！」と神父は繰り返した。「頭がない？」まるで何か他の部分が欠けていることを予期していたような口ぶりだった。

グレンガイル家に生まれた頭のない赤ん坊、城に身を隠す頭のない若者、古めかしい広間や豪華な庭を歩きまわる頭のない男――そういう馬鹿げた幻影が、パノラマのように一同の脳裡を通り過ぎた。しかし、そんな物語は、その張りつめた一瞬にさえも、かれらの心に根を下ろさず、理にかなったこととも思われなかった。三人は疲れきった獣のように呆然と立ち尽くして、ざわめく森と泣き叫ぶ空に耳を傾けていた。考えるということが何か途轍《とてつ》もなく大変なことで、突然かれらの手からすり抜けてしまったような気がした。「頭のない男が三人いる」とブラウン神父は言った。「この暴《あば》かれた墓のそばに立っている」

蒼ざめたロンドンの刑事は何か言おうとして口を開《あ》けたが、長い風の悲鳴が空をつんざいている間、田舎者のように口を開けっ放しにしていた。それから、手に握った斧を、まるで自分の物ではないかのように見て、放り出した。

「神父さん」フランボーが、めったに出さない赤ん坊のような重苦しい声で言った。「おれたち、どうしたらいいんですかね?」

彼の友人の返事は、押し込められた鉄砲の弾が飛び出すように、素早く返って来た。

「眠るんだ!」とブラウン神父は言った。「眠るんだよ。我々は袋小路に入ってしまった。眠りとは何か、知っているかね? 眠る者はみな神を信じているのだということを知っているかね? 眠りは秘蹟なんだ。なぜなら、それは信仰の行為であり、糧《かて》であるからだ。そして、我々は自然の秘蹟でもいいから、秘蹟を必要としている。何か人間の身にめったに起きないことが、我々に起こったのだ。もしかすると、人の身に起こり得る最悪のことかもしれない」

クレイヴンの開いていた唇が閉じて、言った。「どういうことです?」

神父は城の方をふり向いて、こたえた。

「わたしたちは真実を発見した。しかし、その真実は意味をなさないということです」

神父は二人の先に立って、この人にしては珍しく、がむしゃらに突き進むような足取りで小径を下りて行った。城に帰り着くと寝床にさっさともぐり、犬のように他愛《たあい》なく寝てしまった。

眠りを神秘的に礼讃したにもかかわらず、ブラウン神父はだんまり屋の庭師を除く誰よりも早起きして、大きなパイプをくゆらしながら、くだんの専門家が菜園で黙々と働くのをながめていた。地を揺るがす嵐は明け方の豪雨を最後に熄《や》んで、不思議にすがすがしい朝が訪れた。庭師は神父と話をしているようにさえ見えたが、探偵たちの姿を見ると、不機嫌そうに鋤を畑に突き立て、朝食のことを何か言いながら、キャベツの畝《うね》の間を通って台所へ引っ込んだ。

「あれは重宝《ちょうほう》な男ですな」とブラウン神父は言った。「芋掘りのうまいこと、驚くばかりだ。それでも」と冷静な寛容さを示して言い足した。「手抜かりはある――手抜かりのない人間などいませんからな。この土盛りのところは、ちゃんと掘っていません。そら、たとえば」と言って、いきなりある場所を踏みつけた。「ここの芋はじつに疑わしいと思うんですよ」

「それは、またどうして?」クレイヴンは小柄な男の新しい趣味を面白がって、尋ねた。

「疑わしいと思うのは、ガウの奴本人も疑わしいと思っていたからですよ。どの場所にも整然と鋤を入れているのに、ここだけは違う。ここにはよほど立派な芋が埋まっているんでしょうな」

フランボーは鋤を引き抜き、その場所に猛然と突き立てた。土をひと塊掘り返すと、その下から出て来たのは、どうも芋には見えない、むしろ巨大な笠を張ったお化け茸《きのこ》のような物だった。ところが、鋤があたるとコツンと音がして、ボールのように転がり、歯を剝いてニヤッとこちらに笑いかけた。

「グレンガイル伯爵だ」ブラウン神父は悲しげに言って、じっと頭蓋骨を見下ろした。

神父はそれからいっとき瞑想したのち、フランボーの手から鋤をもぎ取って、「また隠しておかなきゃいかん」と言いながら、頭蓋骨を土中に埋め戻した。そして、地面に固く突き立っている鋤の大きな柄《え》に、小さい身体と大きな頭をあずけたが、その目はうつろで、額には一杯皺を寄せていた。「この最後の奇怪な代物の意味がわかったらなあ」と神父はつぶやいた。そして大きな鋤の柄に凭れたまま、人が教会でするように両手に額を埋めた。

空は隅々まで青と銀色に輝いていた。鳥が庭のちっぽけな木々で囀《さえず》っていた。鳥の声がにぎやかなので、木々がそれ自体おしゃべりをしているようだった。しかし、三人の男は黙りこくっていた。

「ああ、もうやめた、やめた」フランボーがしまいに荒々しく言った。「おれの脳味噌とこの世界は、反《そ》りが合わないや。もうおしまいにしよう。嗅ぎ煙草だの、傷つけられた祈禱書だの、オルゴールの部品だの――一体全体――」

ブラウン神父は悩める額を上げ、この人にしては珍しい堪《こら》え性《しよう》のない様子で、鋤の柄をコツコツと叩いた。「ちっ、ちっ、ちっ！」と舌打ちして、言った。「そんなことは明々白々だよ。嗅ぎ煙草やぜんまい仕掛や何かのことは、今朝、目を開けたとたんにわかった。そのあと、庭師のガウと話して決着をつけたんだ。あの男は耳が遠くて愚かなふりをしているが、実際はそうでもないよ。例のばらばらな品物には、何もおかしなところはない。破られた祈禱書のこともわたしの思いちがいで、あれには何の害もない。しかし、この最後のやつが問題だ。墓を瀆《けが》して死人の頭を盗む――これはたしかにけしからん所業じゃないか？　やはり黒魔術に関係があるのだろうか？　だがそうなると、嗅ぎ煙草や蠟燭のいたって単純な話と辻褄《つじつま》が合わない」神父はそう言うと、また大股に歩きまわりながら、むっつりとパイプをふかした。

「神父さん」フランボーが陰気なユーモアをこめて言った。「気をつけてくれよ。おれが以前は犯罪者だったことを忘れてもらっちゃ、困るな。あの身分の良いところは、いつでも自分で段取りを立てて、すぐに実行できることだった。待ちの一手の探偵稼業は、せっかちなフランス人のおれなんかにはたまらないよ。おれは生まれて以来、良くも悪くも、物事はさっさと片づけた。決闘は翌朝にしたし、勘定はその場で払った。歯医者に行くんだって、先延ばしはしなかった――」

ブラウン神父の口からパイプがポロリと落ち、砂利道の上で三つに割れた。目をギョロつかせて立っている神父の姿は、白痴《ばか》を絵に描いたようだった。

「ああ、わたしは何という間抜けなんだ！」神父は何べんもそう言った。「何という間抜けなんだ！」やがて、気が抜けたように笑いだした。「歯医者！」神父はフランボーの言葉を繰り返した。「六時間も魂の深淵に落ち込んでいたが、すべては歯医者を思いつかなかったからなんだ！　なんと単純で、美しく、平和な考えだろう！　お二方《ふたかた》、我々は地獄の一夜を過ごしましたが、今はもう陽が昇り、鳥が歌っています。歯医者の光り輝く姿が世界を慰めてくれるんです」

「そいつはどういうことなんだか、是が非でも教えてもらいますぜ」フランボーはそう言って、大股に進み出た。「異端審問の拷問を使ってでもね」

ブラウン神父は今は陽のあたっている芝生で、一瞬、踊りだしたくなったらしいが、それを我慢して、子供のように哀れっぽく嘆願した。「頼むから、少しの間だけ馬鹿をやらせておくれ。わたしが今までどんなに惨めだったか、君たちは知らないんだ。今やっとわかったが、この一件には深い罪なぞ少しもなかった。若干《じゃっかん》の狂気はあったかもしれないが
——そんなこと、誰も気にせんだろう？」

神父はくるりとふり向き、厳粛な面持ちで二人と向かい合った。

「これは犯罪の物語ではありません。むしろ奇妙な、ひねくれた忠誠の物語と言った方が良いでしょう。我々が相手にしているのは、自分が取るべきもの以外は何一つ取らなかった、この世でおそらくただ一人の男です。今回のことは、昔からこの民族の信仰である、野蛮な生ける論理の研究と言っても良いんですよ。

グレンガイル家のことを歌った、この土地の古謡があったでしょう——

緑の樹液《しる》は夏の樹に
オグルヴィーには赤い黄金《かね》

これは比喩でもあるが、文字通りの意味にも取れるんです。グレンガイルの一族が富を求めたことも言っているが、それだけではなく、文字通り黄金を集めたことも事実だったんです。かれらは金の装飾品や道具の厖大《ぼうだい》なコレクションを貯えていました。実際、かれらは金銭欲がその方に転じた守銭奴だったんです。この事実に照らして、我々が城で見つけたものを最初から見直してみましょう。金の指環がないダイヤモンド、金の燭台がない蠟燭、金の箱に入っていない嗅ぎ煙草、金の鉛筆入れに入っていない鉛筆の芯、金の握りのないステッキ、金の置時計――というより懐中時計――のないぜんまい仕掛。そして気狂いじみてはいますが、昔のミサ典書の中で、光輪や神の御名には本物の金が使われていたため、それも取り除かれてしまったのです」

狂気の真相が語られるうちに、庭は明るくなり、草は強まる陽射しの中で生き生きと輝きだした。フランボーは友が話している間に、煙草に火をつけた。

「取り除かれた」とブラウン神父は語り続けた。「取り除かれた――けれども、盗まれたのではありません。泥棒なら、こんな謎をあとに残しはしなかったでしょう。嗅ぎ煙草入れを、嗅ぎ煙草ごと持っていったはずです。金の鉛筆入れも、鉛筆の芯ごと持っていったはずです。わたしたちが相手にしているのは風変わりな良心の持主ですが、それは間違いなく良心なのです。わたしは今朝、その狂った道徳家をあそこの菜園で見つけて、話をすっかり聞きました。

故アーチボルド・オグルヴィーは、グレンガイルに生まれた人間のうちで、もっとも善人に近かった人でした。しかし、彼の厳しい美徳には厭世家《えんせいか》の傾きがありました。彼は先祖の不正直に嫌気がさし、それを推し広げて、どういうわけか人間は皆不正直だという結論に達したんです。とりわけ、慈善とか惜しみない施しといったことに懐疑的で、もしも自分に権利があるものだけを過不足なく受けとる人間がいたら、その者にグレンガイル家の黄金をすべて与えると宣言しました。彼はこうして人類に挑戦を叩きつけると、それきり引きこもってしまって、挑戦に応える者が現われようとは夢にも思っていませんでした。ところがある日、聾で一見愚鈍そうな若者が、遠くの村から、遅れた電報を届けに来ました。グレンガイルは、意地の悪い冗談で、真新しいピカピカのファージング銅貨[4]を一枚やりました。少なくとも、彼はそうしたつもりだったのですが、手元の小銭を調べてみると、新しいファージング銅貨は残っていて、ソブリン金貨が一枚なくなっていたんです。彼はこの偶然の出来事をきっかけに、いろいろと皮肉なことを考えました。どっちにしろ、あの若造は人間の汚い欲を見せるだろう。一枚の金貨の盗人となって姿を消すか、御褒美を欲しがる俗物として、殊勝にこせこせと戻って来るか、そのどちらかにちがいない、と。その夜中、グレンガイル卿は扉を叩く音で寝床から起こされて——というのも、彼は一人で住んでいましたから――仕方なく扉を開けると、例の聾の薄馬鹿がいました。薄馬鹿はソブリン金貨ではなく、十九シリング十一ペンス三ファージングきっかりの釣銭を持って戻って来たのでした。

その時、この常軌を逸した几帳面さが、狂った殿様の頭を炎のようにとらえたんです。彼は断言しました――自分はディオゲネス[5)]であって、長いこと正直者を探していたが、やっと見つけた、と。そして新しい遺言状を書きましたが、そいつはわたしも見せてもらいましたよ。グレンガイルは馬鹿正直な若者を広大な荒れ果てた屋敷に呼び寄せて、ただ一人の召使いとして――そして、妙なやり方ですが――相続人として教育したんです。そしてあの変わり者は、何を理解したか知りませんが、ともかく主人が持っていた二つの固定観念だけは完璧に理解しました。第一に、権利状がすべてであること。第二に、グレンガイル家の黄金は自分の物になるということです。話はこれだけで、じつに単純です。ガウは屋敷中の金を剝ぎ取り、金でないものはこれっぽっちも取りませんでした。嗅ぎ煙草の粉一粒もです。古い彩色文字から金箔を剝がし取って、他の部分は駄目にしなかったことに満足していました。そこまではわたしにも理解できたんですが、頭蓋骨のことがわからなかったんです。馬鈴薯畑に埋められたあの人間の頭のことで、本当に不安になりました。

4　四分の一ペニーの小銅貨。
5　古代ギリシアの思想家。「正直者を探す」と言って昼間に提灯を持ち歩いた。

苦しんでいたんですよ――フランボーがあの言葉を言うまではね。心配は要りません。あの男は頭蓋骨をちゃんと墓に戻しますよ。金歯の金《きん》を取ったあとにね」

実際、フランボーがその朝丘を歩いて行くと、あの変人が、律義な守銭奴が、潰された墓を掘っているのが見えた。羅紗服の首のあたりが山風にはためき、頭には地味な山高帽をかぶっていた。

間違った形

THE WRONG SHAPE

ロンドンから北へ向かう大街道のいくつかは、細く絶えだえな道の幽霊のようになりながらも、はるかに田舎の方へ続いていて、建物がしばらく途切れることはあっても、道筋だけは保っている。たとえば、ここに店屋が並んでいるとすると、その先には柵で囲った野原や牧場があり、やがて名の知れた居酒屋が現われ、それからたぶん菜園か苗木畑、次いで個人の大邸宅、そしてふたたび野原、宿屋といった具合に続くのである。誰方《どなた》かがこうした道を歩いて行ったとすると、通りがかった一軒の家にたぶん目を惹かれるだろうが、何に惹きつけられたのかは説明出来ないかもしれない。それは道と平行に建っている細長い低い家で、大部分白と薄緑に塗ってあり、ベランダと日除けがあって、外玄関の天井には、古風な家に時折見かける木製の蝙蝠傘のような面白い円屋根がついている。それは事実、古風な家で、いかにも英国風であり、古き良き裕福なクラパム[1]を言うような意味に於いて、いかにも郊外的な建物である。しかし、この家には暑い気候向きに建てられたような様子がある。白い塗装と日除けを見ていると、帽子に巻く鉢巻だの、それこそ椰子《やし》の木だのが何となく心に浮かぶ。筆者《わたし》にはこの印象の源を突きとめることは出来ないが、あるいは、インド生まれの英国人が建てた家なのかもしれない。

誰でもこの家の前を通れば、何とはなしに心を魅《ひ》かれて、何か物語でもありそうな場所だと感ずるにちがいない。その感じは正しかったことが、これからお話しすることでおわかりになろう。というのも、これはまさにその物語――一八××年の聖霊降臨節に、この家で実際に起こった不思議な事件の物語なのである。

どなたであれ、聖霊降臨祭[2]の前の木曜日、午後四時半頃にこの家の前を通ったならば、玄関の戸が開いて、中から聖マンゴー小教会のブラウン神父が、大きなパイプをふかしながら出て来るのを御覧になっただろう。フランボーという、いやに背の高いフランス人の友達が一緒で、こちらはうんと小さな紙巻煙草を吸っている。読者がこの二人に興味を覚えるか否かはさておき、じつを言うと、白と緑の家の扉が開いた時に見えた興味深いものは、この二人に限らなかった。この家には変わった点が色々あるので、手始めにそれを述べておかなければなるまい。読者にこの悲劇的な話を理解してもらうためでもあるが、それだけでなく、この玄関の扉が開いた時、何があらわれたのかを知っていただくために。

この家は全体として見ると、Tの字の形に建てられていたが、Tの字といっても横の棒がうんと長く、縦の棒はうんと短かった。長い横棒は、これすなわち家の正面部分で、通りと平行しており、中央に玄関があった。二階建てで、重要な部屋はほとんどこの部分にあった。短い縦棒は玄関のすぐうしろから奥の方へ突き出していて、こちらは平屋で、長

1　古くは豪商などが大邸宅を構えた土地。二十世紀初頭にロンドンまで鉄道が通り、庶民のベッドタウンとなった。
2　復活祭後の第七日曜日。

い部屋が二間《ふたま》続いているだけだった。手前の部屋は書斎になっており、彼《か》の名高いクイントン氏は、ここで奇想縦横な東洋風の詩や物語を書いたのである。奥の部屋はガラス張りの温室で、世にも稀な、ほとんど怪物めいた美しさを誇る熱帯の花々に埋め尽くされ、このような日の午後には、贅沢な陽射しに輝いていた。だから、玄関の扉が開いている時、道行く人の多くは文字通り足を止めて目を瞠り、息を呑んだ。というのも、豪華な部屋を覗き込むと、そのずっと奥には、お伽話の劇で場面が早変わりしたような光景が見通せたからである。紫の雲、金色の太陽、真紅の星々が、灼《や》けつくように鮮やかに、しかも透きとおって、遠く彼方にあった。

詩人のレナード・クイントンは細心の注意を払って、自らこの効果を演出したのだったが、詩に於いて自分の個性をこれほど完璧に表現したかどうかは疑わしい。というのも、彼は色彩に酔い痴れて耽溺《たんでき》した男であり、色彩への欲望を満たすために、形を――良い形さえ――多少ないがしろにするほどだった。彼の才能が東洋の芸術や形象に――色彩という色彩が幸運な混沌に流れ落ちたような、何も象徴せず教えもしない、人を面食らわせる絨毯や目も眩《くら》むような刺繍に夢中になったのも、そのためだった。彼は、おそらく芸術として完全に成功してはいなかったにしろ、世人も認める想像力と工夫の才を発揮して、荒々しく残酷なまでの色彩の狂乱を反映した叙事詩や恋物語を書こうとした。燃える金色の、あるいは血のように赤い銅《あかがね》色の熱帯の空、ターバンを十二も巻いた冠をかぶり、紫や孔雀色に塗った象にまたがる東方の英雄たち、黒人が百人かかっても運べない、しかし、古《いにしえ》の妖しい色の焔に燃える巨大な宝石——そういったものの物語を書いたのである。つまり（もっと平凡な観点から言えば）、彼は西洋のたいがいの地獄よりも質《たち》の悪そうな東洋の天国や、狂人と呼んでさしつかえない東洋の君主や、ボンド街の宝石商人なら（たとえ百人の黒人がよろめきながら、店に運び込んだとしても）本物とは受け取らないような東洋の宝石の話をたくさん書いたのである。クイントンは病的な天才かもしれないが、ともかく天才であった。その病的な傾向も、作品より実生活に顕著に現われた。意志が弱く怒りっぽい気性で、東洋人の真似をして阿片《アヘン》を吸うため、大分健康を損なっていた。彼の妻は——器量良しで、働き者で、実際、働きすぎの女性だった——阿片を吸うことに反対したが、それにもまして反対したのは、白と黄の長衣を纏《まと》ったインド人の隠者を家におくことだった。夫はこの男を、魂を東洋の天国と地獄に案内してくれるウェルギリウス[3)]として、何カ月も家に泊めて、もてなそうとしていたのだった。

ブラウン神父とその友人は、この芸術的な館から玄関の階段に出て来たところで、顔つきから察するに、二人とも外へ出てほっとしているらしかった。フランボーはクイントンがパリで奔放な学生生活を送っていた頃に知り合い、週末を利用して旧交を温めに来たのだった。しかし、フランボーは、近頃気ままな稼業を卒業したことは別としても、今ではこの詩人と気が合わなかった。むせかえるほど阿片を吸ったり、犢皮《こうしがわ》の紙にちょっとした

3　古代ローマの大詩人。ダンテの『神曲』に案内役として登場する。

淫《みだ》らな詩を書いたりするのは、フランボーの考えからすると、紳士が堕落する正しい方法ではなかった。二人が玄関の石段に立ち止まり、これから庭をまわろうとしていると、前庭の門が乱暴に開いて、山高帽を阿弥陀にかぶった青年が、大慌てで石段を駆け上がって来た。身持ちの悪そうな青年で、派手な赤いネクタイが、それをしたまま眠ったように横に捩《ねじ》れていた。当節流行《はやり》の節のついた小さなステッキを休みなしにいじくったり、振りまわしたりしていた。

「あの」と青年は息を切らして言った。「クイントンに会いたいんです。会わなければならない用があるんだ。あいつは出かけてしまいましたか?」

「クイントンさんなら、中にいると思いますよ」ブラウン神父はパイプを掃除しながら言った。「しかし、会えるかどうかはわかりません。今、お医者さんが診ておられるのでね」青年は素面《しらふ》ではないらしく、よろめきながら玄関広間に入った。ちょうどその時、クイントンの書斎から医者が出て来て、扉を閉めると、手袋を嵌めはじめた。

「クイントンさんに会いたいだって?」医者は冷たく言った。「それは無理だね。いや、絶対に会ってはいけない。誰も会ってはいけないんだ。睡眠薬を飲ませたところだからね」

「でもね、あなた」赤ネクタイの青年はそう言って、医者の上着の襟を馴れ馴れしくつかもうとした。「いいですか、僕はもうにっちもさっちも行かないんだ。僕は――」

「何を言ったって無駄だよ、アトキンソン君」医者はそう言って、相手を押し返した。

「君が麻酔薬の効き目を変えられるとでもいうなら、わたしも考えを変えるがね」彼は帽子を頭にのせて、他の二人がいる日向《ひなた》へ出て来た。猪首《いくび》でちょび髭を生やした人の良さそうな小男で、何とも平凡だが、有能な印象を与える人物だった。

山高帽の青年は、相手の上着をつかむという漠然たる考えの他には、人をあしらう気転に恵まれていないらしい。まるで身体ごと放り出されでもしたかのように、呆然と扉の外に立ち尽くし、あとの三人が連れ立って庭を歩いて行くのを無言で見送った。

「さっき言ったのは、あれは真っ赤な嘘です」医者は笑いながら言った。「じつを言うと、クイントンが睡眠薬を飲むのは、もう三十分もしてからなんです。しかし、あのろくでなしに煩《わずら》わされるのは、放っておけないものですからね。あいつは金が借りたいだけで、返せる金も返そうとしないんですから。困ったごろつきですよ。ところが、クイントン夫人の弟でね。奥さんはまたとない立派な女性なんですが」

「おっしゃる通りです」とブラウン神父が言った。「あの方は善良な御婦人です」

「ですから、わたしはあん畜生が退散するまで、庭をぶらついているつもりです」医者は言葉を続けた。「そのあとで、中へ入ってクイントンに薬をやります。アトキンソンは入れませんよ。わたしがドアに鍵をかけてきましたからね」

「そんなら、ハリス先生」とフランボーが言った。「一緒に裏へまわって、温室の方まで歩きませんか。向こうから中に入る入口はないけれども、外からでも見る価値はありますぜ」

「そうですな。ついでに、患者の様子をのぞいてみましょうか」医者は笑った。「あの人は、温室の一番奥に長椅子を置いて寝るのが好きなんです。あの血のように赤いポインセチアに囲まれてね。わたしだったら、ぞっとしますがね。ところで、何をしていらっしゃるんです？」

ブラウン神父はちょっと立ち止まって、伸びた草叢《くさむら》に埋もれかけていたナイフを拾い上げたのだった。それは風変わりな曲がった形の東洋のナイフで、色とりどりの石や金属が精巧にちりばめてあった。

「これは何でしょう？」ブラウン神父は何か気に入らぬといった様子で、それをながめながら言った。

「ああ、クイントンのでしょう」ハリス医師は無頓着にこたえた。「あの家には支那の小間物を山程集めていますからね。さもなければ、クイントンが紐で操っている、あのおとなしいインド人のものかもしれません」

「インド人とは？」ブラウン神父はなおも手にした短剣を見つめながら、たずねた。

「インドの魔術師ですよ」医者はさらりと言った。「無論、インチキですがね」

「あなたは魔術をお信じにならないのですか？」ブラウン神父はうつ向いたまま、たずねた。

「よしてください！　魔法ですって！」と医者は言った。

「じつに美しい」神父は低い、夢見るような声で言った。「色はじつに美しい。しかし、形が間違っている」

「何が間違っているんです?」フランボーがキョトンとしてたずねた。

「何もかもだよ。抽象的に間違った形をしている。東洋の美術を見て、そう思ったことはないかね? 色彩はうっとりするほど美しいのに、邪悪なものに、形が下品で拙《つたな》い——わざと下品で描くしてあるのだ。わたしはトルコ絨毯の中に邪悪なものを見つけたことがあるよ」

「やれ、おそろしい!」フランボーが笑いながら言った。

「知らない言語《モン・ディウー》の文字と記号なんだが、邪悪な単語を表わしているとわかる」神父は言葉を継ぎながら、次第に声を落とした。「線がわざとおかしな風になって行くんだ——蛇がくねって逃げようとするように」

「一体全体、何の話をしていらっしゃるんです?」医者が大きな声で笑って言った。

フランボーがそれにこたえて静かに話した。「神父さんは時々こんなふうに、神秘の雲に隠れちまうんです。でも、念のため警告しておきますが、おれの知る限り、この人がこうなる時は、必ず何か悪いことが身近に迫っているんです」

「馬鹿らしい!」と科学者は言った。

「まあ、これを見て下さい」ブラウン神父はギラギラと光る蛇でも持つように、腕をいっぱいに伸ばして、曲がったナイフを差し出した。「間違った形だということが、おわかりになりませんか? これには健全で明白な目的のないことが、おわかりになりませんか? 槍のような切尖《きっさき》もない。鎌のように彎曲《わんきょく》してもいない。武器にはとても見えません。拷問の道具のように見える」

「お気に召さないようですから、持主に返したらいいでしょう」陽気なハリスは言った。「このろくでもない温室は、まだ先が続いているんですかな？　言ってみれば、この家だって間違った形をしていますよ」

「おわかりになっておられませんな」ブラウン神父は首をふった。「この家の形は風変りです──笑うべきと言っても良い。しかし、間違ったところは何もありません」

話しているうちに、一同は温室の向こう端の、ガラスが彎曲している部分にさしかかった。ガラスの弧は切れ目なく続いていて、そちらから中へ入れる扉も窓もなかった。しかし、ガラスは透きとおっていて、日は傾きはじめたけれどもまだ明るかったから、中の燃えるような花々だけでなく、茶色い天鵞絨《びろうど》の上着を羽織《はお》って長椅子にぐったりと寝そべっている、詩人の弱々しい姿も見えた。彼はどうやら本を読みながら、うたた寝しているようだった。蒼ざめた華奢《きやしや》な身体つきの男で、栗色の髪を長く垂らし、顎鬚を生やしていたが、この顎鬚は彼の顔の逆説《パラドックス》だった。鬚があるために、かえって男らしさに欠けて見えたのである。こうした特徴は三人とも良く知っていたが、たとえ、そうでなかったとしても、この時、かれらがクイントンの方を見たかどうかは疑わしい。三人の視線は、べつのものに釘づけになっていたからだ。

ちょうどかれらの行く道をふさいで、ガラスの建物の丸い突端のすぐ外側に、一人の背の高い男が立っていた。身にまとった衣は非の打ちどころのない白さで足元まで垂れ、剃き出しの鳶色《とびいろ》の頭と顔と頸は、夕陽に照らされて素晴らしい青銅の像のように輝いていた。男はガラスごしに眠れる詩人をじっと見ていたが、その姿は山よりも不動だった。

「あれは誰です？」ブラウン神父ははっと息を呑んで、後ずさりながら言った。

「そら。例のインド人のペテン師ですよ」とハリスが唸るように言った。「しかし、こんなところで何をしているのかは知りません」

「催眠術みたいだな」フランボーが黒い口髭を嚙みながら言った。

「医学に疎《うと》い人は、どうして催眠術、催眠術とくだらん話をしたがるんでしょう？」医者が大声で言った。「それより、よっぽど強盗のように見えますがね」

「とにかく声をかけてみよう」常に行動派のフランボーが言った。彼は大きく一歩進み出ると、インド人の横に並んだ。くだんの東洋人にもまさって上背《うわぜい》のあるフランボーは、高処《たかみ》から見下ろすようなお辞儀をして、図々しくさらりと言った。

「今晩は。何か要るものでもおありですか？」

　大船が港へ入るように、大きな黄色い顔がたいそうゆっくりとふり返って、白い肩ごしにこちらを見た。その黄色い目蓋が、眠っているようにぴったり閉じられているのを見て、三人は思わずギョッとした。「ありがとう」とその顔は流暢な英語で言った。「何も要りません」それから、薄目を開けて乳白色の眼球をのぞかせながら、「何も要りません」と繰り返した。さらに、両目をかっと見開いて「何も要りません」と言うと、衣擦《きぬず》れの音を立てながら、急に暗くなって来た庭へ入って行った。

「キリスト教徒の方が謙虚だ」とブラウン神父はつぶやいた。「何かを欲しがるからな」

「一体、何をしてたんでしょう?」フランボーが黒い眉を寄せ、声を落として訊いた。

「その話はあとにしよう」ブラウン神父は言った。

日射しはまだ残っていたが、夕暮れの赤光に変わり、庭の木立や茂みは空にますます黒々とした影を截《た》った。三人は温室の突端をぐるりとまわって、建物の反対側を黙々と歩き、正面玄関に戻ろうとした。歩いて行く途中、鳥が人の気配に驚くように、書斎と母屋の間の奥まった片隅にいた何者かが、目を醒ましたらしい。またも例の白衣の行者が暗蔭《くらかげ》からスッと現われ、正面玄関の方へ忍びやかに去って行く姿を見た。しかし、驚いたことに、行者一人だけではなかった。三人は急に立ち止まって、当惑を隠さねばならなかったが、それというのはクイントン夫人が現われたからである。豊かな金髪の夫人は角張った青白い顔をして、夕闇の中からこちらへ近づいて来た。顔つきは少し険しかったが、まことに礼儀正しかった。

「今晩は、ハリス先生」夫人はそう言っただけだった。

「今晩は、クイントンさん」小柄な医者は元気良く言った。「今から御主人に睡眠薬をさしあげるところですよ」

「そうですね」夫人は澄んだ声で言った。「もう、その時間でございますね」彼女は一同に微笑みかけ、家の中へ堂々と入って行った。

「あの女《ひと》は働きすぎですね」とブラウン神父が言った。「ああいう女性は、二十年間義務を果たしたあとで、何か恐ろしい事をしでかすんです」

　小柄な医者は、初めて興味深げな目で神父を見た。「医学を学んだことがおありですか?」

「あなた方は、肉体だけでなく、精神のことも多少知る必要があるでしょう」と神父はこたえた。「わたしたちも、精神だけでなく、肉体のことを多少知っておかねばならないんです」

「さて」と医者が言った。「それでは、クイントンに薬をやりに行こうと思います」

　三人は家の正面の角をまわり、玄関口に近づいていた。家の中を覗いた時、例の白衣の男を三度目に見た。男は玄関の扉へ向かって一直線に歩いて来たので、たった今、奥の書斎から出て来たとしか思われなかった。だが、書斎の扉には鍵がかかっているのを、一同は知っていた。

　しかし、ブラウン神父とフランボーはこの奇怪な矛盾を口には出さなかったし、ハリス医師は、あり得ない事に無駄な考えを費やす男ではなかった。彼は神出鬼没のアジア人をそのまま出て行かせて、それからさっさと玄関広間に入った。そこには、すっかり忘れていた人物がいた。空っぽ頭のアトキンソンがまだ居残っていて、鼻唄を歌ったり、節のあるステッキで物をつついたりしていたのだ。医者の顔が嫌悪と決意に一瞬引きつったと思うと、あとの二人に向かって早口にささやいた。「わたしはまた扉に鍵をかけなければいけません。さもないと、このどぶ鼠が入り込みますからね。ですが、二分もしたら、また出て来ます」

医者は手早く扉の鍵を外すと、中に入って、また鍵をかけた。山高帽の青年はよろめきながらとび込もうとしたが、すんでのところで遮られた。青年は苛立って、玄関広間の椅子にどっかりと坐り込んだ。フランボーは壁にかかっているペルシャの彩飾画をながめ、ブラウン神父は何か気が遠くなったように、扉をぼんやりと見ていた。四分ほど経って、扉がふたたび開いた。今度はアトキンソンも素早かった。勢い良く前に飛び出し、一瞬扉を押さえて、声を張り上げた。「ねえ、クイントン、僕はお願いが――」

書斎の向こうの端から、クイントンの声がはっきりと聞こえて来たが、欠伸《あくび》とも倦怠《けだる》い笑い声ともつかない声だった。

「君の欲しいものなら、わかってる。こいつをやるから、僕の邪魔をしないでくれ。孔雀の歌を書いてるんだ」

扉が閉まる前に、隙間から半ソブリン金貨が飛んで来た。アトキンソンはよろけながら前にとび出し、不思議な器用さでそれを受けとめた。

「これで片づいた」医者はそう言うと、荒々しく扉に鍵をかけ、先に立って庭へ出た。

「可哀想なレナードも、やっと少しは落ち着けますよ」医者はブラウン神父に向かって、言った。「一、二時間は、部屋に一人で閉じこもっているでしょう」

「そうですな」と神父はこたえた。「それに、さきほどは声もずいぶん楽しそうでしたな」

それから、彼は庭を重々しい顔で見まわした。だらしなく立って、ポケットの半ソブリン金貨をじゃらつかせているアトキンソンの姿があった。その向こうを見ると、紫の薄明の中で、例のインド人が顔を夕陽に向け、背筋をピンと伸ばして、草の生えた土手に坐っていた。やがて、神父は唐突に言った。「クイントン夫人はどこにいます？」

「部屋へ上がりましたよ」と医者が言った。「日除けに影が映っているでしょう」

ブラウン神父は面を上げて、眉を寄せながら、ガス燈のともった窓に黒い人影がうつっているのをつくづくと見た。

「さよう。あれは夫人の影ですな」そう言うと一、二ヤード歩いて、庭の椅子にどっかりと坐った。

フランボーも隣に腰かけた。だが、医者は、じっとしていられない性質《たち》の元気旺盛な人間だった。彼は葉巻を吸いながら夕闇の中へ歩き去り、友人二人があとに残った。

「神父さん」フランボーがフランス語で言った。「一体、どうしたんだね？」

ブラウン神父は三十秒ほどものも言わず、身動きもしなかったが、やがて口を開いた。

「迷信は信仰の道に悖《もと》るが、この家の空気には何かがある。きっと、あのインド人のせいだろう——少なくとも、その一部は」

神父は黙り込んで、遠くにいるインド人の姿を見た。インド人は祈禱でもしているかのように、今もかしこまって坐っていた。一見、身動きしていないようだったが、ブラウン神父が様子を見ていると、男は身体を一定のリズムで、ごく微かに揺らしているのだった。微風が薄暮の庭の小径をそっと渡って、落葉をわずかに掻き散らす中で、暗い樹々の梢もほんの微かに揺れていたが、ちょうどそのような揺らし方だった。あたりは嵐の前触れのように急速に暗くなって来たが、それぞれの場所にいる人間の姿はすべて見えた。アトキンソンは物憂げな顔で木に寄りかかっていた。クイントンの妻は今も窓辺にいた。医者は庭をぶらぶら歩いて、温室の向こう端をまわろうとしており、葉巻の火が鬼火のように見えた。行者は依然身を硬ばらせて、しかし身体を揺らしながら坐っており、彼の頭上の木々は揺れはじめ、唸り声をあげようとしていた。たしかに嵐が迫っているのだ。

「あのインド人がしゃべった時」ブラウン神父は低い、くだけた調子の声で語り続けた。「わたしは一種の幻影を見た——あの男と、彼の全宇宙の幻影だ。しかし、彼は同じことを三回言っただけだった。彼が最初に『何も要りません』と言った時、それは単に、自分は理解し難い存在であり、アジアは容易に秘密を明かしはしないのだという意味だった。次にもう一度『何も要りません』と言ったが、それは、自分はさながら宇宙のように自足しており、神も必要としなければ、いかなる罪も認めないという意味だとわかった。そして三度目に『何も要りません』と言った時、あいつの目は焔のように燃えていた。それで、文字通りのことが言いたいのだとわかった——すなわち、無こそ彼の望みであり、生まれ故郷である。酒を求めるように無を求めて、絶滅が、すなわち、ありとあらゆるものの単なる滅却が——」

雨がポツポツと落ちて来た。フランボーはなぜか蜂にでも刺されたように驚いて、空を仰いだ。と同時に、温室の向こう端にいた医者が何か叫びながら、こっちへ駆けだして来た。

医者が爆弾のようにこちらへ飛び込んで来た時、落ち着きのないアトキンソンは、たまたま家の正面の方へ行こうとしていた。医者はアトキンソンの襟をむずと引っつかんで、叫んだ。「悪党め！　彼に何をしたんだ、こん畜生」

神父はすっくと立ち上がっていた。命令を下す軍人のような鋼の声で、冷静に言った。

「喧嘩はおやめなさい。これだけ人数がいれば、誰でも取り押えられます。どうしたと言うんですか、先生？」

「クイントンの様子がおかしいんです」医者は蒼白になって言った。「ガラスごしに姿が見えたんですが、寝ている格好がどうも良くない。ともかく、わたしが出て行った時とはちがうんです」

「中に入って、様子を見ましょう」ブラウン神父はきっぱりと言った。「アトキンソンさんは放っておいてかまいません。クイントンの声を聞いてからずっと、この人はわたしに見えるところにいたんですから」

「おれがここに残って、見張ってますよ」フランボーが急いで言った。「見に行って来てください」

医者と神父は書斎の戸口へ駆けつけ、鍵を外して、中へ飛び込んだ。その時二人は、詩人が平生《ふだん》書き物をしている、部屋の中央に据えたマホガニーの大机に倒れかかりそうになった。その部屋には、病人のためにいつも燃やしている暖炉の小さな火以外に、明かりがなかったからだ。机の真ん中には一枚の紙切れが載っていて、わざとそこに置いたものと思われた。医者は紙片を引ったくって、一目見ると、ブラウン神父に渡した。そして、「大変だ、あれを見ろ！」と叫びながら、奥のガラス張りの部屋へ向かって行った。そこには恐ろしい熱帯の花々が、日没の真紅の記憶をいまだに留めているようだった。

ブラウン神父は紙に書いてある言葉を三度読んでから、紙を置いた。その言葉というのはこうだった。「わたしは自分の手で死ぬ。しかし、殺されて死ぬのだ！」判読不能とは言わないまでも、とても真似の出来ないレナード・クイントンの筆跡だった。

ブラウン神父は紙切れを手に持ったまま、温室の方へ大股に歩いて行ったが、医者が顔に確信と虚脱の表情を浮かべて、こちらへ引き返して来るのに出会った。「やってしまった」とハリスは言った。

二人は一緒に、サボテンや躑躅《つつじ》のけざやかで不自然な美しさの中を通って行き、詩人にして奇譚作家のレナード・クイントンの姿を見つけた。クイントンは長椅子からだらりと頭を垂らし、赤い巻毛が床を掃いていた。左の脇腹には、さいぜん庭で拾った風変わりな短剣が突き刺さり、力の抜けた手が今もその柄にかかっていた。

外では、コールリッジの詩の夜のごとく嵐が一足《ひとあし》にやって来て、[4] 庭もガラス屋根も激しい雨に打たれ、暗くなって来た。ブラウン神父は死体よりも紙切れを入念に調べている様子で、それを目元に近づけ、薄明かりで読もうとしているらしかった。やがて神父は紙切れを外の微かな光にかざしたが、その時、一瞬稲妻が走り、あたりは真っ白になって、紙は黒く見えた。

　真っ暗闇に雷が鳴り、それがおさまると、闇の中からブラウン神父の声が聞こえて来た。

「先生、この紙は間違った形をしていますよ」

「どういう意味です？」ハリス医師は顔をしかめて睨みながら、たずねた。

「四角くない」とブラウン神父はこたえた。「角を切り落としてあるようだ。これは、どういうことでしょう？」

「わたしが知るもんですか」医者は怒鳴った。「この可哀想な男を動かしてやりましょうか。完全に事切れていますよ」

「いや」と神父はこたえた。「このままにしておいて、警察を呼ばなければいけません」

しかし、神父はなおも紙切れをしげしげと見ていた。

　書斎を通って戻って来る時、神父は机のそばでふと足を止め、小さな爪切り鋏をつまみあげた。「ああ」と、彼はほっとしたように言った。「これでやったんだな。それにしても――」そう言って、眉を顰《ひそ》めた。

「そんな紙屑にこだわるのは、もうおよしなさい」医者が断固たる調子で言った。「あの

4　詩人S・T・コールリッジの物語詩『老水夫行』中の語句「暗闇はひとまたぎにやって来る（At one stride comes the dark）」への言及。

男の気まぐれだったんですよ。そんなものは何百とある。紙をみんな、ああやって切ったんです」彼はそう説明しながら、べつのもっと小さい机の上に重ねてあった、まだ使っていない原稿紙を指さした。ブラウン神父は近づいて、紙を一枚手に取ってみた。同じような不規則な形をしていた。

「本当ですね。そして、ここに切り落とした角がある」神父はそう言って、相手が怒るのもかまわず、それを数えはじめた。

「よしよし」彼はすまなそうに微笑《わら》って言った。「切られた紙が二十三枚に、切り落とした角が二十二。さて、あなたは気が急《せ》いておられるようですから、向こうへ戻りましょう」

「奥さんには誰が言います？」と医者は言った。「あなた、行って今のうちに伝えてくれませんか？　わたしは召使いに警察を呼んで来させます」

「御意《ぎょい》のままに」ブラウン神父は無頓着にそう言うと、玄関の方へ出て行った。

ここでも神父は劇的な場面を――といっても、もっと滑稽なものを見た。他でもない、大男の友人フランボーが久しくしなかった身構えをしており、玄関の石段の下の小径には、あの気立ての良いアトキンソンが両足を宙に上げて伸びていたのだ。山高帽とステッキは道の向こうとこちらに飛んでいた。アトキンソンはフランボーのまるで父親のような監視にとうとう嫌気がさし、彼を殴り倒そうと試みたのだが、退位したとはいえ、〝やくざ者《アパッシュ》の王〟を相手にそんな勝負をするのは容易ではなかった。

フランボーは敵に跳びかかって、もう一度押さえつけようとしていたが、その時、神父が優しく肩を叩いた。

「アトキンソン君と仲直りしたまえ」と神父は言った。「お互いに謝って、さよならを言うんだ。もう引きとめておく必要はないからね」それから、アトキンソンが半信半疑の体《てい》で立ち上がり、帽子とステッキを拾って庭の門の方へ去ると、ブラウン神父はもっと真剣な声で言った。「あのインド人はどこにいる？」

かれらは三人とも(医者もこちらへ加わっていたので)、揺れる木立の間にぼんやりと見える、草の生えた土手を思わずふり返った。今は紫色に黄昏《たそがれ》たその場所で、あの褐色の肌の男は、身体を揺らしながら奇妙な祈りを捧げていたのだ。しかし、インド人の姿はなかった。

「あの野郎」医者は怒り狂って地団駄《じだんだ》を踏んだ。「これでわかったぞ。あの黒ん坊がやったんだ」

「魔術は信じていなかったんじゃありませんか」ブラウン神父が静かに言った。

「もちろんです」医者は目を剝いて言った。「わたしはただ、あの黄色い悪魔をインチキ魔術師だと思って、毛嫌いしていたんです。もし本物だと思ったら、なおさら憎くなるでしょう」

「しかし、あいつが逃げちまったのは、どうでもいいことですよ」とフランボーが言った。「我々には何も証明できなかったろうし、あいつをどうすることもできませんよ。魔法だの自己暗示だので人が自殺した、なんていう話を、教区の巡査に言いに行くわけにもいかんでしょう」

ブラウン神父はこの間に家に入り、死んだ男の妻に報せを伝えに行った。ふたたび外に出て来た時、神父は少し蒼ざめて、悲壮な顔をしていた。しかし、夫人との間にどんなやりとりがあったのかは、すべてが明らかになったあとも、明かされることはなかった。

医者と静かに話していたフランボーは、友人がいやに早く戻って来たので驚いた。しかし、ブラウン神父はそんなことにお構いなく、医者を少し離れたところへ連れて行った。

「警察を呼びにやりましたね？」

「ええ」とハリスはこたえた。「十分もすれば来るでしょう」

「ひとつ、頼みを聞いてくれませんか？」神父は静かに言った。「じつを言うと、わたしはこの手の不思議な話を集めておりましてね。こういう話には往々にして——例のインド人の場合もそうですが——警察の報告書には載せられないような要素が含まれているものです。そこで、わたしの個人的な目的のために、この事件の報告書を書いていただきたいのです。あなたは賢い御商売をしておられますから」神父は真剣な目つきで、医者の顔を真っ向から見据えて、言った。「今回の事件について、何か口外すべきではないとお考えになったことを御存知かと思うのですよ。わたしの商売もあなたと一緒で秘密を重んじる仕事ですから、お書きくださったことは、何であれ絶対に秘密にします。でも、洗いざらい書いてくださいよ」

医者は小首を傾げ、思案顔で聴いていたが、一瞬、神父の顔を真っ向から見た。それから、「わかりました」と言って書斎に入り、扉を閉めた。

「フランボー」とブラウン神父は言った。「あそこのベランダの下に長い腰掛がある。あそこなら、雨に濡れないで一服できるだろう。君は世界でたった一人の友達だから、話がしたいんだ。というよりも、一緒に黙っていたいのかもしれんな」

二人は、ベランダの腰掛にくつろいで坐った。ブラウン神父は日頃の習慣を破って、勧められた上等の葉巻をもらい、黙って吸いつづけた。雨が甲高い叫び声をあげて、ベランダの屋根を激しく叩いていた。

「友よ」しばらくして神父は言った。「これはじつに妙な事件だ。じつに妙な事件だよ」

「そうでしょうね」フランボーは身震いするような仕草をして、言った。

「君も妙だと言い、わたしも妙だと言う」と神父は言った。「ところが、二人は正反対のことを言わんとしているんだ。現代人はつねに二つの異なった概念を混同する――驚嘆すべきことという意味の不思議と、複雑なことという意味の不思議をだ。奇蹟というものの厄介さは、半分がそこにある。奇蹟は驚くべきものだが、単純だ。奇蹟であるが故に単純なのだ。それは自然や人間の意志を通じて間接にやって来るものではなく、神（あるいは悪魔）から直接来る力なのだ。ところで、君はこの事件を奇蹟的だから、邪悪なインド人のあやつる魔法だから、驚嘆すべきだと言う。いいかね、わたしはこの事件が霊的でも悪魔的でもなかったと言うわけじゃない。人を取り巻くいかなる影響力によって、人間の生活に奇妙な罪が生まれるかを知っているのは、天国と地獄のみだからね。しかし今、わたしが言いたいのはこういうことだ——もしこれが君の考えるように純然たる魔術だとすれば、それは驚異だが、不思議ではない——すなわち、複雑ではないということだ。奇蹟は性質としては不思議だが、起こり方はいたって単純だ。そして、今回の事件の起こり方は、単純とは正反対だった」

しばらくおさまっていた嵐がふたたび勢いづいて来たようで、遠く雷が鳴ったような重い振動が伝わって来た。ブラウン神父は葉巻の灰を落として、語り続けた。

「この事件には、天国や地獄のまっすぐな閂《かんぬき》には属さない、ねじけて醜く、複雑な性質がある。蝸牛《かたつむり》の這った跡が曲がっていてそれとわかるように、わたしにはある男の曲がった足跡がわかるんだ」

白い稲妻が巨大な片目を開いて一度瞬きをすると、空はふたたび閉じ、神父は語り続けた。

「こういう曲がったものの中で、一番ひね曲がっているのが例の紙の形だった。あの男を殺した短剣よりもひね曲がっていた」

「クイントンが自殺を告白した紙のことですね」とフランボーが言った。

「クイントンが「わたしは自分の手で死ぬ」と書いた紙のことだよ」ブラウン神父はこたえた。「いいかね、あの紙の形は間違った形だった——わたしがこの邪悪な世界で、そういうものを見たことがあるとすれば、あれがそうだ」

「角を一つ、切り落としてあっただけでしょう」とフランボーは言った。「それに、クイントンの紙はみんな、ああして切ってあったんじゃありませんか」

「あれはじつにおかしな切り方だったし、わたしの趣味や好みから言うと、じつに嫌な切り方だった。いいかね、フランボー、あのクイントンは——神が彼の魂を迎え入れてくださるように——少しやくざなところはあったかもしれないが、本当の芸術家だった。ペンだけではなく、鉛筆を持たせてもだ。彼の筆跡は読みづらくとも、大胆で美しかった。わたしは自分の言うことを証明はできない——証明できることは、何もない。しかし、十分確信を持って言わせてもらう。クイントンが紙の角をあんな下品なやり方で切り落としたりするはずはないんだ。もし何かに紙を合わせるとか、綴《と》じるとか、何か目的があって紙を切ったとすれば、鋏で全然ちがう形に切ったはずだ。あの形を憶えているかね？　下品な形だった。間違った形だった。こんなふうに。憶えてるだろう？」

　神父は暗闇の中で火のついた葉巻を動かし、不規則な四角形を宙に描いたが、あまりに仕草が素早かったので、フランボーは闇に炎の象形文字が浮かび上がるのを見ているような気がした——神父が前に言ったのと同じ、解読はできないが、良い意味ではあり得ない象形文字を。

「でも」神父が葉巻を口にくわえ、背をうしろに凭れて屋根を見上げた時、フランボーは言った。「仮にべつの誰かが鋏を使ったとしましょう。そいつはどうして、クイントンの原稿紙の角を切り落として、彼に自殺をさせたんですか？」

　ブラウン神父は上を向いたまま屋根を見ていたが、葉巻を口から取って言った。「クイントンは自殺などしていないよ」

　フランボーは神父をまじまじと見た。「ええ、わからねえな。そんなら、どうして自殺の告白をしたんです？」

　神父はまた前かがみになり、両肘を膝について地面を見た。そして、低い、はっきりした声で言った。「自殺の告白などしなかったんだ」

　フランボーは葉巻を置いた。「あの書き置きは偽物だというんですか？」

「いや」とブラウン神父は言った。「クイントンはあれをたしかに書いた」

「そら、ごらんなさい」フランボーは苛々して来て、言った。「クイントンは「わたしは自分の手で死ぬ」と書いたんです。自分の手で、まっさらな紙に」

「間違った形の紙にね」神父は冷静に言った。

「形なぞ糞食らえ！」フランボーは叫んだ。「その形と一体、どういう関わりがあるっていうんです？」

「角を切り落とした用紙は二十三枚あった」ブラウン神父は平然として話を続けた。「ところが、切り落とされた端《はし》っこは二十二枚しかなかった。従って、一枚は捨てられたんだ。おそらく、あの文句を書いた紙の端がね。何かピンと来ないかね？」

　フランボーの顔に光が射し、彼は言った。「クイントンは他にも何か書いていたんだ。

何かべつの言葉を。「人はこう言うだろう。わたしは自分の手で死ぬ、と」とか、「信じてはならない――」とか」

「子供なら「近い、近い」と言うところだな」と神父は言った。「だが、あの紙の端は半インチの幅もなかったから、五つどころか、一つの単語を書き入れる余地もなかった。コンマほどの大きさで、胸に地獄を持つ男が、自分に不利な証拠になると思って破り捨てねばならなかったもの――そんなものを何か思いつくかね？」

「さっぱり思いつきませんね」フランボーはしまいに言った。

「引用符はどうだ？」神父はそう言って、葉巻を流れ星のように暗闇のはるか先へ投げた。

相手は言葉を失い、ブラウン神父は基本に立ち帰るように、言った。

「レナード・クイントンは奇譚作家で、魔術や催眠術に関する東洋の物語を書いていた。彼は――」

その時、背後の扉が勢い良く開いて、医者が帽子をかぶって出て来た。彼は神父の手に長細い封筒を渡した。

「お望みの文書です」と医者は言った。「わたしは家へ帰らなければなりません。御機嫌よう」

「御機嫌よう」とブラウン神父は言い、医者は足早に門の方へ歩いて行った。彼は玄関の扉を開け放しにして行ったので、ガス燈の明かりが一条《ひとすじ》、二人の上に射した。ブラウン神父はその光の中で封筒を開き、次のような文面を読んだ。

「ブラウン神父様――ガリラヤ人《びと》よ！　汝《なれ》は勝てり。[5]　あるいは、こう言いましょう――おまえの眼よ、呪われよ。まことに、それは鋭い眼です。あなた方が並べ立てる戯言《たわごと》に、やはり何か意味があるということなのでしょうか？

わたしは子供の時分からずっと自然を信じ、人がそれを道徳的と呼ぼうが、不道徳と呼ぼうが、あらゆる自然の作用と本能を信じて来た男です。医者になるずっと前、二十日鼠や蜘蛛《くも》を飼っていた学童の頃から、わたしは良き動物であることがこの世で最善のことだと信じていました。しかし、今、わたしの信念は揺らいでいます。今まで自然を信じていましたが、自然も人間を裏切ることがあるようです。あなた方の戯言にも一理あるということでしょうか？　わたしは本当に病的な気持ちになってきました。

わたしはクイントンの妻を愛しました。それのどこが間違っているというんです？　自然がそうせよと命じたのであり、この地球を回しているのは愛なのです。それに、彼女はわたしのような清潔な動物と一緒にいる方が、人を悩ますあの狂人といるより幸せなはずだ、と心からそう思ったのです。それのどこが間違っているんです？　わたしは科学者らしく事実を直視していたにすぎない。彼女はもっと幸せになれたはずです。

わたしの信条に従えば、クイントンを殺すのはまったく自由で、それが誰にとっても、彼自身にとってさえ最善のことでした。しかし、健全な動物であるわたしは、自分を殺す気はありませんでした。そこで、自分が罪を負わずに済むような好機を見つけるまでは、けしてやるまいと心に決めました。その機会を今朝、見つけたのです。わたしは今日、都合三回クイントンの書斎に入りました。最初に行った時、クイントンは現在執筆中の『聖者の呪い』という無気味な物語のことばかり話していました。それは、あるインドの隠者が、相手のことを考えるだけで英国人の大佐を自殺させるという話でした。クイントンはわたしに原稿の最後の数枚を見せて、終わりの一節を読み上げてくれました。それはおおむねこんな文句でした。「ただの黄色い骸骨と成り果てても、なお巨人のように大きいパンジャブ[6]の征服者は、やっとのことで身を起こし、肘をつくと、息も絶えだえに甥の耳にささやいた。「わたしは自分の手で死ぬ。しかし、殺されて死ぬのだ！」」。百に一つの偶然で、この最後の言葉は新しい紙の最初に書いてありました。わたしは部屋をあとにして、この怖ろしい機会が訪れたことに興奮しながら、庭へ出て行きました。わたしたちが家のまわりを歩いた時、わたしに都合の良い出来事がさらに二つ起こりました。あなた方はインド人を疑い、そのインド人が使いそうな短剣を見つけました。わたしは機会をみて短剣をポケットに押し込むと、クイントンの書斎に戻り、ドアに鍵をかけ、睡眠薬を飲ませました。クイントンはアトキンソンに返事をすることも嫌がっていましたが、わたしは声をかけてあいつを黙らせるように促《うなが》しました。わたしが二度目に部屋を出

5　ローマ皇帝ユリアヌス帝（四世紀）が死に際に残したとされる言葉。ガリラヤ人はキリストのこと。己の死後、キリスト教がローマ帝国の国教となることを予見した。
6　英領インドの旧州。現在のインドとパキスタンにまたがる。

た時、クイントンはまだ生きていたという明白な証拠が欲しかったからです。クイントンは温室で横になり、わたしは書斎を通って引き返しました。わたしは手先の素早い人間で、ほんの一分半の間に、やりたかったことをやり終えました。クイントンの物語の最初の部分をすべて暖炉に放り込んで、灰にしたのです。それから、引用符が邪魔なのに気づいて、その部分を切り落とし、不自然に見えないように、原稿用紙一束そっくり、同じように端を切り落としました。それから、クイントンの自殺の告白が書斎の机に載っており、クイントンは奥の温室で、生きてはいるが眠っていることを確かめてから、部屋を出ました。

最後の一幕は必死でした。御想像はつくでしょう。わたしはまるでクイントンが死んでいるのを見たような顔をして、温室に駆け込みました。あなたを例の紙で足止めし、手先の素早い人間ですから、あなたが自殺の告白を見ている間にクイントンを殺したんです。彼は薬が効いて半睡状態にあり、わたしは彼自身の手に短剣を持たせて、身体に突き刺しました。あの短剣はじつに変わった形をしているので、外科医でもなければ、心臓に達する角度を見定めることはできなかったでしょう。あなたはそれにお気づきだったのでしょうか?

わたしがこれをやり遂げたあと、驚くべきことが起こりました。自然がわたしを見棄てたのです。わたしは気分が悪くなりました。何か間違ったことをしたように感じました。わたしの頭は壊《こわ》れかかっているようです。このことを他人《ひと》に打ち明けてしまったと考えると——結婚して子供ができたら、一人でこの秘密を抱え込まなければなりませんが、そんなことはもうないのだと思うと、なにか無性に嬉しさを感じます。わたしはどうしてしまったのだろう?……狂気か……それとも人間は、バイロンの詩の主人公のように、良心の咎《とが》めを感じ得るのでしょうか!　もうこれ以上は書けません。

ジェイムズ・アースキン・ハリス

ブラウン神父が手紙を丁寧に畳《たた》んで、胸ポケットに入れたちょうどその時、門の呼鈴がけたたましく鳴り、数人の警官の濡れた雨合羽が外の道でつややかに光った。

サラディン公の罪

THE SINS OF PRINCE SARADINE

フランボーが月の休暇を取ってウェストミンスターの事務所を離れる時は、小型の帆船で過ごすのが常だった。その船は小さいので、漕ぎ船として使っている時間の方が長かった。おまけに、彼は東部地方の小さな川に船を浮かべたのだが、うんと小さな川だったから、まるで魔法の船が陸《おか》の草地や麦畑を帆走しているかのように見えた。船は二人なら何とか快適に乗れるだけの広さで、どうしても必要な物しか載せることが出来ず、フランボーは彼一流の哲学で必要と思われるものを積み込んだ。それは結局、四つの必需品に帰着したとおぼしい。腹が減った時のための鮭の缶詰、闘いたい時のための弾を塡《こ》めた回転式拳銃《リヴォルヴァー》、失神した時のためらしきブランデー、それに神父が一人――これは死んだ時のためと思われる。こういった軽い荷物でノーフォークの小川をゆるゆると下り、しまいには湖沼地帯《ブローズ》に出るつもりだったが、それまでの間は川筋の庭園や草原《くさはら》、水に映る屋敷や村のながめを楽しみ、池や淵に船を泊めて釣りをしたりしながら、川岸に沿って進んでいた。

フランボーは真の哲学者らしく、休暇に何の目的も持っていなかったが、真の哲学者らしく口実はあった。さほどあてにしてはおらぬ目当てがあって、うまく行けば休暇に花を添えられるという程度に真面目に考え、悪くても休暇が台無しになりはしないという程度に軽く考えていた。もうせん彼が盗賊王としてパリで鳴らした頃、賞讃や非難の手紙、果ては愛の告白をしたためた手紙などをよくもらったが、そのうちの一通が、なぜか記憶に残った。それはただ一枚の名刺で、英国の消印がある封筒に入っていた。名刺の裏にはフランス語で、緑のインクを使って、こう書いてあった――「いつか引退して堅気《かたぎ》になられたら、御来訪ください。是非お目にかかりたいのです。わたしの時代の他の大人物には、みんな会っているものですから。刑事にべつの刑事を逮捕させた貴方のあの離れわざは、フランス史上最高の観物《みもの》でした」。名刺の表には、「ノーフォーク州リード島リード荘、サラディン公爵」と型通りに刷ってあった。

フランボーは当時この貴人にさしたる関心を持たず、南イタリアの華やかな上流人士であることを確かめただけだった。公爵は若かりし日に、身分の高い人妻と駆け落ちしたという噂だった。そんな冒険は、彼の属する社交界では驚くほどのことでもなかったが、それについて悲劇が起こったため、人々の記憶に残った。妻を寝取られた夫がシチリア島の断崖から身投げし、自殺したらしいのである。公爵はその当時、ウィーンに仮寓《かぐう》していたが、近年は落ち着きのない旅から旅の生活を送っているようだった。だが、フランボーは、公爵同様、ヨーロッパでの名声を捨てて英国に移住すると、ノーフォークの湖沼地帯《ブローズ》にいる流離《りゅうり》の著名人をひょっこり訪ねてみようと思い立ったのである。居所を探し当てられるかどうかは、わからなかった。そこは本当に小さな忘れられた島だった。ところが、行ってみると、思いのほかあっけなく見つかったのだ。

二人はある夜、丈高い草と刈り込んだ木におおわれた土手の下に船を繋いだ。さんざん橈《かい》を漕いだので早く眠りに就き、そのため、明るくなる前に目を醒ました。もっと正確に言うと、夜明け前に目醒めたのだ。大きなレモン色の月が、頭上の丈高い草の森にやっと沈みかけたところで、あざやかな青紫色の空は、夜とはいっても明るかった。二人の男はいずれも同時に、子供の頃を思い出した。背の高い草が森のように我々の上に覆いかぶさっている、妖精と冒険の時を。大きな低い月を背にして伸び立った雛菊《ひなぎく》は、本当に巨人の雛菊に見え、蒲公英《たんぽぽ》は本当に巨人の蒲公英のように見えた。その光景は何となく、子供部屋の腰羽目に張った壁紙を思い出させた。川床が落ち込んでいるので、二人は灌木や花の根元よりも低いところに沈んでおり、草を下から見上げる格好になっていた。

「いやいや！」とフランボーが言った。「まるで妖精の国にいるみたいだ」

ブラウン神父は船の上で急に身を起こすと、十字を切った。その仕草があまりに唐突だったので、彼の友人は少し驚いた顔で、どうしたのかとたずねた。

「中世の譚詩《バラッド》を書いた人々は」と神父はこたえた。「妖精のことには君よりも詳しかった。妖精の国で起こるのは、愉快なことばかりじゃない」

「馬鹿な！」とフランボーは言った。「こんなきれいな月の下じゃ、愉快なことしか起こるはずがありませんよ。今のうちに先へ行って、何が起こるか見てみたいな。こんな月にも、こんな気分にも二度とめぐりあわないうちに、死んで腐っちまうかもしれないよ」

「よかろう」とブラウン神父は言った。「わたしは妖精の国に入るのが常に悪いとは言っていないよ。常に危険が伴うと言っただけなんだ」

二人は次第に明るくなる川をゆっくりと漕ぎ進んだ。空のあざやかな紫色と、月の淡い金色は見る見る薄くなって、暁の色が射す前の茫漠とした無色の宇宙に消え入った。やがて地平線の端から端まで、赤と金と灰色の微かな条目《すじめ》が入ると、前方の川に臨んでいる町か村の黒い影が、その条目を破った。この川沿いの寒村の迫《せ》り出した屋根や橋の下へさしかかった頃には、すでに心地良い薄明かりが射して、あらゆるものが見えるようになっていた。長くて低い、かがみ込むような屋根の家々は、灰色や赤の巨大な牛のように、川へ水を飲みに下りて来たようだった。白々《しらじら》と空に広がる暁が、働く昼の光に変わっても、静かな町の桟橋や橋には生き物の影一つ見えなかった。ようやく、一人の裕福そうな、物静かな男がシャツ姿でいるのを見つけたが、その顔は先刻沈んだ月のように真ん丸で、その円弧の下半分には赤い頰髯が伸びていた。男は支柱に凭れかかり、淀《よど》んだ流れを見下ろしていた。フランボーは何とも分析のできない衝動に駆られて、揺れる船の中ですっくと立ち上がり、リード島かリード荘を知っているかと、大声でたずねた。裕福そうな男の微笑がわずかに広がり、川上の次の曲がり目を無言で指さした。フランボーはそれ以上何も言わずに、船を進めた。

船は草の茂った曲がり角をいくつも曲がり、葦の生えた静かな河区をいくつも越えて行ったが、探すのに飽きて来る前に一際急な角を曲がって、池か湖のようなひっそりした場所に入った。そこの景色は直感的に二人の注意を惹いた。広々とした水面のさなかに、四囲を藺草《いぐさ》に縁取られた細長く平たい小島があって、竹か、あるいは何か丈夫な熱帯の籐《とう》でつくった細長く平たい家かバンガローが立っていたのだ。壁に使っている直立した竹棒は薄黄色で、斜めに渡した屋根の竹棒はそれよりも濃い赤か茶色だったが、その点を除くと、この細長い家は反復と単調の所産だった。早朝の微風《そよかぜ》が島のまわりの葦をざわめかせ、巨大な葦笛でも吹くように、この奇妙な肋材《ろくざい》だらけの家の中で歌った。

「これはこれは！」フランボーは声を上げた。「やっと見つけたぞ！　葦《リード》島なんてものがあるとすれば、こいつがそうだ。葦《リード》荘がどっかにあるなら、ここにあるんだ。頬鬚を生やしたあの太った男は、妖精だったにちがいない」

「そうかもしれん」ブラウン神父は淡々と言った。「もしそうならば、悪い妖精だ」

だが、せっかちなフランボーは神父が言いも終わらぬうちに、船をざわつく葦の間につけて、二人は細長い風変わりな小島の、古い、ひっそりした家のそばに立った。

家は、川とただ一つの浮き桟橋に、いわば背を向けて立っていた。正面の入口は反対側にあり、細長い島の庭を見下ろしていた。そこで、訪問者達は、おおよそ家の三面をめぐっている小径づたいに、低い軒の下を歩いて玄関へ近づいた。三つの異なる側面についた三つの異なる窓から、同じ一つの、細長くて明るい部屋が覗かれたが、その部屋には軽い木の羽目板が張ってあり、鏡がたくさんかかっていて、優雅な昼食の用意が整っていた。大まわりしてやっと玄関に辿り着くと、扉の両側に空色の植木鉢が置いてあった。扉を開けたのは陰気なタイプの——長身痩軀《そうく》、白髪で物憂げな——執事で、サラディン公爵はただ今留守だけれども、一時間もすればお帰りになる、この家は公爵と客人のために、いつでもてなしの用意が出来ている、とつぶやくような声で言った。緑のインクで走り書きをした名刺を見せると、この憂鬱な召使いの羊皮紙のような顔に、一瞬生気が射した。彼はいささか心もとない慇懃《いんぎん》な物腰で、見知らぬ客人に待つよう勧めた。「殿下はすぐにもお戻りになるかもしれません。ほんの少しのかけちがいで、御招きしたお客様とお会いになれなかったりしては、さぞ残念がられるでしょう。わたくしどもは、殿下と御友人のために、いつも簡単な昼食を用意するように言いつかっておりますので、召し上がってゆかれることを殿下もお望みかと存じます」

フランボーは好奇心をそそられて、このささやかな冒険をする気になり、申し出を優雅に受けて、老人に随いて行った。執事は軽い羽目板を張った細長い部屋に恭しく案内した。部屋には特に目につくものはなかったが、床までとどく長い窓と、床までとどく長い方形の鏡がいくつも交互に並んでいる変わった造りで、そのために独特の明るさと現実離れした雰囲気があった。何だか戸外で昼食を食べるようでもあった。地味な額が一、二枚、隅の方にかかっていた。一つは軍服を着たまだ若い青年の大きな灰色の写真で、もう一つは髪の長い少年二人を赤いチョークでスケッチした絵だった。軍服姿の人物は公爵ですかとフランボーがたずねると、執事は言下に否定し、あれは公爵の弟スティーヴン・サラディン大尉ですと言った。老人はそれきり急に言葉を忘れ、会話への興味をすっかり失ったかのようだった。

上等のコーヒーとリキュールで昼食が終わりになると、客人たちは庭と書斎を案内され、女中頭に紹介された——女中頭は肌の浅黒い、顔立ちのととのった女性で、中々の威厳があり、さながら冥界の聖母という風だった。もとは外国に住んでいた公爵の屋敷内の古株は、この婦人と執事だけのようで、現在いる他の使用人は全員、女中頭がノーフォークで集めた新顔らしかった。この女中頭はアントニー夫人と呼ばれていたが、言葉に多少イタリア訛りがあり、アントニーというのはラテン系の名前をノーフォーク風に呼び替えたのだ、とフランボーは信じて疑わなかった。執事のポール氏にも、どことなく外国人めいた雰囲気があったが、言葉遣いも仕込みも英国式で、国際人の貴族に仕える洗練された男の召使いは、たいていそうなのである。

美しく他所《よそ》にはない屋敷ではあったけれども、ここには奇妙な光り輝く悲哀が漂っていた。ここでは数時間が数日のように思われた。窓を十分にとった長い部屋には陽射しがあふれていたが、それは死んだ陽射しのようだった。話し声やグラスの触れ合う音、召使いの足音といった日常の物音の間を縫って、家の四方から陰鬱な川音が聞こえて来た。

「我々は間違った角を曲がって、間違った場所に来てしまった」ブラウン神父は窓から灰緑色の菅草《すげぐさ》と銀色の流れを見ながら、言った。「まあ、いい。間違った場所に正しい人間がいて、役に立つこともある」

ブラウン神父は平生《ふだん》無口だが、妙に感応力のある小男で、果てしなく長かった二、三時間のうちに、それと意識せずして、本職の友人よりも、リード荘の秘密の奥深くへ分け入っていた。神父は噂話を聞くのに何よりも大切な、好意ある沈黙のこつを心得ていて、自分はほとんど一言もしゃべらぬうちに、新しい知り合いから、かれらがいずれ話しそうなことを全部聞いてしまうのだった。執事は当然、多くを語らなかった。陰気で、ほとんど動物的な愛情を主人に寄せているようだったが、この執事に言わせると、サラディン公はひどい目に遭《あ》って来たのだった。主たる加害者は公爵の弟らしく、その名前が出ただけで、老人のひょろ長い顎はさらに伸び、鸚鵡のような鼻が皺を寄せて、せせら笑った。スティーヴン大尉はどうやら穀潰《ごくつぶ》しのようで、寛大な兄から何百、何千ポンドの金を搾《しぼ》り取り、兄はそのために社交生活を捨てて、この隠れ家に閑居せざるを得なくなった。執事のポールはそれだけしか語ろうとしなかったが、この男は明らかに公爵の味方だった。

イタリア人の女中頭の方はもう少し口が軽く、それは多少不満があるからだろうと、ブラウン神父は想像した。主人のことを語る口ぶりには、それなりの畏敬の念がこもっていなくもなかったが、いくらか毒があった。フランボーとその友達が鏡の間《ま》で二人の少年を描いた赤い素描をながめていると、女中頭が何かの用事ですみやかに入って来た。この輝く鏡を張りめぐらした部屋の特徴として、入って来た者の姿はみな四、五枚の鏡にいっぺんに映し出されるのだった。この家の一族を批評していたブラウン神父は、ふり返るまでもなく、話の途中で口を閉ざした。しかし、絵に顔を近寄せていたフランボーは、大声でこう言っているところだった。「これはサラディン兄弟だな。二人とも罪のない顔をしていますねえ。どっちが善い方で、どっちが悪い方か、見分けるのは難しいな」フランボーは婦人がいることに気づくと、軽く話題をそらして、庭へぶらぶらと出て行った。だが、ブラウン神父はなおも赤いクレヨンのスケッチに見入り、アントニー夫人は、ブラウン神父をやはりじっと見つめていた。

彼女は大きい鳶色《とびいろ》の悲痛な目をしていて、オリーヴ色の顔は、好奇心と苦痛に満ちた驚きに暗く輝いていた——見知らぬ相手の素性や目的を訝しんでいるかのようだった。小柄な神父の僧服と宗旨が南国での懺悔の記憶を呼び起こしたのか、それとも神父が実際以上に事情を知っていると考えたのか、彼女は悪だくみの仲間にでも話すように、声をひそめて言った。「お友達のおっしゃったことは、ある意味であたっています。兄弟の善い方と悪い方を選《よ》り出すのは難しいとおっしゃいましたね。ええ、そりゃあ難しいでしょう。善い方を選り出すのは、大変難しいでしょう」

「おっしゃる意味がわかりませんな」ブラウン神父はそう言って、立ち去ろうとした。女は神父に一歩にじり寄った。眉を曇らせ、雄牛が角を下げるように、猛々《たけだけ》しく身をかがめていた。

「善い方なんていないんです」と彼女は吐き出すように言った。「あれだけのお金を持って行った大尉も悪いけれど、お金をやった公爵だって、あまり善人とはいえません。公爵の弱みを握っているのは大尉だけじゃないんです」

聖職者のそむけた顔に光が射し、彼の口は、声にこそ出さなかったが、「強請《ゆすり》」という言葉をつくっていた。と、その時、女は突然蒼白い顔で肩ごしにふり返り、あやうく倒れそうになった。ドアがいつの間にか音もなく開《あ》いて、青ざめたポールが亡霊のように戸口に立っていたのだ。姿を映す壁の無気味な悪戯のせいで、五人のポールが五つの扉から同時に入って来たように見えた。

「殿下がただ今お戻りになりました」とポールは言った。

そのとたん、一人の男の姿が第一の窓の外を通り、照明のついた舞台を歩くように、陽のあたるガラスの前を横切った。次の瞬間には第二の窓を通って、たくさんの鏡が同じ鷲《わし》のような横顔と闊歩《かっぽ》する姿を、枠の中に次々と映し出した。背筋のしゃんとした俊敏な男だったが、髪の毛は白く、肌は象牙のように黄ばんだ変な色をしていた。短くて曲がったローマ鼻をしていて、それには普通、長い痩せた頬と顎がつきものだが、その頬と顎は口髭と皇帝鬚に一部分覆い隠されていた。口髭は顎鬚よりも黒々としていて、少し芝居の人物めいていたが、服装もやはり派手な役どころにふさわしかった。白い山高帽、上着に刺した蘭《らん》の花。黄色いチョッキを着て、歩きながら黄色い手袋をひらめかせたり、振ったりしている。彼が玄関へまわって来ると、かしこまったポールが扉を開け、到着した人物が元気良く言うのが聞こえた。「さあ、帰って来たぞ」かしこまったポール氏はお辞儀をし、何やら聞き取れない声でこたえた。二人の会話は数分間、聞きとれなかった。やがて執事が「何事も御随意に」と言い、サラディン公爵は手袋をひらめかせながら、客人に挨拶をするため、愉快そうに部屋へ入って来た。二人はまたしても、あの怪しい光景を見た――五人の公爵が五つの扉から部屋へ入って来るのを。

公爵は白い帽子と黄色い手袋をテーブルに置いて、慇懃《いんぎん》に手を差し伸べた。「ここでお会いできるとは嬉しい限りです、フランボーさん」と彼は言った。「こんな言い方は失礼かもしれませんが、あなたのことはお噂で良く知っております」「失礼だなんて、とんでもない」フランボーは笑ってこたえた。「わたしゃあ気にしません。汚れのない美徳で評判になるなんてことは、めったにありませんからね」

公爵は一瞬、相手を鋭く見て、この返答に個人的なあてこすりがあるのかどうかを見定めようとした。それから一緒に笑って、客に椅子を勧め、自分も腰を下ろした。

「ここは気持ちの良いところじゃありませんか」彼は他人事《ひとごと》のように言った。「することはあまりありませんが、釣りには最高ですよ」

神父は赤ん坊のような真剣な目で公爵を見つめていたが、何とも言い表わしようのない考えが頭から離れなかった。彼は相手の入念に環《わ》にした灰白の髪や、黄色味のさした白い顔、華奢で、幾分めかし屋風の身体つきを見た。それらは脚光《フットライト》のうしろ側にいる人間の扮装のように、多少メリハリがつきすぎているかもしれないが、不自然ではなかった。神父が何とも言えず興味をおぼえたのは、べつのもの、顔の造作そのものだった。ブラウン神父はそれを以前《まえ》にどこかで見たはずだという、あやふやな記憶に悶々《もんもん》とした。まるで、旧友の誰かがめかし立てた姿を見ているような気がした。そのうちに鏡のことを思い出し、人の顔がいくつも映し出されるのを見たことによる心理作用で、こんな想像が浮かぶのだろうと思い直した。

サラディン公爵は上機嫌に、かつ如才なく客人それぞれに気を遣《つか》った。探偵の方はスポーツ好きで、休暇を大いに楽しみたがっているのを知ると、フランボーとフランボーの船をこの川一番の釣り場へ案内し、二十分もすると自分のカヌーを漕いで戻って来て、書斎にいるブラウン神父の相手をし、同じように礼儀正しく、神父の哲学的な愉しみにつきあった。公爵は釣りについても書物についても知識が豊富らしかったが、彼の知っている書物はさほど人を教化するものではなかった。彼は五、六カ国語をしゃべったが、主として、それぞれの国の俗語だった。明らかに色々な都市の雑多な社会で暮らしたらしく、彼のした一番愉快な話の中には、賭場《とば》や阿片窟《アヘンくつ》、オーストラリアの森の追剝《おいはぎ》や、イタリアの山賊のことが出て来たのである。ブラウン神父は、令名華やかなりしサラディンが、ここ二、三年ひっきりなしに旅行をしていることは知っていたが、まさかこれほどいかがわしい、あるいは面白い旅だとは思わなかった。

実際、サラディン公は世間人らしい威厳はあったけれども、神父のように敏感な観察者の目から見ると、落ち着きがなく、信頼も出来ない人間の持つ一種の空気を放っていた。顔つきは潔癖そうだったが、目には乱れたものがあったし、酒や麻薬で身体をこわした人間のような神経質な癖があった。それに、この家の経営の舵《かじ》を取ってもいなければ、そういうふりをしようともしなかった。万事は二人の古い召使い、ことに執事に委ねられていて、執事が家の大黒柱であることは明白だった。実際、ポール氏は執事というよりも、家令か式部官といった風格だった。食事は奥でこっそりと摂《と》ったが、主人に負けないほど贅沢な食事だった。使用人全員から畏《おそ》れられていたし、公爵と相談する時も、礼儀正しくはあったが、どこか引かない態度で――むしろ公爵の弁護士という態度だった。それに較べると、陰気な女中頭はただの影にすぎなかった。実際、目立たぬように振舞い、執事一人にかしずいているかのようで、兄を強請《ゆす》る弟のことを半ば打ち明けた、あの火を噴くような蔭口を聞くことはもう出来なかった。公爵が本当に、どこか他所《よそ》にいる大尉に金を搾り取られているのかどうかは確かめられなかったが、サラディンにはどことなく不安げで秘密めいたところがあるので、あの話もまんざら信じられなくはなかった。

神父とサラディン公が窓と鏡におおわれた細長い広間へ戻った時には、黄色い夕暮れが川と柳の岸に垂れ込め、妖精が小さな太鼓を叩くような山家五位《さんかのごい》の啼き声が、遠くから聞こえて来た。悲しく邪悪な妖精国のあの奇妙な感じが、神父の胸をふたたび灰色の雲のようによぎった。「フランボーが早く帰って来るといいのに」と神父はつぶやいた。

「あなたは運命《ドゥーム》を信じますか?」落ち着きのないサラディン公爵がだしぬけに訊いた。

「いいえ」と客人はこたえた。「最後の審判《ドゥームズデイ》の日なら信じます」

公爵は窓辺からふり返って、妙な風に神父を見つめた。その顔は夕陽を背にして、蔭になっていた。「どういう意味です?」

「つまり、我々は綴織《つづれお》りの間違った側にいるということです」とブラウン神父はこたえた。「ここで起きることには意味があるように見えません。それらはどこか他所で、何らかの意味を持つのです。天罰はどこか他所で真の罪人に下るでしょう。ここでは、しばしば間違った人間に下るように見えるのです」

公爵は獣のような妙な呻《うめ》き声を上げた。蔭になった顔の中で両目が異様に光っていた。神父の心に、新しい考えが音もなく閃《ひらめ》いた。才気と唐突さが混じっているサラディンの性格には、何かべつの意味があるのだろうか？　果たして公爵は――完全に正気なのだろうか？　彼は「間違った人間――間違った人間」と何度も繰り返していた――社交的な感嘆の辞としては不自然なほどに、何度も。

その時、ブラウン神父は遅まきながら、二つ目の真実に気づいた。目の前にあるいくつもの鏡に、音もなく開いた扉が映っている。そしてその扉の中には、例によって青白い無表情な顔をしたポール氏が無言で立っているのだ。

「すぐにお知らせすべきだと思いまして」彼は長年使っている家つきの弁護士のように、堅苦しく丁寧な口調で言った――「男六人が漕いでいる船が桟橋に着きました。船尾《とも》に紳士が一人乗っています」

「船が！」公爵は鸚鵡返しに言った。「紳士が？」と言って、立ち上がった。

驚きに満ちた沈黙がそのあとに続き、時折聞こえて来るのは、菅草の中の鳥が立てる音だけだった。やがて、誰も何も言わないうちに、横向きになった新たな顔と姿が、陽のあたっている三つの窓の外を通りすぎた。ちょうど一、二時間前に公爵が通った時と同じだったが、しかし、どちらの横顔も鷲鼻だという偶然の一致をべつとすれば、二人に共通点はほとんどなかった。サラディンの山高帽は新しくて白かったが、こちらは古めかしい、あるいは異国風の形をした黒い帽子をかぶっていた。帽子の下にある顔は若く、ものものしい表情をして、鬚をきれいに剃り、決然たる顎のあたりはうっすらと青く、どこか若い頃のナポレオンを思わせるものがあった。扮装《いでたち》全体に、先祖代々の服を変える気などないといったような、古臭くて風変わりなところがあるため、よけいにそんな連想が働くのだった。彼はくたびれた青いフロックコートに赤い軍人風のチョッキを着て、粗布の白いズボンを穿いており、そのズボンはヴィクトリア朝初期にはありふれたものだったが、今日では妙に不釣合いだった。こうした古着のかたまりの中から、異様に若々しく、おそらく真剣な、淡い褐色の顔がのぞいていた。

「畜生め！」サラディン公はそう言って白い帽子を引っかぶり、自ら玄関に出向くと、夕暮れの庭に扉を開け放った。

その頃には、新しく来た男とその従者たちは、劇中の軍隊よろしく芝生に整列していた。六名の漕ぎ手は船を岸に引き揚げ、櫂《かい》を持って槍のようにまっすぐに立て、威嚇《いかく》するようにして船を護っていた。日に焼けた男達で、耳飾りをしている者もいた。だが、そのうちの一人は前に進み出て、赤いチョッキを着た褐色の顔の若者の隣に立った。手には、見慣れぬ形の大箱を持っていた。

「あなたの名は」と青年は言った。「サラディンか？」

サラディンはいささか投げやりに頷いた。

新来の青年は鈍い、犬のような鳶色の目をしていて、公爵の落ち着きのない、きらめく灰色の瞳とはおよそ違っていた。しかしブラウン神父は、こんな顔をどこかで見たことがあるという感覚に、またしても悩まされた。そしてまた鏡の間の反復する映像を思い出し、これもそのせいなのだろうと考えた。「忌々しい水晶宮め！」と彼はつぶやいた。「何でもたくさん見えすぎる。まるで夢のようだ」

「あなたがサラディン公爵なら申し上げるが」と青年は言った。「僕の名はアントネッリです」

「アントネッリ」公爵は大儀そうに言った。「何だか聞きおぼえがある名前だな」

「自己紹介させていただきたい」と若いイタリア人は言った。

彼は左手で古風な山高帽を恭しく取り、右手でピシャリと音をさせて、サラディン公の顔を打った。その勢いで白い山高帽が石段を転がり落ち、青い植木鉢の一つが台の上で揺れた。

公爵はいかなる人間であったにしても、明らかに臆病者ではなかった。敵の喉元にとびついて、もう少しでうしろの芝生に押し倒すかと思われた。しかし、敵方は、慌てて礼儀を繕《つくろ》うような、妙に不似合いな態度で身をふりほどいた。

「これでいい」彼は喘ぎながら、たどたどしい英語で言った。「僕は侮辱をした。決闘して満足させてやろう。マルコ、箱を開けてくれ」

傍らに立っていた耳飾りの男が、大きな黒い箱を持って進み出ると、錠を外した。男は箱の中から、柄も刃も見事な鋼で出来たイタリア式の長い小剣《レピヤー》を二振り取り出し、切っ先を下にして芝生に突き立てた。復讐心に燃える黄色い顔を入口に向けて立っている見知らぬ青年、墓場の二つの十字架のように芝生に立つ二振りの剣、背後に列ぶ漕ぎ手——これらすべてが、どこか蛮地の法廷のような奇観を呈していた。しかし、それ以外のものに何一つ変わりはなく、この出来事の唐突さを示していた。黄金色《きんいろ》の夕陽は今も芝生を照らし、山家五位は小さな、しかし恐ろしい運命を告げるかのように、今もボーボーと啼いていた。

「サラディン公爵」アントネッリと呼ばれる男は言った。「僕がまだ揺籠《ゆりかご》の赤ん坊だった時、おまえは父を殺して母を奪った。父の方が母の愛を得たからだ。僕は今から正々堂々とおまえを殺すつもりだが、おまえが父を殺した時は違った。おまえと僕の邪《よこしま》な母は、父をシチリアの人気《ひとけ》のない峠に連れ出し、崖から突き落として、立ち去った。おまえの真似をしようと思えばできるが、そんなことをするのは汚らわしい。僕はおまえを世界中追いまわしたが、おまえはいつも逃げのびた。だが、ここは世界の果て——そしておまえの死に場所だ。もう逃がさないが、おまえが父には与えなかった機会を与えてやろう。剣を選べ」

眉間に皺を寄せたサラディン公爵は一瞬迷っている様子だったが、青年に打《ぶ》たれてまだ耳が鳴っていたので、前へ躍り出ると、片方の剣の柄をつかんだ。ブラウン神父も飛び出して仲裁に入ろうとしたが、自分がいると、事態がよけい悪くなることにすぐ気づいた。サラディンはフランスのフリーメイソン会員であり、激しい無神論者でもあったので、神父の存在は相反の法則によって彼を動じさせた。もう一人の男はというと、神父だろうが俗人だろうが、彼を動じさせることはなかった。ボナパルトの顔と鳶色の瞳を持つこの青年は、清教徒よりもずっと厳格な人間——異教徒だったのである。地球の黎明時代の単純な殺戮者、石器時代の男——石の男だったのである。

残る希望はただ一つ、家の者を呼ぶことだったので、ブラウン神父は家の中に駆け込んだ。しかし、下働きの者は全員、独裁者ポールに休日を与えられて岸へ上がっており、陰気なアントニー夫人が長い部屋を所在なげに歩きまわっているだけだった。しかし、彼女が蒼ざめた顔をこちらに向けた瞬間、この鏡の家の謎が一つ解けた。アントネッリの眠そうな鳶色の目は、アントニー夫人の眠そうな鳶色の目であり、神父にはたちまちにして事情が半分見えて来たのである。

「息子さんが外にいます」神父は余計な言葉を省いて、言った。「彼か公爵のどちらかが殺されます。ポールさんはどこにいますか?」

「桟橋におります」夫人は弱々しい声で言った。「あの人は——あの人は——助けを呼ぼうとして」

「アントニーさん」ブラウン神父は真剣に言った。「無駄話をしている時間はない。わたしの友人は、自分の船で下流へ釣りに行ってしまった。息子さんの船はおつきの者が守っている。残るはあのカヌーだけなんです。ポール氏はそれで何をしているんです?」

「ああ、マリア様! わたしは存じません」夫人はそう言うと、気を失って敷物を敷いた床に伸びてしまった。

ブラウン神父は彼女を抱き上げてソファーに寝かせ、壜の水を引っかけると、大声で助けを呼んだ。それから、この小島の桟橋へ駆けて行った。けれどもカヌーはもう川の中ほどに出ていて、年老《としと》ったポールは、彼の年齢としては信じられないほどの力で、川を漕ぎ上って行くところだった。

「わたしが旦那様を助ける」彼は目を狂人のように爛々《らんらん》と光らせて、叫んだ。「今からでも、何とか助ける！」

ブラウン神父は川を懸命に上って行く船を見守り、老人がまだ手遅れとならぬうちに、小さな町に急を知らせることを祈るしかなかった。

「決闘というのは、そもそも良くない」彼は土埃色《つちぼこりいろ》の乱れた髪を撫で上げながら、つぶやいた。「しかし、この決闘には、決闘としても何か間違ったところがある。それは直感でわかる。しかし、何が間違っているんだろう？」

神父が水面を、夕陽を映す揺れる鏡を見つめていると、島の庭の向こう端から微かな、しかし聞き違えようのない音が聞こえて来た――鋼のぶつかる冷たい音だ。神父はふり返った。

細長いこの小島の岬とも突端《はな》とも言うべきあたり、薔薇の植え込みの最後の列が終わった先に、少しばかりの芝地があり、決闘者たちはそこですでに剣を交えていた。頭上の夕空は純金の円天井を成していて、かれらは遠く離れているのに、細かい点まではっきりと見えた。二人とも上着を脱ぎ捨てていたが、サラディンの黄色いチョッキと白髪、アントネッリの赤いチョッキと白いズボンは、横から射す光を受けて、ぜんまい仕掛の踊子人形の色彩のように光っていた。二振りの剣は、切っ先から柄頭《つかがしら》まで、二つのダイヤモンドのピンのようにまぶしく燦《きらめ》いた。そんなにも小さく、そんなにもきらびやかな二人の姿には、何か空恐ろしいものがあった。かれらはまるで、二匹の蝶がお互いをピンでコルクに串刺しにしようとしているかのようだった。

ブラウン神父は短い足を車輪のように動かして、夢中で走った。だが、戦いの場へ行ってみると、遅すぎ、かつ早すぎたことがわかった――いかめしいシチリア人たちが櫂に寄りかかって立っているそばで、果たし合いを止めるには遅すぎ、いかなる不幸が出来《しゅったい》するかを予想するには早すぎた。というのも、二人の男は腕前が見事に伯仲《はくちゅう》しており、公爵は一種冷たい自信を持って技をくり出し、シチリア男は殺意に燃える細心さで剣を揮《ふる》ったからである。葦の茂るこの川の忘れられた小島で丁々発止《ちょうちょうはっし》と繰り広げられた剣闘ほど見事な試合は、観客の詰まった昔の円形闘技場でも、まず見られなかったことだろう。目眩《めくるめ》くばかりの戦いは五分五分《ごぶごぶ》のまましばらくつづき、決闘を止めたい神父の胸にふたたび希望が蘇って来た。もうじきポールは警察を連れて戻って来るはずだ。フランボーが釣りから帰って来るだけでも、多少は心強い。なにせフランボーは、腕っぷしなら、男四人を相手に出来るのだから。しかし、フランボーが帰って来る気配はなく、それよりも妙なことに、ポールも警察もやって来る気配がなかった。川を渡って行きたくても、筏《いかだ》もなければ、棒切れ一本残っていなかった。この広大な無名の池に浮かぶ見捨てられた島で、かれらは太平洋の岩礁にいるのと同じくらい孤立していた。

神父がそう思ったのとほとんど同時に、剣のぶつかり合う音が速くせわしくなり、公爵の両腕が高く上がったかと思うと、剣先が肩甲骨の間から背中に突き出した。公爵は子供がする横とんぼ返りを半分やりかけたように、身体を大きくまわして、ひっくり返った。剣が流れ星のように手から飛んで、遠くの川へ落ちた。彼自身も地を揺るがすほどの勢いで倒れ込んだので、身体で大きな薔薇の木を折り、赤土の土煙を空に巻き上げた——それは、あたかも何か異教の犠牲《いけにえ》から上がる煙のようだった。シチリア人は父の霊に血の供物を捧げたのだ。

神父はすぐさま亡骸《なきがら》の前に跪いたが、それが亡骸であることを確かめただけだった。希望《のぞみ》はないが最後の験《ため》しをしていると、ずっと川上の方から初めて人声《ひとごえ》が聞こえて来た。警察の船が巡査や他の重要な人物を乗せて、素早く桟橋へ向かって来たが、そこには興奮したポールも乗っていた。小柄な神父はいかにも腑に落ちぬといった顰《しか》め面《つら》をして立ち上がった。

「はてさて、一体どうして」神父はつぶやいた。「もっと早く戻って来られなかったんだろう」

七分も経つと、島はなだれ込んで来た町民や警察に占領され、後者は決闘の勝利者をつかまえて、貴君の言うことはすべて、貴君に不利な証拠として用いられることがある、とお定まりのように伝えた。

「何も言うことはない」と偏執狂は、天晴れ涼しげな顔でこたえた。

「もう何も言うことはない。僕はじつに嬉しい。あとは縛り首を望むだけだ」

そう言って口を閉ざすと、警察に連れて行かれたが、奇妙だが紛《まぎ》れもない事実として、この男は裁判で「有罪」と言った以外、この世で口を開くことは二度となかったのである。

ブラウン神父は俄《にわ》かに混雑して来た庭と、殺人者の逮捕と、死体が医師の検分のあとに運び去られるのをじっと見守っていたが、何か醜悪な夢の醒め際《ぎわ》を見ているようだった。彼は悪夢の中にいる人間のように、身動きひとつしなかった。目撃者として警察に名前と住所を教えたが、岸まで船で送ろうというのを断って、独り島の庭に居残り、折れた薔薇の木と、須臾《しゆゆ》の間の不可解な悲劇が演じられた緑の舞台全体を見つめていた。川筋から光が徐々に消えた。湿った土手に霧が立ち、塒《ねぐら》に急ぐ鳥が二、三羽、ハタハタと飛び過ぎた。

神父の潜在意識（それは並外れて活発なものだった）には、まだ何か説明されていないものがあるという、言葉にし難い確信が頑固にこびりついていた。彼に一日中つきまとっていたこの感覚は、「鏡の国」云々という思いつきでは説明しきれなかった。どういうわけかわからないが、彼は本当の物語ではなく、遊戯《あそび》か仮面劇を見ていたのだ。しかし、人は謎解き遊びのために絞首刑になったり、剣で相手を突き刺したりはしないはずである。

桟橋の階段に腰かけて思い悩んでいると、高く黒い帆影が、輝く川面《かわも》を音もなく近づいて来るのに気づいた。神父は胸が詰まって泣きそうになりながら、がばと立ち上がった。

「フランボー！」彼は大声で言って、友達の両手を握りしめると、何度も何度も振りまわしたので、釣り道具を手に上がって来た運動家は、肝をつぶした。「フランボー、殺されたんじゃなかったんだね？」

「殺されるだって！」釣人は仰天して、鸚鵡返しに言った。「どうして、おれが殺されなきゃならないんです？」

「他の人間が誰も彼も殺されてしまうからだよ」神父はいささか乱暴に言った。「サラディンは殺されたし、アントネッリは絞首刑になりたがっている。彼の母親は気絶して、このわたしだって、この世にいるのかあの世にいるのか、よくわからない。だが、有難い、君も同じ世界にいるんだな」そう言って、呆気に取られているフランボーの腕をとった。

二人は桟橋に背を向けて低い竹の家の軒下に入り、最初ここへ来た時のように、窓の一つから中を覗いた。そこには、かれらの目を引くように計算された部屋の中が、ランプに照らされていた。この細長い食堂のテーブルには、サラディンを殺した男が嵐の雷のごとく島を襲った時、晩餐の用意がされていた。そして今、その晩餐が静かに進められていたのだ。テーブルの末席に、アントニー夫人が少し不機嫌そうに坐り、上席には大執事のポール氏が坐っていた。最上の料理と酒を楽しんでいるポール氏は、青味がかった霞《かす》んだ目が妙に浮き出し、痩せこけた顔は何を考えているとも知れなかったが、そこには満足の色がなくもなかった。

フランボーは我慢ならぬという身ぶりをして、窓をガタガタ揺すってこじ開けると、怒った顔を、ランプの明かりに照らされた部屋に突き出した。

「おい！」と彼は叫んだ。「何か食べなきゃならないのはわかるがね、主人が殺されて庭に倒れてるって時に、その主人の食事を盗むとは――」

「わたしは長い愉快な人生に於いて、たくさんの物を盗みました」奇妙な老紳士は平然とこたえた。「この晩餐は、盗まなかった数少ないものの一つです。この晩餐とこの家と庭は、たまたまわたしのものですのでね」

フランボーの顔を一つの考えが閃《ひらめ》いて、よぎった。「それはつまり、サラディン公の遺言に――」

「わたしがサラディン公爵なのです」老人は塩漬のアーモンドをむしゃむしゃ噛みながら言った。

外の小鳥を見ていたブラウン神父は、まるで鉄砲に撃たれたように飛び上がり、蕪《かぶ》のように白い顔を窓から差し入れた。

「あなたは何ですって？」と甲高い声で聞き返した。

「サラディン公爵ポールが控えおります」老いて尊き人物は慇懃にそう言って、シェリーのグラスを上げた。「家庭的な人間ですので、ここでごく静かに暮らしております。それに不幸な弟のスティーヴン氏と区別するため、慎んでポール氏と名のっています。弟はつい最近死んだそうですな――ここの庭で。無論、敵がここまで彼を追って来たとしても、わたしの責任ではありません。弟が嘆かわしい不始末な生活をして来たのがいけないのです。あれは家庭的な性格ではありませんでしたからな」

彼はまた黙り込み、向かいの壁の、うなだれた婦人の暗い頭の上のあたりを、じっと見つめていた。その顔つきに、死んだ男と似た一族の面《おも》ざしがあるのを、二人は今はっきりとみとめた。やがて、咽《む》せかえりでもしたかのように、公爵の老いた肩が少し持ち上がって震えはじめたが、顔つきに変化はなかった。

「何てこった！」フランボーがややあって叫んだ。「笑っていやがる！」

「行こう」ブラウン神父は真っ蒼な顔をしていた。「この地獄の家から離れよう。真正直なボートに戻ろう」

かれらが島を離れる頃には、藺草の茂みにも川にも夜が垂れ込めていて、神父たちは二本の大きな葉巻で景気をつけながら、真っ暗な川を下った。葉巻は真っ赤な船の燈火《ともしび》のように光っていた。ブラウン神父は葉巻を口から外して、言った。

「君にも、もうすっかり想像がついただろう？　つまるところ、これは原始的な話なんだ。ある男に二人の敵がいた。男は賢い男だった。だから、敵が二人いるのは、一人よりもましだということに気づいた」

「わかりませんね」とフランボーが言った。

「じつに単純なことだよ」と彼の友はこたえた。「単純だが、けして無邪気ではない。サラディン兄弟は二人ともやくざ者だった。しかし、兄の公爵は頂点に上りつめるタイプのやくざ者で、弟の大尉は奈落へ落ちてゆく口《くち》だった。この汚い将校は乞食から恐喝者《ゆすり》に落ちぶれて、ある日、兄の公爵の弱みをつかんだんだ。それはちょっとやそっとのことじゃなかったに違いない。なにしろポール・サラディン公爵は名うての〝放浪児〟で、社交界の罪なんかで傷つく評判なぞなかったからだ。はっきり言えば、その弱みは縛り首になるかならぬかの問題で、スティーヴンは文字通り、兄の首に縄をかけていたんだ。彼はどういう経緯《いきさつ》でか、シチリアの一件の真相を探り出して、ポールが山中でアントネッリの父を殺した証拠を握った。大尉は十年間、口止め料をたんまりとせしめ、しまいには公爵の素晴らしい財産も、少し馬鹿らしいものに思われて来たほどだった。

　けれども、サラディン公は、この血吸い蛭のような弟以外に、もう一つ厄介を背負っていた。父親を殺した当時、まだ子供だったアントネッリの息子が、その後、猛々《たけだけ》しいシチリア流の忠孝を教え込まれて、父の仇を討つためだけに生きていることを、公爵は知った。しかも、絞首台に送るのではなく（スティーヴンとは違って、彼は法的な証拠を握っていなかった）、昔ながらの血の復讐をやり遂げるつもりでいることを。少年は武芸の鍛錬をして必殺の腕を磨き、その腕を使える年齢に達した頃、サラディン公は、社交界の新聞も報じているように、旅を始めたというわけだ。じつのところは命を守るために逃げ出して、追われる犯罪者のように各地を転々としたのだが、執拗な男がずっとそのあとを追いかけていた。これがポール公の陥った境遇で、けっして楽しいものではなかった。アントネッリから逃げるために金を使えば、スティーヴンの口止め料が足りなくなる。スティーヴンに口止め料をたっぷりやれば、アントネッリから逃げ了《おお》せる望みはわずかとなる。この時、公爵は自分が大物であることを——ナポレオンのような天才であることを示したのだ。

彼は二人の敵に抵抗するのをやめて、突如、両者に降参した。日本の格闘家のように一歩を引くと、敵たちは目の前に突っ伏して倒れた。公爵は世界中逃げまわるのをやめて、アントネッリ青年に居所を知らせ、それから弟にすべてを譲り渡した。粋な服を着て快適な旅ができるだけの金をスティーヴンに送り、それにこんな手紙を添えた。「残っている金はこれだけだ。おまえにすっかり搾り取られてしまったからな。それでも、まだノーフォークに小さな家がある。召使いもいるし、酒蔵もある。わたしにもっとよこせというなら、この家を取るがいい。良かったら、ここへ来て自分のものにしたまえ。わたしはおまえの友人か代理人として、ここで静かに暮らしたいと思う」。公爵は知っていた。あのシチリア人はサラディン兄弟を、おそらく絵や写真でしか見たことがなかったし、兄弟はいくらか似ていて、二人とも灰色のとがった顎鬚を生やしていた。そこで公爵は自分の鬚を剃って、待ちうけた。獲物は罠にかかった。不運な大尉は新調の服に身をつつみ、公爵として意気揚々と家に入って来たが、シチリア人の剣の前に立たされた。

一つだけ、思いがけない問題が生じたが、それは人間にとって名誉となることだった。サラディンのような悪党は、人間の美徳を勘定に入れないために失敗《しくじ》ることが、よくある。イタリア人が襲って来るとすれば、それは自分がやったような、卑怯で乱暴な闇討ちだと彼は頭から思い込んでいた。闇夜にナイフで刺されたり、生垣の蔭から撃たれたりして、襲われた方はものも言わずに死ぬだろうと信じていたんだ。アントネッリが騎士道精神を発揮して、正式な決闘を申し込んだ時は、ポール公爵にとって悪夢の一瞬だった。そうなると、弟は事情を説明するかもしれないからだ。その時、公爵は血眼になって船を漕ぎ出していた。アントネッリに正体を知られないうちに、帽子もかぶらず、手漕ぎ舟で逃げ出したんだ。

しかし、公爵は慌てふためいてはいたものの、希望を失ってはいなかった。彼は冒険家の弟のことも知っていたし、狂信家の仇のことも知っていた。冒険家スティーヴンは芝居のように役を演ずる楽しみや、手に入れたばかりの快適な住まいを失いたくない欲心や、幸運《つき》と達者な剣の腕を信じる、ならず者らしい気持ちから、黙っていることも十分あり得ると考えた。狂信家アントネッリの方は間違いなくだんまりを通して、一家の恥を他言せずに絞首刑になるはずだ。ポールは決闘が終わったとわかるまで、川で時間をつぶした。それから町へ知らせに行って、警察を呼び、打ち負かされた二人の敵が永遠にいなくなったのを見とどけると、ニコニコして晩餐の席に着いた」

「それどころか笑ってましたぜ。まったく、呆れたもんだ！」フランボーはゾッと身震いして、言った。「そんな知恵は悪魔から授かるんですかね？」

「君から知恵を借りたんだよ」と神父はこたえた。

「まさか！」フランボーは叫んだ。「このおれから？　どういうことです？」

神父はポケットから名刺を取り出し、葉巻の微かな光にかざした。そこには緑のインクで走り書きがしてあった。

「あの男が君によこした招待状を忘れたかね？　君の犯罪の手柄を褒《ほ》めてあったろう？

「刑事にべつの刑事を逮捕させるというあの離れわざ」と書いてあるよ。公爵は君の離れわざを真似しただけなんだ。敵が左右から迫ってきたので、ひょいと身を躱《かわ》して、両者が衝突し、殺し合うようにさせたんだ」

フランボーは神父の手からサラディン公の名刺をひったくると、ずたずたに引きちぎった。

「あの髑髏印《どくろじるし》とも、これでおさらばだ」そう言いながら、ちぎった紙片を川の波間に撒いた。「しかし、魚が毒に中《あた》っちまうな」

白い名刺と緑のインクの最後の薄光りが、水に沈み、闇に消えて行った。夜明けを思わせる微かな震える色彩が空を変え、草の向こうの月が淡くなった。二人は無言で船に揺られていた。

「神父さん」とフランボーがだしぬけに言った。「ありゃあ、みんな夢だったんですかね？」

神父は否定するのか、わからないと言いたいのか、首を横に振ったが、何もしゃべらなかった。山査子《さんざし》と果樹園の香りが暗闇を漂って来て、風が目醒めたことを告げた。次の瞬間、風は小さな船を揺らして帆をふくらませ、曲がりくねった川の下流の、もっと幸せな場所と無害な人間たちの棲家《すみか》へ二人を運んで行った。

神の鉄槌

THE HAMMER OF GOD

ブーン・ビーコンという小さい村は丘の上にちんまりと載っており、その丘は傾斜がすこぶる急なため、村の教会の高い塔も小山の頂《いただき》という風にしか見えなかった。教会の真下には鍛冶屋があって、たいていは炎が赤々と光り、金槌や鉄屑がいつも散らばっていた。その正面、ごろた石の粗末な十字路を渡ったところに、「青猪亭」という村でただ一軒の宿屋を兼ねた居酒屋があった。鉛色と銀色の夜明けが訪れる頃、兄弟が道で会って言葉を交わしたのは、この十字路の上でだった。といっても、片方は一日を始めるところで、もう片方は終えるところだった。ウィルフレッド・ブーン師はたいそう信心深く、暁の祈りか瞑想の厳しいお勤めに行くところだった。兄のノーマン・ブーン大佐は信心深いとはとても言えず、夜会服を着て「青猪亭」の軒先の腰掛に坐り、酒を飲んでいたところだが、この酒を火曜日の最後の一杯と見なすのも、水曜日の最初の一杯と見なすのも、哲学的な観察者の自由であった。大佐は細かいことを気にしなかった。

ブーン家はその歴史を本当に中世まで遡《さかのぼ》れる数少ない貴族の家系で、この一族の槍旗は実際にパレスチナの地を見たのだった。しかし、こうした家が騎士道の伝統を気高く守っていると思ったら、大間違いである。貧乏人以外には、伝統を守る者などめったにない。貴族は伝統ではなく流行に生きている。ブーン家はアン女王時代にはモーホク団[1)]だったし、ヴィクトリア女王の御代には女の尻を追うめかし屋だった。しかし、真に古い家系は往々にしてそうだが、ブーン家の人間も、過去二百年の間にただの酔いどれと品下がった洒落者に落ちぶれ、しまいには狂気の噂さえ囁《ささや》かれるようになった。たしかに、大佐が狼のごとく快楽を貪る様子には人間離れしたところがあったし、朝になるまでけっして家に帰ろうとしない慢性の悪習には、不眠症の女神《かみ》のおそるべき寵愛《ちょうあい》が感じられた。彼は背が高く、精悍《せいかん》な獣のような身体つきで、年は老《と》っているが髪の毛は驚くほど黄色かった。金髪でライオンのような風貌とも言えそうだったが、惜しむらくは、青い目が黒ずんで見えるほど落ちくぼんでいたし、目と目の間は少し寄りすぎていた。黄色い口髭はたいそう長く、その左右に、小鼻から顎へかけて、ひだとも深い皺ともいうべき条《すじ》が入っており、せせら笑うと顔に切れ込みが入るように見えた。夜会服の上には、奇妙に色の薄い黄色の上着を引っかけ、それは外套というよりも、ごく軽い部屋着のようだった。頭のうしろにかぶっているのは、鮮やかな緑色をした異様に鍔《つば》の広い帽子で、東洋の珍品を気分まかせに買ったとおぼしい。大佐はこういう不調和な服装で人前に出るのが自慢だった――自分が着れば、それが必ず不調和でなくなることが自慢だったのである。

副牧師の弟も、やはり黄色い髪で優雅な身体つきだったが、黒服のボタンを襟まできち

1　十八世紀初頭にロンドン市民を無差別に襲った残虐な悪党団。貴族出身者で構成されたといわれる。

んと留め、髭はきれいに剃り、教養はありそうだが多少神経質な顔をしていた。彼はひたすら信仰のために生きているようだったが、一部の村人（とりわけ長老派信者の鍛冶屋）に言わせると、彼が愛するのは神よりもゴシック建築であり、幽霊のごとく教会に入りびたるのは、兄を酒色に狂わせたほとんど病的な美への渇望が、べつの、もっと清い形をとったにすぎないというのだった。この説があたっているかどうかは疑わしく、当人の敬虔な振舞いには一点の曇りもなかった。実際、このような批判はおおむね、孤独と人知れぬ祈りを愛する気持ちを無知ゆえに誤解したものであり、彼がしばしば祭壇の前ではなく、地下聖堂や桟敷や、果ては鐘楼といった奇妙な場所で跪《ひざまず》いているのを人に見られたことが原因だった。彼は鍛冶屋の物置き場を通って教会に入るところだったが、洞穴のようにくぼんだ兄の目が同じ方向をじっと見つめているのに気づくと、立ち止まって、ちょっと顔を顰《しか》めた。大佐が教会に興味を持つなどという仮定に、思索を浪費しはしなかった。そうなると、あとには鍛冶屋が残るだけで、鍛冶屋の主人は清教徒で彼の教会の信者ではなかったが、美人で少々浮名の立った女房の噂は、ウィルフレッド・ブーンの耳にも入っていた。疑わしげな眼差しを物置き場の向こうに投げると、大佐が笑いながら立ち上がって、話しかけた。

「おはよう、ウィルフレッド。わしは立派な地主らしく、寝る間も惜しんで良民を見張ってるんだ。今から鍛冶屋のところへ行くんだよ」

ウィルフレッドは地面を見て言った。「鍛冶屋は留守だよ。グリーンフォード[2)]へ出かけて行った」

「知ってるとも」相手はこたえて、声もなく笑った。「だから訪ねて行くんじゃないか」

「ノーマン」聖職者は道の玉石《たまいし》を見ながら、言った。「雷が怖いと思ったことはないのかい？」

「何が言いたいんだ？」と大佐は訊いた。「おまえは気象学が趣味なのか？」

「つまりね」ウィルフレッドは面を上げずに言った。「道で神様の罰《ばち》があたるかもしれないと考えたことはないのかい」

「何だって」と大佐は言った。「おまえの趣味は民俗学らしいな」

「兄さんの趣味は、神の冒瀆だろう」信心家は、彼の心の唯一痛いところを突かれて、やり返した。「しかし、神を恐れなくても、人間を恐れる理由があるはずだ」

兄はわざとらしく眉を吊り上げた。「人間を恐れるだって？」

「鍛冶屋のバーンズは、このあたり四十マイル四方では一番の大男だし、腕っぷしも強い」聖職者は厳しく言った。「兄さんが臆病者でも弱虫でもないのは知ってるが、あの男にかかったら、塀《ほんとう》ごしに投げ飛ばされるよ」

これは真実だったために相手の急所を突いて、口と小鼻のわきを通っている陰気な皺が濃く、深くなった。大佐は一瞬、顔に重苦しい冷笑を浮かべて立っていたが、すぐにいつ

2　ロンドンから西へ数マイルのところにある町。

もの酷薄な快活さを取り戻し、高笑いをして、黄色い口髭の下から犬のような前歯をのぞかせた。「それならばな、ウィルフレッド」大佐はこともなげに言った。「ブーン家最後の当主が、鎧《よろい》の片端をつけて来たのは賢明だったな」

彼はそう言うと、緑の奇妙な丸い帽子を脱いで、鋼の裏張りがしてあるのを見せた。ウィルフレッドはそれが日本か支那の軽い兜《かぶと》で、屋敷の古い広間にかかっている戦利品から剝ぎ取って来たものであることに気づいた。

「一番手近にあったのでね」兄は涼しげに説明した。「いつでも手近な帽子を——それに手近な女をっていうわけだ」

「鍛冶屋はグリーンフォードへ出かけている」ウィルフレッドは静かに言った。「いつ帰って来るかわからない」

彼はそれだけ言うと、クルリと背中を向けて、頭《こうべ》を垂れ、不浄な霊を追い払おうとするかのように十字を切りながら、教会へ入った。こういう下劣なことは、天井の高いゴシック式回廊の涼しい薄明かりの中で忘れてしまいたかった。ところが、その朝、彼の静かな勤行《つとめ》は、到る処で小さな驚きに妨げられる運命にあった。教会に入ると、その時刻には今まで人がいたためしはないのに、跪いていた人影が慌てて立ち上がり、入口の明るい陽射しの方へやって来た。副牧師はそれを見ると、ギョッとして立ち止まった。早朝の礼拝者は何と村の阿呆——鍛冶屋の甥で、教会にも他のことにも関心を持つはずのない男だったのである。この男はいつも「瘋癲《ふうてん》ジョー」と呼ばれていて、他に名前はないようだった。

色黒の、身体つきは逞しいが、だらしなく前かがみに歩いている若者で、肥った白い顔に黒いまっすぐな髪を垂らし、年中口を開けていた。司祭とすれちがった時も、その愚鈍な表情からは、それまで何をし、何を考えていたのかということは、窺《うかが》い知れなかった。この若者がお祈りをするという話はついぞ聞いたことがなかった。今は一体、どんな祈りをしていたのだろう？　さぞ珍妙な祈りだったに違いない。

ウィルフレッド・ブーンは、その場に根が生えたように立っていた。阿呆はその間に日《ひ》向《なた》へ出て行き、放蕩者の兄が、まるで伯父か何かのようにふざけて声をかけた。最後に目に入ったのは、大佐がジョーの開いた口をねらってペニー硬貨を投げつけている姿で、本気で口にあてようとしている様子だった。

禁欲家は陽射しの中に、地上の愚かしさと残酷さを絵に描いたような醜悪な光景を見て、汚れを払い、新しいことを考えるために祈ろうとした。彼は桟敷のとある信徒席へ上がったが、その上には彼の好きな、いつでも彼の魂を鎮めてくれる色ガラスの窓があった。それは百合の花を持つ天使を描いた青い窓だった。そこにいると、土気色の顔に魚のような口をしたあの薄馬鹿のことも、しだいに念頭から遠ざかった。恐ろしい飢えにとり憑かれて、痩せたライオンのようにうろつきまわる邪な兄のことも、念頭から遠ざかった。彼は銀色の花とサファイア色の空の冷たく甘美な色彩の中へ、深く深く沈み込んだ。

三十分後に、村の靴屋のギッブズが急ぎの使いで来た時、彼はこの場所にいたのである。ウィルフレッドは慌てて立ち上がった。ギッブズがこんなところへ来るからには、只事ではないと思ったのだ。靴屋はどの村でも大抵《たいてい》そうだが、無神論者で、この男が教会に現われるのは、「瘋癲ジョー」が現われるよりもさらに異常な事態だった。まことに、この日の朝は神学上の謎に満ちていた。

「どうしました?」ウィルフレッド・ブーンはやや硬い口調で、それでも震える手を帽子にあてて、言った。

無神論者の言葉遣いは、この男にしては驚くほど丁重で、かすれた声には同情さえ滲《にじ》んでいた。

「邪魔をしてすいませんが」靴屋はしゃがれ声でささやいた。「すぐに知らせなきゃいけないと思いましてね。ちと大変なことが起こったんです。お兄さんが――」

ウィルフレッドは華奢《きやしや》な両手を握りしめた。「今度はどんな悪さをしでかしたんだ?」と思わず激昂して怒鳴った。

「それがね」靴屋は咳払いして言った。「何もしちゃいませんし、この先もなさらんでしょうよ。お亡くなりになったんです。ともかく、下へおりてください」

副牧師は靴屋のあとから折れ曲がった短い階段を下りて、通りよりもやや高いところにある入口へ出た。ブーンは一目で悲劇を了解した。それは見取り図のごとく足元に広がっていた。鍛冶屋の物置き場に五、六人の男が立っており、おおむね黒服を着て、一人は警部の制服を着ていた。その中には医者と長老派の牧師、それに鍛冶屋の女房が通《かよ》っているローマ・カトリック教会の神父の姿があった。神父はたいそう早口に、小声で夫人に話しかけていた。夫人は赤金色の髪をした素晴らしい美人だったが、ベンチに坐って身も世もなく泣いていた。この二つの人だかりの間の、金槌の一番大きな山のすぐそばに、夜会服を着た男が手足を広げてうつ伏せに倒れていた。ウィルフレッドが立っている高い場所からも、身形《みなり》格好の細かい点まで、指に嵌めたブーン家の指輪に至るまで、はっきりと見えた。しかし、頭蓋骨は気味悪くぐしゃりと潰《つぶ》れて、黒と血色の星のようだった。

ウィルフレッド・ブーンは一目見るなり石段を下りて、物置き場へ駆け込んだ。ブーン家のかかりつけの医者が挨拶したのにも、ろくろく気がつかなかった。彼は途切れとぎれにこう言っただけだった。「兄が死んだ。どういうことだ？　この恐ろしい謎は何なのだ？」気づまりな沈黙が続き、やがてこの場で一番ズケズケと物を言う靴屋がこたえた。

「恐ろしいにゃちがいないが、大した謎じゃありませんよ」

「どういうことです？」ウィルフレッドは蒼白な顔でたずねた。

「わかりきってまさァ」とギッブズはこたえた。「ここいら四十マイル四方に、人をあんな力でぶっ叩ける人間は一人しかいないし、そいつには誰よりもそういうことをする理由があるんですから」

「何事も決めてかかってはいけないが」黒い顎鬚を生やした背の高い医者が、やや神経質に口を挟んだ。「わたしの立場から言わせてもらうと、あの打撃の性格について、ギッブズさんが言っていることは正しい。あんなことができるのは、このあたりに一人しかいないとギッブズさんはおっしゃるが、わたしに言わせれば、どんな人間にも無理です」

副牧師の細い身体を迷信的な恐怖の戦慄が走った。「わたしには理解できません」と彼は言った。

「ブーンさん」医者は低い声で言った。「喩《たと》えを使って言おうとしても、文字通り、言葉につまるんです。頭蓋骨が卵の殻みたいに粉々に砕かれていると言うだけでは、足りません。土壁に銃弾がめり込むように、骨の欠片《かけら》が身体と地面にめり込んでいるんです。あれは巨人の仕業ですよ」

医者はちょっと口をつぐんで、眼鏡ごしに険しい目で見ていたが、やがて語り続けた。

「これには一つだけ、良い点があります——たいていの人がただちに容疑から外れることです。あなたやわたしのような、この国のふつうの体格をした人間がこんな罪を犯したと訴えられても、赤ん坊がネルソン記念柱[3)]を盗んだ罪を問われないように、無罪放免になるでしょう」

「だから、言ってるじゃありませんか」靴屋がしつこく言い張った。「こんなことができる奴は一人しかいないし、そいつはいかにもやりそうな男なんです。鍛冶屋のシメオン・バーンズはどこにいます？」

「グリーンフォードへ行っているよ」副牧師がためらいがちに言った。

「それより、フランスへ行っちまったんだろうよ」と靴屋はつぶやいた。

「いいや、そのどちらでもありませんな」と小さい冴えない声がした。それは、こちらの一団にさっきから加わっていた、小柄なカトリック教会の神父が発した声だった。「じつを申せば、ちょうど今、道をのぼって来るところですよ」

小柄な神父は短く刈った茶色い髪に、真ん丸い鈍そうな顔をしていて、見たところ興味を惹く人物ではなかった。しかし、彼がアポロンのように立派な姿だったとしても、その時は誰も彼を見なかったにちがいない。誰もがうしろをふり返って、丘下の平原をうねくねと横切っている道をつくづくと見た。果たして鍛冶屋のシメオンが、金槌を肩に担ぎ、ふだん通り大股にその道を歩いていた。彼は骨太の大男で、黒い陰険な目は落ちくぼみ、黒い顎鬚を生やしていた。鍛冶屋は歩きながら、べつの二人の男と静かに話していた。特に愉快そうでもなかったが、くつろいだ様子をしていた。

「あいつだ！」無神論者の靴屋が叫んだ。「凶器の金槌も持ってるぞ」

「違いますな」薄茶色の口髭を生やした分別のありそうな警部が、初めて口を開いた。「犯人が使った金槌は、あちらの教会の壁のところにあります。金槌も死体も、そのままにしてあるんです」

全員がそちらをふり返り、背の低い神父は金槌が置いてあるところへ行くと、無言でそれを見下ろした。それはごく小さな軽い金槌で、他のものに混じっていれば目に留まらなかっただろう。しかし、そいつの鉄の角には血と黄色い髪の毛がついていた。

3　ロンドンのトラファルガー広場にある高さ五十メートルを越す記念碑。トラファルガー海戦で英軍を勝利に導いたネルソン提督像を頂く。

しばしの沈黙ののち、小柄な神父は面も上げずにしゃべりだしたが、その単調な声には新たな響きがあった。「ギッブズさんは謎はないと言われたが、それは正しいとは言えませんな。少なくとも、そんな大男があれほどの一撃を加えるのに、こんなに小さい金槌をなぜ使ったのか、という謎があります」

「そんなこと、気にするな」ギッブズは熱に浮かされたように、叫んだ。「シメオン・バーンズをどうしますかい？」

「放っておきなさい」神父は静かに言った。「自分からここへ来ますよ。わたしは連れの二人を知っています。グリーンフォードに住んでいるじつに善良な人たちで、長老派の礼拝堂のことでやって来たんです」

そう言っているうちにも、背の高い鍛冶屋は教会の角をまわって、自分の物置き場にズンズン入って来た。すると、そこで棒立ちになり、手から金槌を落とした。警部はそれまで何を思っていたのか泰然とかまえていたが、すぐに鍛冶屋に近づいて、言った。

「バーンズさん、ここで起こったことについて、何か御存知かどうかは訊きません。あなたに言う義務はありません。わたしとしてはあなたが何も知らず、それを証明できることを願っています。しかし、形式上、国王の名に於いて、あなたをノーマン・ブーン大佐殺害の容疑で逮捕しなければなりません」

「何も言う義務はないんだぞ」靴屋が興奮して、お節介に口を挟んだ。「何もかも、向こうが証明しなけりゃならないんだ。あれがブーン大佐だってことさえ、まだ証明されてないんだ。なにしろ、あんな風にお頭《つむ》がぺしゃんこに潰れちまっちゃあな」

「あんなことは、与太話《よたばなし》です」医者が神父に耳打ちした。「探偵小説の中だけの話ですよ。わたしは大佐のかかりつけの医者ですから、あの人の身体は本人よりも良く知っています。大佐は大変きれいな手をしていましたが、特徴のある手でした。人差し指と中指の長さが同じなんです。ええ、あれは間違いなく大佐です」

　医者が地面に倒れている脳味噌の飛び散った死体をちらと見やると、身動きもせずにいた鍛冶屋の冷たい目が、その視線を追って、同じところに留《と》まった。

「ブーン大佐が死んだのか？」鍛冶屋はいたって冷静に言った。「それなら、地獄行きだな」

「何も言うな！　おい、何も言うなよ！」無神論者の靴屋は叫んで、英国の法律制度を夢中になって賛美しながら、跳ねまわった。善良な世俗主義者ほど、法律を重んじる者はいないからだ。

　鍛冶屋は肩ごしにふり返り、狂信者の峻厳な顔を靴屋に向けた。

「おまえのような不信心者は、この世の法律が味方するからといって、狐のように逃げ隠れするがいい。だが、神は御自身の愛で給《め》う者をポケットに入れて守ってくださる。今日、それを見せてやろう」

　それから鍛冶屋は大佐を指差して、言った。「あの犬が罪のうちに死んだのは、いつなんだ？」

った。


「言葉を慎みたまえ」と医者が言った。

「聖書が言葉を慎むなら、おれも言葉を慎む。あいつはいつ死んだんだ？」

「今朝の六時に会った時は、生きていました」ウィルフレッド・ブーンがどもりどもり言った。

「神は善良だ」と鍛冶屋は言った。「警部さん、おれは逮捕されることには少しも異存はない。むしろあんたの方が、おれの逮捕に反対するかもしれんぞ。おれは潔白の身で法廷を出て行くことを、何とも思わない。だが、あんたは、経歴に悪い傷をつけて法廷を出て行くのは嫌なんじゃないかな」

実直な警部はこの時初めて、生気のある目で鍛冶屋を見た——他の者もみなそうしたが、ただ一人、背の低い変わり者の神父だけは、恐ろしい一撃を加えた小さな金槌を今も見ていた。

「店の外に二人の男がいる」鍛冶屋は重々しいが、はっきりした言葉で語りつづけた。「グリーンフォードのれっきとした商人で、あんた方もみな御存知だ。夜中前から明け方まで、そのあともずっと、信仰復興運動の会議室でおれを見たと証言してくれるだろう。会議は夜通し行われる。我々はそれだけ速く魂を救うんだ。グリーンフォードの町へ行けば、おれがずっとあっちにいたことを証言してくれる人間が、二十人はいる。警部さん、もしおれが異教徒なら、あんたが失敗《しくじ》るのを放っておくが、キリスト教徒としてはあんたに機会を与えて、おれのアリバイをこの場で聞くか、法廷で聞くか、選ばせなきゃいけないと思うんだ」

警部は初めて動揺の色を浮かべて、言った。「もちろん、今すぐ嫌疑を晴らすことができれば、それに越したことはありませんよ」

鍛冶屋は例のごとく悠然と大股に歩いて、物置き場を出、グリーンフォードから来た二人の友人のいる方へ戻った。その二人は実際、ここにいるほぼ全員の友人でもあった。めいめいが二言三言述べたが、誰もその言葉を疑おうなどとはしなかった。かれらが語り終えると、シメオンの無実は、頭上に聳え立つ大きな教会と同じくらい揺るぎないものとなった。

いかなる会話よりも奇妙で耐え難い沈黙がある。そうしたものが一同を襲った。副牧師は何か話をしようと必死になって、カトリックの神父に言った。

「あの金槌にずいぶんと興味をお持ちのようですね、ブラウン神父」

「ええ」とブラウン神父は言った。「なぜ、あんなに小さい金槌なんでしょうね？」

医者がこちらをふり返った。

「まったくだ。大きい金槌が十《とお》もそこらに転がっているのに、わざわざ小さいのを選ぶ人間がいるでしょうか？」

医者はそのあと声をひそめて、副牧師の耳にささやいた。「そんなことをするのは、大きな金槌を持ち上げられない人間です。男と女はどちらが強いとか、度胸があるといった問題じゃありません。物を持ち上げる肩の力の問題ですよ。大胆な女なら、軽い金槌で人を十人殺しても、澄ましているでしょう。重たい金槌では、甲虫《かぶとむし》一匹殺せません」

ウィルフレッド・ブーンは恐しさのあまり、催眠術にでもかけられたように呆然と医者を見つめていた。一方、ブラウン神父は小首を傾げて、興味ありげに話を聴いていた。医者は声をひそめながらも、ますます力んだ調子で話を続けた。

「世の中の馬鹿な連中は、どうして、妻の情夫を憎むのは夫だけだといつも決めてかかるんでしょう？　妻の情夫を一番憎んでいるのは、十中八九、妻なんですよ。あの男が彼女にどんな横柄なことをしたり、裏切ったりしたか、わかったものじゃない——そら、御覧なさい」

医者は、ベンチに坐っている赤毛の女を、一瞬の身ぶりで示した。彼女はようやく面を上げ、輝くばかりの顔から涙が乾きかかっていた。しかし、両眼はどこか白痴めいたところのある、ギラギラした眼差しで死体をじっと睨んでいた。

ウィルフレッド・ブーン師は、知りたいという心をふり払おうとするような、力のない身ぶりをしたが、ブラウン神父は鍛冶場の炉から飛んできた灰を袖から払いながら、いつもの淡々とした口調で言った。

「いかにもお医者さんらしいですな。あなたの心理学はじつに示唆《しさ》に富んでいます。まったくあり得ないのは、あなたの自然科学です。姦通の罪を問う原告よりも、女性の方が共同被告を殺したがるとおっしゃるのには賛成です。それに、女性ならば必ず、大きい金槌よりも小さい金槌を選ぶというのも同感です。しかし、問題は物理的に不可能だということです。人間の頭蓋骨をあんな風にぺしゃんこにすることは、いかなる女性にもできるはずがありません」神父は少し間をおいて、考えながらこうつけ加えた。「ここにいるみなさんは、まだ事件の全容をつかんでおられない。あの人は言ってみれば鉄の兜を被っていたのに、それが一撃でガラスのように砕け散ったんです。あの御婦人を御覧なさい。あの腕を」

またしても沈黙が一同をつつみ、やがて医者が少し不機嫌に言った。「まあ、わたしの意見は間違っているかもしれません。何にでも異論はつきものですからね。でも肝腎な点は譲れませんよ。大きな金槌を使えるのに、あんな小さい金槌を選ぶような奴は、阿呆しかいません」

それを聞くと、ウィルフレッド・ブーンの痩せた震える手が頭の方に上がって、残り少ない黄色い髪をつかむかと見えた。だが、すぐに両手を下ろして、叫んだ。「わたしはそれが言いたかったんだ。あなたがその言葉を言ってくださった」

それから彼は動揺を抑えて、語り続けた。「今、『小さい金槌を選ぶのは、阿呆しかいない』とおっしゃいましたね」

「ええ」と医者は言った。「それが何か?」

「これはね」と副牧師は言った。「他ならぬ阿呆がやったんです」一同は目を釘づけにして副牧師をまじまじと見た。副牧師は熱病にでもかかったように、女のように激しく興奮して言った。

「わたしは聖職者です」彼は上《うわ》ずった声で言った。「聖職者は人の血を流してはなりません。それは――それはつまり、人を絞首台に送ってはいけないということです。犯人がはっきりわかった今、わたしは神に感謝いたします――なぜなら、その犯人は絞首台に送ることのできない人物だからです」

「そいつを告発しないおつもりですか?」と医者がたずねた。

「たとえ告発しても、絞首刑にはならないでしょう」ウィルフレッドは狂ったような、しかし妙に幸せな微笑みを浮かべて言った。「わたしが今朝教会に入りますと、一人の狂人がそこで祈っていました――あの可哀想なジョー、生まれた時から変だったあの男です。何を祈っていたかは神のみぞ知るですが、ああいう変わった連中のことですから、祈りが全部さかさまだったとしても不思議ではありませんよ。狂人は、人を殺す前に祈るのかもしれません。わたしが最後にジョーを見た時、彼は兄と一緒にいました。兄がからかっていたんです」

「ほほう!」と医者が言った。「やっと話になってきたぞ。しかし、他のことはどう説明を――」

ウィルフレッド師は真実が仄《ほの》見えて来た興奮に、打ち震えんばかりだった。「みなさん、わからないのですか」と熱っぽく叫んだ。「奇妙な点を二つとも解決し、二つの謎に答える説明は、これしかありません。二つの謎というのは、小さな金槌と大きな力です。鍛冶屋ならあの強い力で殴れたかもしれないが、小さな金槌を選ぶはずはありません。細君なら小さな金槌を選んだでしょうが、あんなに強い力で殴ることはできない。しかし、狂人ならその両方をやりかねません。小さい金槌について言えば——なにしろ頭が変なのですから、何を手に取っても不思議ではありません。大きな力に関して言うと、先生、発作を起こした狂人は、十人力が出ると聞いたことがおありでしょう？」

医者は深く息を吸って、言った。「いやはや、あなたの言うことがあたっていると思いますよ」

ブラウン神父は話し手に、長いことじっと目を据えていた。まるで、その大きな灰色の雄牛のような眼が、顔の他の部分ほどつまらぬものではないことを証明しようとしているかのようだった。一同がしんとなると、神父はことさらに敬意をこめて言った。「ブーンさん、あなたの推理はこれまでに述べられたものの中で唯一、どこから見ても筋が通っていて、根本的に反駁《はんばく》し難いものです。だからこそ、わたしの確実な知識にもとづいて、それが真実ではないことを申し上げるべきだと思うのです」こう言うと、風変わりな小男は歩き去って、もう一度金槌をしげしげと見た。

「あの男は知ってはならないことまで知っているようだ」医者が不愉快そうにウィルフレッドにささやいた。「カトリックの坊主というのは、じつに油断のならない連中ですよ」

「いや、いや」ブーンは疲れて自棄《なげやり》になったように言った。「犯人は気狂いです。あの気狂いです」

二人の聖職者と医者は、警部と彼が逮捕した男を含む一団から離れていたが、こちらの組が散りぢりになると、向こうの連中の声が聞こえて来た。神父は鍛冶屋が大声でこう言うのを聞いて、静かに面を上げ、またうつ向いた。

「もう納得してもらえたと思うがね、警部さん。おれはたしかに力持ちだが、まさかグリーンフォードからここまで金槌を飛ばすなんてことは、できやしない。おれの金槌に翼でも生えてりゃあべつだが、垣根を越えて野を越えて、半マイルも飛んで来るわけはないだろう」

警部は愛想良く笑って言った。「そうですな。あなたは容疑者から外しても良さそうだ。しかし、こんなに妙な偶然はめったにありませんがね。わたしとしては、あなたのように身体の大きい、力の強い男を捜すのに、なるべく御協力くださいとお願いするしかありません。そうだ！　そいつを取り押さえるのに、役に立ってもらえるかもしれませんな。あなた御自身には、犯人の心当たりはないでしょうね？」

「なくもないが」鍛冶屋は蒼ざめて言った。「それは男じゃない」それから、相手のハッとした目がベンチに坐っている妻の方に向いたのを見ると、鍛冶屋は大きな手を妻の肩に置いて、言った。「女でもない」

「どういう意味です？」警部が冗談めかして言った。「牛が金槌を使うとでもおっしゃるんじゃないでしょうね」

「あの金槌を手に取ったのは、肉体を持つ存在じゃないと思う」鍛冶屋は押し殺した声で言った。「人間に関して言えば、あいつはたった一人で死んだんだ」

ウィルフレッドがふいに身を乗り出し、燃える目で鍛冶屋を見つめた。

「それじゃ、ナニかい、バーンズ」靴屋の鋭い声がした。「金槌が勝手に飛び上がって、あいつをぶちのめしたと言うのかい？」

「ああ、みなさんはびっくりしてお笑いになるかもしれん」とシメオンは言った。「牧師さんたちだって、そうだ。日曜の説教では、神が静けさのうちにセナケリブを滅ぼした話をしてるだろうがな。[4]おれは、目に見えずしてすべての家の中を歩く御方が、おれの名誉を守ってくださって、あの汚らわしい男を門前で打ち殺したんだと信じるね。あの一撃の力は地震を起こす力と同じで、それ以外の力じゃあなかったんだ」

ウィルフレッドは、何とも形容のし難い声で言った。「わたしもノーマンに、雷に気をつけろと言ったんだ」

「そういう犯人はわたしの管轄外《かんかつがい》です」警部は苦笑いして言った。

「だが、あんたは神の管轄外じゃない」と鍛冶屋はこたえた。「気をつけた方がいいな」

鍛冶屋は広い背中をこちらへ向けて、家に入った。

ブラウン神父はわななくウィルフレッドをその場から連れ去ったが、神父は気安く親しげに彼に接した。「この怖ろしい場所から逃げ出しましょう、ブーンさん。教会の中を見

4　神はイスラエルの民を守るために御使いを遣わし、アッシリア王セナケリブ（在前七〇四年－前六八一年）の十八万五千人の陣営を一夜にして滅ぼした。列王紀下十九章三十五節ほか。

せていただけませんか？　聞くところによると、英国屈指の古い教会だそうじゃありませんか。我々も多少は関心があるんですよ」神父はおどけた顰め面をして、言い足した。「英国の古い教会にね」

ウィルフレッド・ブーンはニコリともしなかった。ユーモアは彼の得意ではなかったのだ。それでも、むしろ熱心な様子でうなずいたのは、長老派の鍛冶屋や無神論者の靴屋よりも気持ちをわかってくれそうな相手に、ゴシック建築の素晴らしさを説明したかったからである。

「もちろんですとも。こちらから入りましょう」そう言うと、石段を上った高いところにある横手の入口へ案内した。ブラウン神父がそのあとに随いて最初の石段を上がろうとした時、何者かが肩に手をかけた。ふり向くと、色の黒い痩せた医者の姿があった。その顔は疑念のために一段と黒くなっていた。

「あなた」医者はしゃがれ声で言った。「この凶悪事件について、何か秘密を御存知のようですね。そのことは、胸にしまっておかれるおつもりですか？」

「いいですか、先生」神父は愛想良く微笑んで、こたえた。「わたしのような職にあるものは、物事に確信がない時は胸にしまっておきますが、それにはもっともな理由がありましてね。というのは、確信がある時も、常に胸にしまっておくのが義務だからです。しかし、口が重すぎて、あなたや他のどなたかに礼を失すると思われるようでしたら、わたしの習慣が許すギリギリのところまで譲りましょう。大事なヒントを二つ、お教えします」

「ほう、それは？」医者は陰気に言った。

「第一に」ブラウン神父は静かに言った。「この事件は、あなた御自身の専門領域に属しています。自然科学の問題ですから。鍛冶屋は間違っています。あの一撃は神が下したものだというのは、あながち間違っていないかもしれませんが、それが奇蹟によって起こったというのは間違いです。先生、あれは奇蹟なんかじゃありませんよ。もっとも、奇妙で、邪《よこしま》で、しかし半ば英雄的な心を持つ人間という存在が奇蹟だという意味ならば、べつですがね。あの頭蓋骨を砕いた力は、科学者が良く知っている力です——自然法則のうちでもっとも頻繁に議論されるものの一つですよ」

顔を顰めて神父を凝視していた医者は、こう言っただけだった。「それで、もう一つのヒントは？」

「もう一つのヒントはこういうことです」と神父は言った。「あの鍛冶屋は奇蹟を信じるくせに、金槌に翼が生えて、半マイル先から飛んで来るというあり得ないお伽話を、鼻で笑ったのを憶えていますか？」

「ええ、憶えています」と医者は言った。

「じつはね」ブラウン神父は満面の笑みを浮かべて、「あのお伽話こそ、今日みなさんが言った話の中で、一番真相に近いものなんです」それだけ言うと、クルリと背を向け、副牧師を追って石段を上った。

ウィルフレッド師は蒼ざめ、苛々して神父を待っていた。まるでこの小さな遅れのために、張りつめていた神経が参ってしまうといわんばかりだったが、神父がやって来ると、さっそく教会のお気に入りの場所へ連れて行った。そこはあの桟敷の一角で、彫刻を施した天井に一番近く、天使を描いた素晴らしい窓に照らされていた。小柄なカトリック教の神父はあらゆるものを仔細に見て感嘆し、楽しげだが低い声でずっとしゃべりつづけていた。そうして見物しているうちに、脇の出口と螺旋階段を見つけると——ウィルフレッドは兄が死んだ時、そこを駆け下りて来たのである——ブラウン神父は猿のごとく敏捷に、その階段を下りるのではなく、上へ上がって行った。やがて屋外にある、上の踊り場から神父の澄んだ声が聞こえて来た。

「ブーンさん、ここへおいでなさい。風にあたれば気分が良くなりますよ」

ブーンは神父のあとに随いて、建物の外にある石の回廊かバルコニーのようなところへ出た。そこからは、この小さな丘がある広大な平野を見渡すことが出来た。森が紫の地平線まで続き、村や農場がそこここに点在していた。眼下にはくっきりと四角い形に、だがちっぽけに見える鍛冶屋の物置き場があって、今も警部が立って手帳に何か書き込み、死体は潰れた蠅のように横たわっていた。

「まるで世界の縮図のようじゃありませんか」と神父は言った。

「ええ」ブーンはおごそかにそう言って、うなずいた。

二人の真下に、また周辺に、ゴシック建築の稜線《りょうせん》が、自殺に似た胸の悪くなるような素早さで、宙に向かって突き出していた。中世の建築には巨人的な力の要素があり、どんな角度から見ても、暴れ馬の逞しい背のように、疾駆して逃げて行くかと見える。この教会は太古の物言わぬ石を切り出して造ったもので、古い石苔が鬚のように生え、鳥の巣に汚れていた。それでも、下から仰ぎ見れば噴水のように星空へ噴き上がり、今のように上から見れば、滝のように声なき奈落へ流れ落ちた。というのも、塔上の二人は、ゴシック建築のもっとも恐ろしい面に相対《あいたい》していたのである。それはすなわち、奇怪なる短縮遠近法と不均衡、目の眩《くら》む透視図法、大きいものが小さく、小さいものが大きく見えるさまざまな眺めであり――要するに、石で出来たあべこべの世界が空中に浮かんでいるのだった。近くにあるため巨大に見える石の細部装飾は、遠くにあって小さく見える野原や農場の紋《も》様《よう》を背景に、くっきり浮き立っている。建物の角にある鳥や獣の彫刻は、巨大な竜が歩いたり飛んだりして、下の牧場や村々を荒らしているように見える。全体の雰囲気は眩暈《めまい》のする危険なもので、人間が宙にさらわれ、翼を広げて旋回する巨大な精霊《ジン》たちに取り巻かれているようだった。そして、大聖堂のように高く華美なこの古い教会全体が、日のあたる田園の上に、豪雨をはらんだ雲のごとく坐り込んでいるかのようだった。

「たとえ祈るためであっても、こういう高い場所に立つのは何か危険な感じがしますな」ブラウン神父は言った。「高い場所は下から見上げるものであって、そこから見下ろすためにあるんじゃありません」

「落ちるかもしれないとおっしゃるんですか？」とウィルフレッドが訊いた。

「肉体は落ちなくても、魂が堕ちるかもしれないという意味ですよ」ともう一人の聖職者はこたえた。

「おっしゃることが良くわかりません」ブーンは聞きとりにくい声で言った。

「たとえば、あの鍛冶屋を御覧なさい」ブラウン神父は穏やかに語り続けた。「善良な男ですが、キリスト教徒ではありません——頑なで傲慢で赦しを知らない。まあ、彼の信じるスコットランドの宗教は、丘や険しい岩山の上で祈り、天を見上げるよりも世界を見下ろすことをおぼえた人々がつくったものですからね。謙譲は巨人の母です。谷間からは偉大なものが見える。山の頂からはちっぽけなものしか見えません」

「でも、あの男は——あの男はやっていませんよ」ブーンが震える声で言った。

「さよう」ブラウン神父は奇妙な声でこたえた。「わたしたちは、彼の仕業でないことを知っておりますからね」

一瞬の後、神父は薄い灰色の目で静かに平野を見渡しながら、また語りはじめた。「わたしは、ある男を知っていました。その男は、初めは他の人たちと一緒に祭壇の前で祈っていましたが、そのうち鐘楼や尖塔の片隅のような、高くて人の来ない場所で祈ることが好きになりました。ひとたびそうした目の眩む場所へ、全世界が自分の足下を車輪のようにまわっているように見える場所へ来ると、彼の頭脳《あたま》もクルクルとまわりだして、自分は神だと錯覚しました。それで、善良な男だったのに、大きな罪を犯したんです」

ウィルフレッドの顔はよそを向いていたが、骨ばった手は青白くなり、石の欄干をきつく握りしめていた。

「彼は世を裁き、罪人に罰を与える仕事が、自分に託されていると考えました。他の人たちと一緒に床に跪いていれば、そんな考えはけして頭に浮かばなかったでしょう。ところが、彼はすべての人間が虫けらのように歩きまわっているのを見てしまった。ことに一匹、自分の真下を気取って歩いている虫がいました。尊大な様子をして、派手な緑の帽子をかぶっているので、すぐにそれとわかりました――そいつは毒虫でした」

深山鴉《みやまがらす》が鐘楼の角のまわりでカアカアと啼いたが、神父がふたたび口を開くまで、他には何の物音もしなかった。

「もう一つ、彼を誘惑したのは、自然界の動力のうちでも、もっとも恐るべきものを手中にしていたことです。それはすなわち重力です。あの狂ったような加速の勢い――地上のあらゆる被造物が、解き放たれたとたん、地球の中心へ飛び帰る力です。ほら、警部がちょうど真下の鍛冶屋の物置き場を歩いているでしょう。仮にこの欄干から小石を放《ほう》ったら、あの人にあたる頃には、弾丸のようなものになっているでしょう。もし金槌を落としたら――たとえ小さな金槌だとしても――」

ウィルフレッド・ブーンは片足を欄干にかけ、ブラウン神父はとっさにその襟を捕まえた。

「その扉はいけませんよ」神父はいとも穏やかに言った。「その扉は地獄に通じています」

ブーンはよろよろと壁際にさがって、恐ろしい目つきで神父を見た。

「どうしてわかったんだ？　おまえは悪魔なのか？」

「わたしは人間です」ブラウン神父は真面目にこたえた。「それ故に、心の中にあらゆる悪魔を持っています。よくお聴きなさい」と少し間をおいて言った。「わたしはあなたのしたことを知っています——少なくとも、おおよそは見当がついています。兄上と別れた時、あなたはけして間違ってはいない怒りに苦しめられて、思わず小さな金槌を取り上げた。汚らわしいことを口にするあの人を殺したくなったんです。ですが、おじけづいたあなたは、ボタンをかけた上着の下に金槌を隠して、教会にとび込んだ。そしてあちこちで必死に祈りました。天使の窓の下、上の踊り場、そしてさらに上の踊り場へ移ると、そこからは、大佐がかぶっている東洋の帽子が、這いまわる緑の甲虫の背中のように見えました。その時、魂の箍《たが》が外れて、あなたは神の雷霆《いかづち》を落としたんです」

ウィルフレッドは手を弱々しく頭にあてて、低い声でたずねた。「兄の帽子が緑の甲虫のように見えたと、なぜわかったんですか？」

「ああ、それは」相手はかすかに微笑んで、言った。「それは普通の感覚ですよ。しかし、もう少し聞いてください。わたしはすべてを知っていますが、他言はしません。これからどうなさるかはあなた次第です。わたしはこれ以上、何もしません。このことは懺悔の封印によって封じることにしましょう。なぜそうするかとおたずねなら、理由はいくつもありますが、あなたに関係のある理由は一つだけです。あなたにあとのことを任せるのは、あなたがまだ殺人者として、それほど悪に染まっていないからです。鍛冶屋に罪をなすりつけることは容易だったのに、あなたはそうしませんでした。夫人に罪を被《き》せることも容易でしたが、それもなさいませんでした。あなたはあの阿呆に罪を被せようとしましたが、それは彼が苦しむことはないと知っていたからです。人殺しにそういう光明を見つけるのが、わたしの仕事でしてね。それでは村へ下りて行って、風のように自由に御自分の道を進みなさい。わたしから言うことは、もうありません」

二人は螺旋階段を無言で下りて行って、鍛冶屋のそばの日向へ出た。ウィルフレッド・ブーンは物置き場の木戸の閂を慎重に開けると、警部に歩み寄って言った。「自首したいんです。わたしが兄を殺しました」

アポロンの目

THE EYE OF APOLLO

混濁していると同時に透明でもある独特の煙のような燦《きらめ》きはテムズ川の不可思議な謎だが、太陽がウェストミンスターの真上へ昇るにつれて、それが次第次第に灰色から輝きの極点へ達した。あたかもその頃、ウェストミンスター橋を渡る二人の男があった。一人はうんと背が高く、もう一人はうんと背が低かった。突飛なたとえになるが、二人を議事堂の威張った時計塔と、謙虚なウェストミンスター寺院の縮こめた肩になぞらえることも出来よう。というのも、背の低い方は僧衣をまとっていたからである。背の高い男を正式に御紹介すると、名をエルキュール・フランボー氏と言い、私立探偵で、ウェストミンスター寺院の入口に面した新しいビルの中の新事務所へ行くところだった。背の低い男を正式に御紹介すると、こちらはキャンバーウェル[1]の聖フランシスコ・ザビエル教会所属のJ・ブラウン師で、キャンバーウェルで臨終の場面に立ち会ったあと、友人の新事務所を見に来たのである。

そのビルは天を摩《ま》する高さもアメリカ式なら、電話やエレベーターといった機械仕掛を入念に備えつけてあるのも、アメリカ式だった。しかし、まだやっと完成したばかりで、入居者の数も十分ではなかった。借り手はまだ三組しか入っていなかったのだ。フランボーの真上と真下の階の事務所はふさがっていたが、その上の二つの階と、下の三つの階は空っぽだった。しかし、この新築のビルを初めて見ると、そんなことよりもずっと目を惹かれるものがあった。まだわずかに残っている足場とはべつに、なにやらギラギラ光る物体が一つ、フランボーの上の事務所の外に出ているのである。それは人間の目を象《かたど》った金《こん》色《じき》の巨像で、金色の光線にかこまれ、事務所の窓二、三枚分ほどの空間を占領していた。

「ありゃあ一体、何だね？」ブラウン神父はそう言って、立ち止まった。

「新興宗教ですよ」フランボーは笑って言った。「あなたは罪なぞ犯しちゃいないと言って、人の罪を赦《ゆる》してくれる新手《あらて》の宗教の一つです。きっとクリスチャン・サイエンス[2]みたいなものなんでしょう。じつをいうと、カロンと名乗る男が（本名は知りませんがね、カロンじゃないことはたしかです）おれの上の階を借りたんです。下の階にはタイピストの御婦人が二人いて、頭の上にはこの神がかった山師がいるってわけです。あいつは〝アポロンの新しき司祭〟と自称して、太陽を崇めています」

「気をつけるように言ってやりたまえ」とブラウン神父は言った。「太陽神はすべての神々のうちで一番残酷だった。それにしても、あの馬鹿でっかい目にはどういう意味があるんだい？」

「おれが聞いたところでは」とフランボーはこたえた。「人間は心が一徹《いってつ》ならば、どんな

1　ロンドン、テムズ川南岸の旧地区。現在のサザークに位置する。
2　一八七九年にM・B・エディが設立した米国のキリスト教系の教団。信仰の力により万病が治ると主張。

ことにも耐えられるというのが、連中の理論なんだそうですよ。あのお宗旨の二つの大きな象徴は、太陽と見開いた目でしてね。というのも、人が本当に健康なら、太陽を見つめられると言ってるんです」

「人が本当に健康なら」とブラウン神父が言った。「太陽を見つめようなんて気は起こすまいよ」

「まあ、あの新宗教についておれに言えるのは、それだけです」フランボーは気楽に語り続けた。「もちろん、身体のどんな病気も治せると言ってます」

「魂のただ一つの病を治せるかね?」ブラウン神父は、本気で好奇心をそそられたように訊ねた。

「魂のただ一つの病って、何です?」フランボーはにやにやして聞き返した。

「自分がまったく健康だと考えることさ」と彼の友人は言った。

フランボーは上の階の派手派手しい神殿よりも、下の階の静かな小さい事務所に興味があった。彼は頭脳明晰な南国人で、カトリック教徒か無神論者以外の自分は考えてみることも出来なかったし、賢いが陰気な性質《たち》の新興宗教はあまり得意でなかった。だが人間は常に彼の得意分野で、見目麗《みめうるわ》しい人間と来ればなおさらだった。おまけに、階下の御婦人方は中々の個性派だったのである。事務所を営んでいるのは二人の姉妹で、いずれもほっそりした身体つきで黒髪だったが、一人は背が高く、人目を引く美人だった。浅黒く勝気そうな、鷲鼻の横顔をしていて、ある種の武器の鋭い刃と同様、その人のことを考えると、いつも横顔が頭に浮かぶ女性の一人だった。彼女は人生を自力で切り開いているように見えた。瞳が驚くほどキラキラと輝いていたが、それはダイヤモンドというよりも鋼鉄の輝きだった。背筋のまっすぐに伸びた細い身体は、優雅というにはほんの少し硬ばりすぎていた。妹は姉の影法師の背を低くしたようで、少し青ざめていて血色が悪く、姉よりも地味だった。二人とも小さな男性風のカフスと襟のついた、事務的な黒い服を着ていた。ロンドンの仕事場には、こういう愛想のない張りきった婦人が五万《ごまん》といるが、この二人の興味深い点は、うわべよりも実際の立場にあった。

というのも、姉のポーリーン・ステイシーは、名家の紋章と一州の半分と莫大な富を相続していたのである。彼女はお城や庭園で育ったが、やがて（現代女性に特有の）冷たい激烈《はげ》しさに突き動かされて、もっと厳格で高尚な生活だと本人が考えるところのものを始めた。といっても、財産を放棄したりはしなかった。そのような行為は、彼女の堂に入った功利主義とは無縁な、現実離れした、あるいは抹香《まっこう》臭い愚行というべきものだろう。自分は実用的で社会に役立つ目的のために、財産を手元に残したのだと彼女は言うだろう。彼女は財産の幾分かを自分の事業に、模範的なタイプ印刷会社の中核をつくることにつぎ込んだ。また幾分かは、女性の間にそのような仕事を広めることを目的とする団体や運動に寄付した。妹で共同経営者でもあるジョーンが、このいささか散文的な理想主義にどれだけ共鳴していたかは、誰にもわからなかった。だが、彼女は犬のような愛情を持って指導者に従い、その様子は――ほんの少し悲劇的なところがあるだけに――姉の高邁《こうまい》さよりも魅力的だった。というのも、姉のポーリーン・ステイシーは悲劇とは無縁の人間だったのである。そんなものの存在を否定する人間と思われていた。

この女性の妥協のない敏速さと冷たい性急さは、初めてこのビルに入った時、フランボーをいたく面白がらせた。その時、彼は玄関広間のエレベーターの外で、エレベーター係のボーイを待っていた。通常はこのボーイが来客を各階へ案内するのだ。しかし、この光る目をした隼《はやぶさ》のような娘は、そういう形式張ったことのために待たされるのを公然と拒否した。自分はエレベーターのことなら何でも知っているし、ボーイなんか――それに男なんか――頼りにしないのだ、ときっぱり言った。彼女の部屋は三階上だったが、そこへ上がるまでの数秒間に、フランボーを相手にして、自分の基本的な考えをあれこれと無造作に語った。その主旨をおおまかに言うと、彼女は現代的職業婦人であり、現代的な作業機械を愛するということだった。輝く黒い瞳は、機械科学を非難し、ロマンスの復興を求める連中への観念的な怒りに燃えていた。自分がこうしてエレベーターを操るように、万人が機械を操れるようにならなければいけないと言うのだった。彼女はフランボーがエレベーターの扉を開けてやったことにさえ、腹を立てているらしかった。くだんの紳士は、この火を噴くような自衛精神を思い出して、複雑な気持ちを抱きながら、ニヤニヤして自分の事務所へ上がって行った。

彼女はたしかに、突っ慳貪で実際的な種類の癇癪《かんしやく》持ちだった。細い優雅な手の仕草は唐突で、破壊的でさえあった。ある時、フランボーがタイプ打ちの仕事のことで彼女の事務所を訪れると、彼女は妹の眼鏡を床の真ん中に投げやり、足で踏みつけていた。彼女はすでに立板に水の調子で、このような器具が意味する「いやらしい医学的概念」と人間の弱さの病的な自認について、倫理的演説を始めたところだった。このように人工的で不健全ながらくたを二度とここへ持ち込んだら、どうするか見ていなさい、と妹を脅《おど》した。そして、わたしに木の脚や鬘《かつら》やガラスの目玉をつけろと言うのかと詰《なじ》ったが、その目はしゃべっている間、恐ろしい水晶のように光っていた。

フランボーはかかる狂信的態度にすっかり面食らったが、(直截なフランス式論法で)ポーリーン嬢に訊いてみずにはいられなかった。なぜ眼鏡がエレベーターよりも弱さの病的な自認ということになるのか、科学が人間の一つの営為を助けても良いならば、べつの営為を助けることが、なぜいけないのか、と。

「だって、全然違いますもの」ポーリーン・ステイシーは見下すように言った。「バッテリーやモーターといったものは、人間の力の象徴《しるし》です――そうですわ、フランボーさん、それに女の力の象徴でもあります！　今度はわたしたちが、距離を縮め、時間に挑む偉大な機関を使う番です。それは高尚で素晴らしいものです――本当の科学ですわ。でも、医者が売りつける、こういう嫌らしい突《つ》っ支《か》い棒や絆創膏《ばんそうこう》は――あんなもの、ただの腰抜けの徽章《バッジ》じゃありませんか。医者は、わたしたちが生まれついての不具者か病気の奴隷ででもあるかのように、脚や腕を継ぎ足すんです。でも、わたしは自由の身に生まれたんです、フランボーさん！　人がこういうものを必要だと思うのは、力と勇気を学ぶかわりに不安を教え込まれたからです。馬鹿な子守り女が子供に太陽を見るなと教えるので、子供たちは瞬きせずに太陽を見ることができないのと同じです。太陽はわたしの主人ではありませんから。でも、どうして星の中で一つの星だけを見てはいけないんでしょう？　太陽はわたしの主人ではありませんから、わたしはいつでも好きな時に、目を開けて見つめてやりますわ」

「あなたの目は」フランボーは外国流のお辞儀をして、言った。「太陽の目を眩《くら》ませることでしょう」彼はこの肩肘を張った風変わりな美人にお世辞を言うのが好きだった。それは彼女が少しどぎまぎするせいでもあった。けれども、自分の階へ上がる時、彼は大きく息を吸ってひょうと口笛を吹き、心の中で思った――「ということは、あの女も、上階《うえ》にいる金の目玉の奇術師にたぶらかされてるんだな」。カロンの新宗教については良く知らないし、関心もなかったが、太陽を見つめることについて、何か特別な考えを持っているとは聞いていたからである。

上の階と下の階の霊的な結びつきが密接で、ますます強くなりつつあるのを、フランボーはその後すぐに知った。カロンと名乗る男は堂々たる美丈夫で、風貌からすれば、アポロンの大祭司にふさわしかった。フランボーにも負けないほどの上背《うわぜい》があり、はるかに男前で金色の顎鬚を生やし、凛《りん》とした青い瞳をして、髪を獅子の鬣《たてがみ》のようにうしろへ流していた。肉体はまさにニーチェのいう金毛獣[3)]そのものだったが、こうした動物的な美しさが真の知性と霊性によって高められ、輝きを増し、和らげられていた。サクソン族の偉大な王のようにも見えたが、王であり聖者でもあった人に見えたのである。しかも、ロンドンの下町という、そぐわない背景に置いても、そう見えたのだ。彼の事務所はヴィクトリア街のビルの中ほどにあり、事務員（カフスと襟つきのシャツを着た普通の若者）が一人、彼の部屋と廊下を隔てる入口の部屋に坐っていた。彼の名は真鍮《しんちゅう》の表札に刻まれ、彼の宗旨《おしえ》の金色の紋章は、眼科医の看板よろしく通りの上に掛かっていた。これだけ俗っぽいものがそろっていても、彼の魂と肉体が発する強烈な威圧感や霊感を、カロンという男から奪うことはなかった。彼は事務所でゆったりしたリンネルのスーツを仕事着に着ていても、偉人の前にいるような気になるのだった。要するに、この山師の前に出ると、偉人の前にいるような気になるのだった。

ある、ただならぬ人物だった。白い祭服に身をつつみ、小さな金の飾環《かざりわ》をかぶって日課の太陽礼拝を行う時は、それはもう神々しいほどの姿で、道行く人の笑い声がふと止《や》むこともあった。この現代の太陽崇拝者は日に三度小さなバルコニーへ出て、ウェストミンスター中の人間を前に、輝ける主に向かって祈禱の文句を唱えたのである。一度は夜明けに、一度は日没に、一度は正午の鐘が鳴る時に。フランボーの友人ブラウン神父が初めてアポロンの白い司祭を見たのは、議事堂の塔や教会で打った正午の鐘の響きが、まだ微かに揺《よう》曳《えい》している時だった。

フランボーはこの太陽神への日々の礼拝をもう見飽きるほど見ているので、聖職者の友

3　ニーチェが『道徳の系譜』（一八八七年）において用いた言葉で、高貴で野心的な支配層、もしくはそうした人間が有する志向を指す。ライオンのイメージが土台にあると解釈されるが、金髪人種の優位を連想させることから、後にナチスのプロパガンダにも利用された。

人が随いて来ているかどうかを確かめもせず、高いビルの外玄関に入った。しかし、ブラウン神父は職業柄儀式に興味があるのか、それとも個人的に馬鹿な真似が好きなのか、立ち止まって、太陽崇拝者のバルコニーをじっと見上げていた。ちょうどパンチとジュディーの人形劇[4]でも見るような格好だった。純白の衣をまとった預言者カロンは、すでにまっすぐに立って両手を高く差し上げていた。太陽への祈禱を詠ずるその声は奇妙に良く透《とお》って、にぎやかな通りのはるか遠くにいても聞こえた。祈りはもう半ばにさしかかっており、彼の両目は燃える日輪をひたと見つめていた。この地上の物や人が彼に見えていたかどうかは疑わしい。寸詰まりの丸顔の神父が下の群衆に混じって、目をぱちくりさせながら見上げていたのに気がつかなかったことは、まず間違いない。おそらく、その点は、遠くかけ離れた二人のもっとも甚《はなは》だしい違いだったろう。ブラウン神父は何を見るにも瞬きをせずにいられなかったが、アポロンの司祭は、瞼《まぶた》をピクリともさせないで真昼の太陽を見ることが出来た。

「おお、太陽よ」と預言者は叫んだ。「おお、偉大なるがゆえに星々の中にはおられぬ星よ！　おお、宇宙という神秘の地点に静かに流れる泉よ。すべての白く清新なるもの、白き炎、白き花、白き峰々の白き父よ。おんみのもっとも無垢にして静かなる子らよりも無垢なる父よ、原初の純潔よ、その平和のうちへ――」

その時、花火を逆さに上げたような空《くう》を切る凄まじい音がして、そのさなかから甲高い悲鳴が一声、長々と聞こえて来た。五人の人間がビルの中へ飛び込むと同時に、三人が飛び出して来て、一瞬、全員がわめき立て、お互いの耳を聾《ろう》した。何か突然怖ろしいことが起こったという感覚が、一刹那、通りの半ばを凶報で満たしたようだった——それは誰も内容を知らないだけに、いっそう恐ろしい報せだった。二人の男だけが、この騒動に動じなかった。バルコニーに立つ美しいアポロンの司祭と、その下にいる醜男《ぶおとこ》のキリストの司祭だった。

やがて、巨人的な精力《ちから》の漲《みなぎ》るフランボーの長軀《ちょうく》がビルの入口に現われ、小さな群衆を制した。彼は霧笛のような声を張りあげて、誰か医者を呼んでくれと叫んだ。フランボーが人で混み合う暗い玄関に戻ると、友人のブラウン神父は、目立たぬ姿でそっとあとに随いて行った。彼が人を避《よ》けたり掻き分けたりして行く間も、太陽の司祭が泉や花の友である幸福な神に呼びかける、朗々とした旋律や一本調子の声が聞こえて来た。

フランボーは他の六人の人間とともに、囲いをした場所のまわりに立っていた。そこには通常エレベーターが降りて来るのだが、今は降りて来ていなかった。他のものが降りて来たのだ。本来ならエレベーターに乗って来るべきものが。

フランボーはさきほどから四分間ばかりも、それをじっと見下ろしていた——悲劇の存在を否定した美しい女性の、脳の飛び散った血まみれの姿を。彼はそれがポーリーン・ス

4　パンチとその妻ジュディーの遣り合いが滑稽な人形劇。昔は街角で見られ、今日でもしばしば祭や海水浴場などの演し物として、人の背丈ほどの箱型の舞台で演じられる。

テイシーであることを最初から微塵《みじん》も疑わなかったし、医者を呼びに行かせはしたが、死んでいることも疑っていなかった。

彼は自分がこの女を好きだったのか嫌いだったのか、はっきりと思い出せなかった。好きなところも嫌いなところもたくさんあったからだ。だが、彼女はフランボーにとって一人の人間であり、些細な記憶や慣れから来る耐えがたい悲哀が、喪失の小さな匕首《あいくち》でチクチクと彼を刺した。彼女の綺麗な顔や生意気なおしゃべりが、不意にひそかな鮮やかさで心に蘇ったが、それこそが死の辛さなのだ。一瞬のうちに、青天《せいてん》の霹靂《へきれき》のように、虚空から雷が落ちるように、あの美しい挑戦的な肉体はエレベーターの竪穴を急降下して、死の穴底へ落ちた。自殺だったのだろうか？　あんな傲慢な楽観論者が自殺するとは思えない。殺人だろうか？　しかし、まだろくに入居者もいないビルの誰が、人など殺すのだ？　フランボーはしわがれた声でまくし立て――それは強い調子のつもりだったが、弱々しい声であることに、ふと気づいた――あのカロンのやつはどこにいる、とたずねた。いつも重々しく静かで豊かな声が、カロンは十五分前から、上のバルコニーで太陽を拝んでいると教えてくれた。フランボーはその声を聞き、ブラウン神父の手を感じると、浅黒い顔をふり向けて、いきなり言った。

「じゃあ、あいつがずっとあそこにいたとすると、やったのは誰なんです？」

「上に行けばわかるかもしれない」と相手は言った。「警察が出動するまで、三十分ほど時間がある」

フランボーは殺された女相続人の死体を医師たちに任せて、階段を猛然と駆け上がり、タイプ印刷の事務所へ行った。だが、誰もいなかったので、自分の事務所へ駆け上がった。部屋に入ったあと、真っ蒼な顔をして、友人のもとへ取って返した。

「妹は」彼は腹立たしそうな真面目な調子で言った。「妹は散歩にでも行ったらしいですよ」

ブラウン神父はうなずいた。「あるいは、例の太陽男の事務所へ行ったのかもしれん。わたしなら、まずそれを確かめてみるよ。そのあとで、君の事務所で話し合おうじゃないか。いや」神父はふと何かを思い出したように、言い足した。「わたしのこの頭の悪さは、いつになったら直るんだろう？　もちろん、下の彼女たちの事務所でだ」

フランボーは目を丸くしたが、小柄な神父のあとに随いて階段をおり、誰もいないステイシー姉妹の事務室へ行った。そこに入ると、何を考えているのかわからない神父は、入口にある大きな赤い革張りの椅子に坐り、階段と踊り場が見えるその場所で待った。神父は長く待たされなかった。四分もすると、もののしい様子だけが共通な三人の人間が階段を降りて来た。一人は死んだ女の妹ジョーン・ステイシーだった――どうやら、やはりアポロンの仮の神殿にいたらしい。二人目はアポロンの司祭その人で、祈禱を終え、がらんとした階段を威風堂々とおりて来た――その白い衣や顎鬚や、分けた髪には、どことなくドレの描いた『裁きの庭を去るキリスト』[5]を思わせるところがあった。三番目はフランボーで、眉をひそめ、やや戸惑った顔をしていた。

黒髪に若白髪のまじったジョーン・ステイシー嬢は引きつった顔をして、自分の机へつかつかと歩み寄ると、事務的な手つきで書類を広げた。ただそれだけの所作が、他のみんなを正気に返らせた。もしジョーン・ステイシー嬢が犯人ならば、冷静な犯人だ。ブラウン神父は奇妙な薄笑いを浮かべて、しばらく彼女を見ていたが、やがてそちらを向いたまま、べつの人物に話しかけた。

「預言者さん」神父はカロンに言ったようだった。「あなたの御宗教について、いろいろお聞かせ願えれば有難いのですが」

「それは光栄なことですが」カロンはそう言って、冠をかぶった頭を傾《かし》げた。「おっしゃる意味が良くわからないのですが」

「なに、こういうことなんですよ」ブラウン神父はいつもの、あけすけに疑問を呈する口調で言った。「我々はこう教わっています——人間が本当に悪い第一原則を持っているとすれば、その責任の一端は本人にある、と。しかし、そうだとしても、己の曇りのない良心を愚弄する人間と、詭弁によって良心が多少曇らされた人間とは区別することができるでしょう。ところで、あなたは殺人を悪だとお考えですか?」

「これは告発ですかな?」カロンはいとも静かに言った。

「いいえ」ブラウン神父は同じくらい穏やかにこたえた。「弁護のための陳述です」

長いおびえたような静寂が部屋を領する中で、アポロンの預言者はおもむろに立ち上がり、その様子はまさに日が昇るようだった。彼は部屋を光と生命力に満たしたが、この男なら、ソールズベリー平原[6]でも容易に満たすだろうと、そこにいた一人の男は感じた。長い衣をまとった彼の姿は、古代風の掛布で部屋全体を覆うようだった。叙事詩の英雄さながらの彼の仕草によって、部屋は壮麗な奥行きを増し、現代の聖職者の黒いちっぽけな姿は、場違いな邪魔者のように、ギリシアの栄光を汚す丸く黒い染みのように見えて来た。「さてこそ見《まみ》えん、カヤパ殿[7]」と預言者は言った。「あなたの教会とわたしの教会は、この地上で唯一の現実です。わたしは太陽を崇め、あなたは太陽の翳《かげ》りを崇める。あなたは死に行く神の、わたしは生ける神の司祭です。あなたが今なさっている猜疑と誹謗《ひぼう》の行為は、あなたの上衣や教義にふさわしい。あなたの教会は暗黒の警察に他ならない。あなた方は裏切りや拷問によって、人々から罪の告白をもぎ取ろうとするスパイや探偵にすぎない。あなたは人に罪を言い渡し、わたしは無実を言い渡す。あなたは人に罪を信じさせ、わたしは美徳を信じさせる。

5　今から十字架を背負おうとする場面を描いた、幅約九メートルにもおよぶ油彩の大作。ストラスブール現代美術館蔵。作者のギュスターヴ・ドレはフランスの著名な挿絵画家で、彼の挿絵入り聖書はイギリスでも好評を博した。
6　イングランド南部ウィルトシャー州に広がる広大な平原。ストーンヘンジがある。
7　ユダヤの大祭司（在一八年－三六年）。イエスに死刑を宣告した裁判で議長を務めた。

悪の書物を読むお方よ、あなたの根拠《いつわれ》ない悪夢を永久に吹き払う前に、一言だけ言っておきましょう。あなたにはこれっぽっちも理解できないだろうが、あなたがわたしを有罪にできようとできまいと、わたしにはどうでも良いことなのです。あなた方が汚辱とか怖ろしい絞首刑とか呼ぶものは、わたしにとっては、子供の絵本の人食い鬼が大人には恐ろしくも何ともないのと同じです。あなたは弁護の陳述をしていると言われた。わたしはこの現世という夢幻《まぼろし》の国にはいささかの関心もないので、告発の陳述をしましょう。今回の事件でわたしに不利なことが一つだけありますが、それを自分で述べます。死んだ女性はわたしの恋人であり、花嫁でした。あなた方の安ぴか礼拝堂が合法と称するやり方ではなく、あなた方にはとうてい理解できない、もっと純粋で厳格な法にのっとって結婚したのです。彼女とわたしはあなた方とは違う世界を歩み、あなた方が煉瓦のトンネルや回廊をトボトボと歩いている間、水晶の道を踏んで行きました。ところで、警察官というものは、神学的な警察官であれ何であれ、愛のあったところには、やがて憎しみが生ずると思いたがるものです。ですから、ここに告発の第一の根拠があるわけです。しかし第二の根拠の方が有力で、わたしはそれも惜しまずにお話ししましょう。ポーリーンがわたしを愛していたのは事実ですが、ちょうど今朝、死ぬ前に、わたしとわたしの新しい教会に五十万ポンドを遺贈する旨の遺言書を、あの机で書いたことも事実なのです。さあ、手錠はどこにありますか？　あなた方がわたしにどんな馬鹿な真似をしようと、意に介すると思いますか？　懲役刑は道端の停車場で彼女を待つようなものでしょう。絞首台は、猛スピードの自動車で彼女のもとへ行くようなものです」

カロンは、雄弁家独特の胸を揺さぶる威厳をもって語ったので、フランボーとジョーン・ステイシーは感嘆して彼を見つめていた。ブラウン神父の顔には、ただこの上ない苦悩の表情が見えるばかりだった。神父は額に一本の皺を寄せて、床を睨んでいた。太陽の預言者は炉棚に楽々と寄りかかって、また語り始めた。

「わたしは自分の不利になる事柄全部を——不利になり得る唯一の事柄を——簡潔に申し上げました。今からもっと簡潔な言葉で、それを跡形もなく打ち砕いてみせましょう。わたしがこの犯罪を犯したかどうかですが、真実は一言《いちごん》に尽きます——わたしがこの犯罪を犯すことは不可能だったのです。ポーリーン・ステイシーは十二時五分過ぎにこの階から地面へ転落しました。わたしは正午の鐘が鳴る少し前から十五分過ぎまで——人前で祈禱をするいつもの時間です——部屋のバルコニーに立っていました。そのことは、百人の人間が証人席に立って言ってくれるでしょう。わたしの事務員は（クラパム出身のまっとうな若者で、わたしとは何の縁故もありません）誓って証言するでしょう——自分は午前中ずっと入口の部屋にいたが、誰もそこを通らなかった、と。わたしは十二時十分前、すなわち事故が起こる十五分前にはここへ来て、事務所からもバルコニーからもずっと出ていないことを、彼は誓って証言するでしょう。これほど完全なアリバイはいまだかつてありませんよ。わたしはウェストミンスターの住民の半分を証人として召喚することができます。手錠は引っ込めた方が良さそうですな。この事件はこれで終わりです。

しかし最後に、愚かな疑惑が少しも残らないように、あなた方の知りたいことを教えてさしあげましょう。わたしの不幸な友人がどうして死に至ったのか、わたしにはわかる気がするんです。そのことでわたしを責めるのは、少なくともわたしの信仰と哲学を責めるのは御勝手ですが、わたしを牢屋に閉じ込めることはできません。高等な真理を学ぶ者には良く知られていることですが、歴史上、道の達人や開悟者《イルミナティ》の中には空中浮揚の能力——すなわち、何も使わずに宙に浮く能力を獲得した人達がいます。それは、我々の隠秘学の叡智に於いて枢要《すうよう》をなす、物質一般の征服という課題の一部分にすぎません。気の毒なポーリーンは衝動的で野心的な気性でした。じつを申し上げると、自分が実際以上に神秘をきわめていると過信していたのだと思います。一緒にエレベーターで降りる時、よく言っていました。人は強い意志さえあれば、羽根のようにふんわりと地面へ舞い降りることができるはずだ、と。わたしは厳粛に信じていますが、彼女はきっと崇高な思索の法悦にひたって、奇蹟を試みたのでしょう。彼女の意志ないし信念は大事な瞬間に揺らいでしまい、物質の下等な法則が怖ろしい復讐を遂げたのです。諸君、これが事件の全貌です。まことに悲しく、あなた方にはじつに身の程知らずで邪悪な行為と思われるでしょうが、犯罪でないことは確かですし、わたしとは何の関係もありません。法廷の速記録では、自殺と書かれるべきことでしょう。わたしはこれを、科学の進歩と、天に一歩ずつよじ登るための雄々しい失敗と呼びつづけるでしょう」

フランボーはブラウン神父が打ちのめされるのを初めて見た。神父はなおも坐ったまま、恥辱を噛みしめるかのように、苦しそうに眉間に皺を寄せて床を見ていた。預言者の翼のある言葉が煽った印象――不機嫌な、人間を疑うことを職業にしている男は、生まれながらに自由と健康を与えられた、高貴で純粋な精神に圧倒されたのだという印象を避けることは不可能だった。しまいに神父は、身体が苦しいかのように目をしばたたいて、言った。

「なるほど、もしそうならば、あなたのおっしゃる遺言状を持って、このままお行きになればいいでしょう。可哀想な御婦人はそれをどこに置いたんでしょうな」

「あちらの入口のそばにある机でしょう」カロンは身の潔白を証し立てるような、堂々たる無邪気な態度で言った。「今朝書くと言っていましたし、エレベーターでわたしの事務所へ上がる時に、書いているところをこの目で見ましたから」

「その時、ドアは開いていたんですか？」神父は床の敷物の隅を見ながら、たずねた。

「そうです」カロンは穏やかに言った。

「ほほう！　それからずっと開けっ放しになっていたんですな」神父はそう言って、また黙々と敷物の観察を続けた。

「こちらに紙がありますわ」無愛想なジョーン嬢がどことなく奇妙な声で言った。彼女は扉のそばにある姉の机のところへ行って、青い大判の筆記用紙を一枚、手に持っていた。その顔には、こんな場面にふさわしからぬ意地悪い微笑が浮かんでいたので、フランボーは険《けわ》しい顔で彼女を見やった。

預言者カロンは、今までそれで押し通してきた王者のような無頓着を貫いて、紙に近寄ろうともしなかった。しかし、フランボーはジョーン嬢の手から紙を受け取り、一読してひどく驚いた。それはたしかに正式な遺言状の形で始まっていたが、「死去の際に所有せる一切の財産を以下の者に贈与する」という文言のあと、文字がぷっつりと途切れ、引っ掻いたような傷が少しあるだけで、遺産受取人の名前はどこにも書いてなかったのである。フランボーは首をひねって、それを友人に渡し、神父はちらりと見てから、無言で太陽の司祭にまわした。

一瞬の後、彼の大司祭は輝かしい衣裳を翻《かえ》して、大股に二歩で部屋を横切り、ジョーン・ステイシーの前に立ちはだかって、青い目を剝いた。

「ここでどんな小細工をしやがったんだ？」とカロンは怒鳴った。「ポーリーンが書いたのは、これだけじゃないはずだ」

彼がこれまでとはうって変わったヤンキー流の甲高い声で話すのを聞いて、一同は愕然とした。荘重な態度も、上品な英語も、外套を脱ぎ捨てたように消えていた。

「机の上にあったのは、それだけよ」ジョーンはそう言って、依然邪な微笑を浮かべながら、相手に面と向かった。

男は突然、口汚く罵《ののし》りはじめ、耳を疑うような言葉を滝のごとくぶちまけた。彼の仮面が剝がれる様子には、ぞっとするものがあった。人間の本当の顔が落ちたかのようだった。

「やい！」カロンは悪態をついて息が切れると、アメリカ訛り丸出しで言った。「おれは山師かもしれんが、おまえさんは人殺しのようだな。そうとも、紳士諸君、これであの女が死んだ謎が説明できる。空中浮揚抜きで、だ。ポーリーンはおれに有利な遺言を書いていた。そこへ、このろくでもない妹がやって来て、遺言状を書き上げないうちにペンを奪い取り、姉さんをエレベーターの穴へ引きずっていって突き落とした。ひでえ話だ！　やっぱり手錠が必要らしいな」

「あなたがおっしゃった通り」ジョーンはふてぶてしく落ち着き払って、言い返した。「おたくの事務員さんは立派なお方で、宣誓の何たるかも知っています。ですから、どこの法廷へ出ても証言してくださるでしょう。姉が転落する五分前から五分後まで、わたしが上のあなたの事務所にいて、タイプ打ちの仕事の手配をしていたことを。フランボーさんも、わたしがそこにいたと言ってくださるわ」

沈黙があった。

「そうすると」とフランボーが言った。「転落した時、ポーリーンは一人だった。つまり、自殺だったんだ！」

「転落した時、一人だった」とブラウン神父が言った。「しかし、自殺ではなかった」

「ならば、どんなふうに死んだんです？」フランボーがもどかしげにたずねた。

「殺されたんだ」

「でも、一人きりだったんですよ」私立探偵は反論した。

「一人きりでいる時に殺されたんだ」と神父はこたえた。

他の全員が神父をまじまじと見ていたが、神父はやはり打ち沈んだ様子で椅子に腰かけ、丸い額に皺を寄せて、誰のためというではなしに恥辱と悲しみを味わっているようだった。その声には生気がなく、悲しげだった。

「おれが知りたいのは」カロンが悪態をついて、叫んだ。「いつになったら警察が来て、この性悪な妹を捕まえるかってことだ。この女は血を分けた姉妹《きょうだい》を殺した。五十万ポンドの金を、神聖な権利によっておれのものである金を横取りして——」

「まあ、まあ、預言者さん」フランボーが冷笑を浮かべて、口を挟んだ。「この世はすべて夢まぼろしだってことを思い出してくださいよ」

太陽神の司祭はふたたび高御座《たかみくら》へのぼろうとして、「単に金の問題ではない」と言った。「しかし、金があれば教えを世界中に広めることができる。それはわたしの最愛の人の願いでもある。ポーリーンにとって、これは神聖なことだった。ポーリーンの目には——」

ブラウン神父はいきなりがばと立ち上がったので、椅子がうしろにひっくり返った。彼は死人のように青ざめていたが、その目は希望に燃え立つように、輝いていた。

「そいつだ！」神父は澄んだ声で叫んだ。「そいつが糸口だ。ポーリーンの目には——」

長身の預言者は狂ったようにうろたえて、小さな神父の前から後ずさった。「何が言いたい？　おのれ、よくも」と繰り返し叫んだ。

「ポーリーンの目には」神父は目をますます輝かせて、繰り返した。「その続きを言ってください——神の名に於いて、お言いなさい。悪魔に唆《そそのか》されてどんな忌まわしい罪を犯しても、懺悔をすれば心が軽くなります。だから、お願いだから懺悔をなさい。さあ、その先を言って――ポーリーンの目には――」

「うるさい、悪魔！」カロンは繋がれた巨人のようにもがき、わめいた。「おまえは一体、何者なんだ、忌々しいスパイめ。おれのまわりに蜘蛛の巣を張りめぐらして、覗いたり窺《うかが》ったりしやがって。おれは行くぞ」

「止めましょうか？」フランボーは出口の方へ跳んで行きながら、言った。カロンはもう扉を大きく開けていたからだ。

「いや、通してやりなさい」ブラウン神父はそう言って、奇妙な深いため息をついた。まるで宇宙の深みから出て来るようなため息だった。「カイン[8]を通してやりなさい。彼は神のものだ」

カロンが出て行ったあと、部屋には長い沈黙が訪れた。それはフランボーの苛烈《はげ》しい頭脳にとって、長く苦しい問いかけの一時《いっとき》だった。ジョーン・スティシー嬢はいたって平然と机の上の書類を片づけた。

「神父さん」フランボーはついに言った。「これは個人的な好奇心だけじゃなくて、おれの義務《つとめ》なんです――おれは、もしできるならば、この犯罪を犯した奴を見つけなきゃいけないんです」

「どの犯罪のことかね？」とブラウン神父はたずねた。

8　アダムとイブの息子。嫉妬から弟を殺害し、追放されて神の前から去る。『創世記』四章。

「もちろん、おれたちが今扱っている犯罪ですよ」彼の友人は焦《じ》れったがって、こたえた。

「我々は二つの犯罪を扱っている」とブラウン神父は言った。「罪の重さがまったく違う二つの犯罪だ――犯人もまったくべつだ」

ジョーン・スティシー嬢は書類をまとめて片づけてしまうと、抽斗《ひきだし》に鍵をかけるところだった。ブラウン神父は語り続けたが、スティシー嬢にはかまわず、彼女も神父のことをかまわなかった。

「二つの犯罪は同一人物の同じ弱点をついたもので、彼女の金を狙っていた。大きい罪を犯した者が、小さい罪に邪魔されたんだ。そして、小さい罪を犯した者が金を手に入れた」

「そんな説教師みたいな話し方はやめてください」フランボーは不平を言った。「二言三言で説明してください」

「一言で言えるよ」と彼の友人は言った。

ジョーン・スティシー嬢は小さな鏡の前で事務的な顰め面をし、事務的な黒い帽子を頭にピンで留めると、話が続いている間にハンドバッグと傘を悠々と手に取って、部屋を出て行った。

「真相は一言《ひとこと》に尽きる。それも短い一言だ」とブラウン神父は言った。「ポーリーン・スティシーは目が見えなかった」

「目が！」フランボーはそう言うと、ゆっくりと立ち上がって巨体を聳やかした。

「そういう血筋だったんだ」ブラウン神父は先を続けた。「妹も、ポーリーンが許してくれれば、もう眼鏡をかけはじめていただろう。だが、病気に負けて病気を助長してはいけないというのが、ポーリーンの特別な哲学ないし気まぐれだった。彼女は暗雲がかかっていることを認めようとしなかった。あるいは、それを意志の力で吹き散らそうとした。だから、目は無理をしてますます悪くなった。しかし、最悪の無理をしたのはそのあとだった。例の尊い預言者だかなんだかが現われて、灼熱の太陽を裸眼で見ろと教えたのだ。それがアポロンを受け入れることだと称してね。ああ、あの手の新しい異教徒が昔の異教徒だったら、もう少し賢くなるだろうに。ただの無防備な自然崇拝には残酷な面がつきものだということを、昔の異教徒は知っていた。アポロンの目は人を灼《や》いて盲《めしい》にすることができるのを知っていた」

神父はしばらく間をおいて、優しい声を時折詰まらせながら語り続けた。「あの悪魔が故意に彼女を盲目にしたかどうかはわからないが、目が見えないのを利用して殺したことは間違いない。この犯罪は単純すぎて、胸が悪くなるほどだ。君も知っての通り、カロンもポーリーンも、係の手を借りないであのエレベーターを使っていた。あのエレベーターがじつに滑らかに音も立てないで動くことも、知っての通りだ。カロンはエレベーターをあの娘の階に停めて、彼女が約束の遺書を、目が見えないものだからゆっくりと書いているのを、開いている扉ごしに見た。あの男は彼女に向かって、朗らかに声をかけた。エレベーターを待たせておくから、そちらが終わったらおいで、とね。それからボタンを押して、音もなく自分の階へ上がると、事務所を通り抜けてバルコニーへ出、雑踏する通りの前で安全に祈禱をしていたんだ。一方、哀れな娘は仕事を終えると、恋人とエレベーターが待っているところへ嬉々として駆けて行って、足を踏み出し――」

「もうやめてください！」とフランボーが叫んだ。

「あの男はボタンを押すだけで、五十万ポンドの大金を手に入れるはずだった」小柄な神父は、こうした恐ろしいことを語る時の無表情な声で語り続けた。「だが、計画は丸つぶれになった。それは、同じように金を欲しがり、同じようにポーリーンの目の秘密を知っていた人間がもう一人いたからだ。例の遺書のことで、おそらく誰も気がついていない点が一つある。あれは未完成で署名もないが、もう一人のステイシー嬢と彼女の使用人が、証人として署名を済ませてあるんだ。ジョーンは自分が先に署名を済ませて、ポーリーンにあとから書き上げればいいと言った。法律上の手続きなんか、そんなに気にすることはないと、いかにも女性らしいことを言ってね。つまり、ジョーンは、姉に本当の証人がいないところで署名をさせたかった。それはなぜか？　わたしはポーリーンに一人きりで署名させたかったのは、ことに思い至って、確信した。ジョーンがポーリーンに一人きりで署名させたかったのは、署名させたくなかったからなんだ。

ステイシー姉妹のような人達は決まって万年筆を使うが、これは特にポーリーンにとっては自然なことだった。彼女は習慣と強い意志と記憶のおかげで、まるで目が見えているかのように、字を巧《うま》く書くことができたが、ペンにインクをつける必要があるかどうかはわからなかった。だから、彼女の万年筆は、妹が気をつけてインクを補充していた――この一本を除いてはね。この一本は、妹が気をつけてインクを補充しないでおいたのだ。だから、残っていたインクで何行かは書けたが、その先は字が途切れたというわけだ。かくして預言者は五十万ポンドを失い、人類史上もっとも兇悪で狡猾な殺人の一つをやり遂げながら、一銭も得られなかった」

フランボーは開いた扉のところへ行って、警察が階段を上がって来る足音を聞いた。彼はふり返って言った。「カロンの犯行だということを十分で突きとめるには、よっぽどいろんなことを考えつめたんでしょうね」

ブラウン神父は驚いたような仕草をした。

「あの男のことかい？　いやいや！　考えつめなければいけなかったのは、むしろジョーン嬢と万年筆の件だよ。カロンが犯人だということは、この建物の玄関に入る前からわかっていた」

「御冗談を！」とフランボーが言った。

「大真面目だよ」と神父はこたえた。「あの男がやったのはわかっていたんだ。何をやったのかもわからないうちからね」

「でも、どうして？」

「ああいう異教の禁欲主義者は」ブラウン神父は感慨深げに言った。「いつも自分の強さのために失敗する。大きな音と叫び声が通りまで聞こえて来たのに、アポロンの司祭は驚きもしなければ、まわりを見もしなかった。わたしは、何があったのかは知らなかったけれども、カロンがそれを予期していたことだけはわかったんだ」

折れた剣の招牌

THE SIGN OF THE BROKEN SWORD

森の千本の腕は灰色で、百万の指は銀色だった。濃い青緑がかった石瓦色の空には、星が氷のかけらのように寒々しく燦いていた。深い森に覆われて住む者もまばらなこの地方全体が、硬い大霜に凍りついていた。樹の間《こま》の黒い隙間は、あの非情なスカンジナビアの地獄、極寒地獄の底なしの黒い洞穴のように見えた。教会の四角い石塔さえもが異教的といえるほど北方風で、アイスランドの海辺の岩間に立つ蛮族の塔のようだった。誰であれ、こんな夜に教会墓地を探索するとは尋常事《ただごと》ではなかった。だが、裏を返せば、探索に価する墓地なのであろう。

そこは灰色の荒涼たる森の中から、背中の瘤《こぶ》か肩のように突兀《とっこつ》と盛り上がった緑の芝生で、星明りの下では灰色に見えた。墓は大部分斜面にあり、教会へ上がって行く小径は階段のように急だった。丘のてっぺんの唯一平らな小高い場所に、ここを有名にした記念碑が立っていた。これといって特徴のないまわりの墓と奇妙な対照をなしているのは、それが現代ヨーロッパでも屈指の大彫刻家の作だからである。しかし、彫刻家の名声は、彼がその像を彫った人物の名声に掻き消されて、すぐに忘れられてしまった。星明りの小さな銀の鉛筆に触れられて浮かび上がっているのは、横たわった軍人の巨大な鋳像《ちゅうぞう》で、力強い両手を合わせて神に永遠の祈りを捧げ、大きな頭は銃を枕にしていた。老いて威厳のある顔には、ニューカム大佐[1]式の古風なふさふさした顎鬚、というより頬髯が生えていた。軍服は単純な数本の条《すじ》で表現されているだけだが、現代戦のものだった。身体の右側には先の折れた剣が、左側には聖書があった。陽の照る夏の午後には、馬車が何台も、アメリカ人や教養のある郊外人士を満載して墓碑を見物しにやって来たが、そんな時でさえ、人々はこの広大な森林と、そこに一カ所だけ円屋根のようにこんもりと盛り上がっている墓地と教会を、妙に寡黙で打ち捨てられた場所だと感じたのである。真冬の凍《い》てつく暗闇の中では、星々と共にたった一人置き去りにされたような気分になるに違いない。にもかかわらず、この凍《こご》えた森の静寂を破って、木戸がぎいと軋《きし》み、黒い服を着た二つのぼんやりした人影が、くだんの墓の方へ通じる小径を上がって行った。

冷々《ひえびえ》とした星影は微かだったので、二人の様子はよく見えなかったが、どちらも黒い服を着ており、一人は雲突く大男で、もう一人は（たぶん、並んでいるせいだろう）驚くほど小柄だった。二人は歴史に名をとどめる戦士の立派な彫刻の墓まで登って行くと、二、三分じっと立ったまま、それを見つめていた。あたりには人っ子一人おらず、獣すらいなかったかもしれない。病的な想像力の持主ならば、この二人も果たして人間だろうかと思うところだった。いずれにしても、二人の会話の初めの方は、聞く者がいたら奇妙に聞こえただろう。最初の沈黙のあとで、小男が連れにこう言った。

1　W・M・サッカレー著『ニューカム家の人々』（一八五五年）の登場人物。

「賢い人間は小石をどこに隠す？」

するとと、背の高い男が小声でこたえた。「浜辺ですね」

小男は頷き、短い沈黙のあとで言った。「賢い人間は木の葉をどこに隠す？」

連れはこたえた。「森の中です」

ふたたび静寂が訪れ、やがて背の高い男が口を開いた。「賢い人間が本物のダイヤモンドを隠さなきゃならない時は、偽物の宝石の中に隠すと言いたいんですか？」

「いやいや」小男は笑って言った。「昔のことは忘れようじゃないか」

小男はちょっとの間、冷えきった足で足踏みしていたが、やがてこう言った。「わたしが考えているのはそんなことじゃなくて、もっとべつのことなんだよ。いささか妙な話なんだ。悪いが、マッチを擦《す》ってくれるかい」

大男はポケットを探り、やがてマッチを擦る音がして、炎が墓碑の平らな側面全体を金色に染めた。そこには大勢のアメリカ人が有難がって読んだ有名な碑文が、黒い文字で刻まれていた。「陸軍大将アーサー・セントクレア爵士の碑。英雄にして殉教者たりし故人は常に敵を打ち負かし、常に敵を許し、その奸計によりてついに殺害されたり。願わくは故人の頼みし神が故人の徳に報い、復讐を遂げ給わんことを」

マッチが大男の指を焼いて、火が消え、地面に落ちた。彼はもう一本擦ろうとしたが、連れの小男が止めた。「もういいよ、フランボー。見たいものは見た。というより、見たくないものは見なかった。これから最寄《もよ》りの宿屋まで一マイル半歩かねばならんが、着いたら、すっかりわけを話すとしよう。暖炉の火と麦酒《エール》がなければ、とても話せんようなことなのでね」

　二人は急な小径を下って、錆びついた木戸の掛け金をかけ直すと、凍りついた森の道をざくざくと踏みしめながら、歩きだした。四分の一マイルほども進んだ頃、小男がふたたび口を利いた。「そうだ。たしかに賢い人間は小石を浜辺に隠す。だが、浜がなかったら、どうする？　君はセントクレアの大難について、何か知っているかね？」

「英国の将軍のことなんか、知りませんよ。ブラウン神父」大男は笑って言った。「英国の警察官のことだったら、少しは知ってますがね。おれが知ってるのは、あなたに引きずりまわされて、その何とかいう男の霊廟をあちこち見て歩いて、とんだ遠出をしたっていうことだけです。奴《やっこ》さんは、六カ所の違った場所に埋められたみたいじゃありませんか。ウェストミンスター寺院ではセントクレア将軍の記念碑を見たし、テムズ川の川岸通りじゃ、勇ましく馬に跨っている将軍の銅像を見ました。生まれた町では、セントクレア将軍の円形浮彫り《メダリオン》を見たし、住んでいた町でもそういうのを見ました。おまけに今度は、日も暮れてから、村の墓地の棺のとこまで引っぱり出されたんです。このお偉いさんにもちっとばかりうんざりしてきましたよ。だいいち、何者だかさっぱり知らないんですからね。墓だの像だの見てまわって、何を探り出そうっていうんです？」

「わたしが探しているのは、たった一つの言葉なんだ」とブラウン神父は言った。「あそこには書いてない言葉だ」

「それで」とフランボーはたずねた。「おれに、その話をしてくれるんでしょう?」

「話は二つの部分に分ける必要がある」と神父は言った。「第一に、誰でも知っていることがある。それから、わたしの知っていることがある。誰でも知っていることは、いたって簡単明瞭だ。そして、全然間違っている」

「なるほど」フランボーと呼ばれる大男は楽しげに言った。「それなら、間違っている方から行きましょうよ。誰でも知っていて、正しくない方からね」

「全部が全部、誤りではないにしても、ひどく不十分なんだ」ブラウン神父は話を続けた。「というのも、事実に関していえば、世間が知っているのは、たったこれだけにすぎない。アーサー・セントクレアは偉大な英国陸軍大将で、赫々《かくかく》たる功績を残した。インド、アフリカの両地で素晴らしい戦果を——それも慎重な作戦によって収めたあと、対ブラジル戦の指揮をとった。偉大なブラジルの志士オリヴィエが最後通牒を発した時だ。その際、セントクレアはごく少数の部隊を率いてオリヴィエの大軍を攻撃し、英雄的な抗戦の末、捕虜になった。そして、文明社会全体が嫌悪した蛮行だが、囚われたセントクレアは手近な木で吊るし首になった。ブラジル軍が退却したあと、木にぶらさがっている死体が発見され、折れた剣がその頸《くび》にかかっていた」

「それで、世間が知っているその話は本当じゃないんですね?」とフランボーが言った。

「いや」彼の友人は静かに言った。「その話は本当だよ。これまでのところはね」

「それだけで十分じゃありませんか! でも、世間が知っている話が本当なら、一体謎はどこにあるんです？」

灰色の幽霊のような木々を何百本も通り過ぎてから、小柄な神父はやっとこたえた。その時、彼は考え込むように指を嚙《か》んで、言った。「わたしの言う謎は心理の謎だよ。むしろ、二つの心理の謎と言うべきかもしれない。今言ったブラジルの事件では、近代史上もっとも有名な二人の男が、それぞれ自分の性格とまるで矛盾する行動をとったのだ。いいかね、オリヴィエとセントクレアはどちらも英雄だった――その点は間違いない。言わば、ヘクトールとアキレスの一騎打ちだったんだ。それなのに、もしアキレスが臆病者で、ヘクトールが卑劣な男だったとしたら、君はどう思う？」

「先を続けてください」相手がまたしても指を嚙みだしたので、のっぽの方はじれったそうに言った。

「アーサー・セントクレア爵士は古い信心家タイプの軍人だった――インド大反乱[2]の時に我々を救ったタイプだ」とブラウン神父は語り続けた。「彼は常に突進よりも義務を重んじた。勇猛な武人だったが、指揮官としてはきわめて慎重で、兵を無駄死にさせることにはとくに憤った。ところが、この最後の戦闘では、赤ん坊でも馬鹿げているとわかるようなことをやったんだ。それが無謀な作戦だったことは、戦略家でなくてもわかる。戦略家

2　イギリスの植民地支配に対するインド人の反乱。一八五七年にイギリス東インド会社のインド人傭兵が蜂起した（セポイの乱）のを皮切りに、反英の動きはインド中に拡大した。

でなくても、バスの通り道には立たないのと同じだよ。さて、これが最初の謎だ——英国陸軍大将の頭はどうなってしまったのか？　二つ目の謎は、ブラジルの将軍の心がどうなってしまったのかということだ。オリヴィエ大統領は空想家とも厄介者とも言えるだろうが、騎士道的といえるほど度量の大きい人物だったことは、敵でさえ認めている。彼は捕まえた捕虜を、このセントクレア将軍以外はほぼ全員解放したし、たっぷり贈り物を持たせてやりさえした。彼をさんざんひどい目に遭わせた人間でさえ、彼の純情さや優しさに打たれて帰って来た。一体なぜ、そんな男が生涯にたった一度だけ、残虐な復讐をしなければならなかったのだろう？　しかも、自分を傷つけるはずのない、あんな攻撃に対して。さあ、話は以上だ。世界でもっとも賢い人間の一人が、理由もなく阿呆のような真似をした。世界でもっとも善良な人間の一人が、理由もなく悪魔のような真似をした。一言で言えばそういうことだ。あとは君にまかせるよ」

「だめですよ」相手はフンと鼻を鳴らして、言った。「あなたにおまかせします。それに、話を全部聞かせてくれなきゃあ困りますよ」

「そうだな」とブラウン神父はまた語り続けた。「世間の持っている印象が、今わたしが話したようなものだと言うのは、正しくない。そのあとに二つの出来事が起こったことを言い添えなければならない。それが謎を解くための新たな光を投じたかどうかは、わからない。誰にも理解できんことなんでね。しかし、いわば新たな闇を投げかけるものではあった。新たな方向に闇を投げたんだ。一つ目の出来事はこうだ。セントクレア家のかかりつけの医師が一家と諍《いさか》いを起こして、激越な記事を次々と公表しはじめたんだ。その中で医師は、亡き将軍が宗教狂いだったと記している。しかし、その記事の内容を読む限りでは、この言葉は信心家というくらいの意味でしかなさそうだ。ともかく、この話は途中から尻すぼみになってしまう。もちろん、セントクレアに清教徒の信心からくる奇癖があったことは、周知の事実だった。二つ目の出来事は、これよりもずっと興味深い。黒《ブラック・》河《リヴァー》で例の無謀な作戦を敢行した不運な孤立無援の連隊に、キース大尉という男がいたんだが、当時セントクレアの娘と婚約していて、のちに結婚した。彼もオリヴィエの捕虜になった一人で、セントクレア将軍を除く全員と同様、寛大な待遇を受けて、すぐに釈放されたらしい。二十年ほど経って、この男は――当時はキース中佐になっていたが――『ビルマ、ブラジルに於ける一英国士官』という自伝のようなものを出版した。読む者は当然、セントクレアの悲劇の謎について説明がないかと期待するが、その箇所にはこんな文章が記してある。「本書の他の箇所に於いては、わたしはつねに出来事をありのままに語ってきた。英国の栄光は十分な年輪を重ねているので、余計な配慮をする必要はないという古風な見解を抱くからである。ただ例外としたいのは、黒河に於ける敗退の一件で、そうする理由は私的なものだが、正しく、やむを得ざるものである。しかしながら、二人の優れた人物の名誉のために、次のことを付言しておきたい。セントクレア将軍はくだんの一件に関して無能と非難された。少なくとも、わたしはあの行動が、正しく理解すれば、将軍の生涯に於いてもっとも巧妙かつ賢明なものだったことを保証できる。またオリヴィエ大統領も、同様の噂によって、非道な野蛮行為をしたと非難されている。わたしは敵方の名誉のために、オリヴィエがあの時、平生にもまして、彼らしい善意に満ちた振舞いをしたと述べることが自分の義務だと考える。わかりやすく言えば、セントクレアはけして世上に沙汰《さた》されるような愚か者ではなく、オリヴィエも人非人ではなかったことを、わが同胞に断言する。わたしが言うべきことはこれに尽き、いかなる理由があろうとも、一言も付け加えるつもりはない」

輝く雪玉のような大きな凍った月が、前方のからみ合った小枝の間に見えて来た。語り手はその光で印刷した紙を見ながら、キース大尉の本文の記憶を補うことができたのだった。彼がその紙をたたんでポケットに戻すと、フランボーはフランス流の仕草で片手を上げた。

「ちょっと待って、ちょっと待って」と彼は興奮して言った。「おれは一発であてられると思います」

フランボーは競歩をする人間のように息をはずませ、黒い頭と太い首を前に突き出して、ズンズンと歩き進んだ。小さな神父は面白くなり、興味も湧いてきたが、小走りに走って随いて行くのは一苦労だった。前方の木々は少し左右に後退し、道は月明かりに照らされた谷間をまっすぐに下って行ったが、やがてまたべつの森の中へ、兎のようにもぐり込んだ。行く手にある森の入口は小さくて丸く、遠い汽車のトンネルの黒い穴のように見えた。しかし、それが数百ヤード先に迫って、洞穴のようにぽっかりと口を開けた頃、フランボーがふたたび口を利いた。

「わかったぞ」とフランボーは叫び、大きな手で腿を叩いた。「四分間考えただけです。これでもう、初めから終わりまで説明できますよ」

「そうかい」と友はうなずいた。「じゃあ、聞かせてくれ」

フランボーは顔を上げたが、声は落とした。「陸軍大将アーサー・セントクレアは、狂気が遺伝する家系に生まれたんです。彼はこのことを娘に隠し、できれば将来の娘婿にも隠したいと、ただそれだけを願っていました。正しかったか間違っていたかはわかりませんが、彼はついに正気を失う日が近いと思って、自殺を決意しました。しかし、普通に自殺したんでは、彼が恐れていた事実をかえって世間に宣伝することになります。ブラジルでの戦闘が近づくにつれて、彼の頭脳にはますます厚い雲がかかってきました。そしてついに狂気の一瞬、彼は公の義務を犠牲にして、私的な義務を果たそうとしたんです。最初の一発で倒されることを願って、無茶苦茶に戦場へ突っ込んだんです。ところが、その結果得たものが捕虜の身分と不名誉だけだったことを知ると、抑えていた脳の爆弾がとうとう破裂して、自分の剣を折って、首を吊ったんです」

フランボーは前方にある森の灰色の正面《ファサード》をじっと睨み据えた。そこには墓穴のような黒い隙間が開いており、道はその中を突っ切って行くのだった。こうして突然、穴に呑み込まれる道のどことなく物恐ろしい様子が、彼の脳裏に浮かんだ悲劇の光景をいっそう鮮烈にしたのだろう、フランボーはブルッと震えた。

「恐ろしい話だ」と彼は言った。

「恐ろしい話だ」と神父はうつ向いたまま繰り返した。「だが、真相ではない」

神父はそれから、絶望したように頭をのけぞらせて、言った。「ああ、それが真相なら良かったのにな」

背の高いフランボーはふり返って、相手をまじまじと見た。

「君の話はきれいな話だ」ブラウン神父は深く感じ入ったように、言った。「素直で、純粋で、正直な物語だ。あの月のように開け放しで真っ白だ。狂気と絶望にはまだ罪がない。世の中にはもっと悪いものがあるんだよ、フランボー」

フランボーはそう言われて、月をきっと見上げた。彼が立っている場所から見ると、一本の黒々した大枝が、ちょうど悪魔の角そっくりに月にかかっていた。

「神父さん——神父さん」フランボーは例のフランス式の身ぶりをして叫び、いっそう速い足取りで歩きだした。「あれよりも、もっとひどい話だというんですか？」

「もっとひどい話だ」相手は重苦しい谺《こだま》のように言った。それから、二人は森の黒い回廊へ入り込んだが、木の幹が仄暗い綴織《つづれお》りとなって左右に立ち並び、まるで夢の中で暗い廊下を歩いて行くようだった。

まもなく森の一番秘めやかな内部までやって来ると、目には見えないが、茂った木の葉がすぐそばにある気配が感じられた。その時、神父はふたたび口を開いた。

「賢い人間は木の葉をどこに隠すか？　森の中だ。だが、森がなかったらどうする？」

「それは――その」フランボーがじれったそうに言った。「どうするんです？」

「隠すために森をつくるんだ」神父は聞きとりにくい声で言った。「恐ろしい罪だ」

「ねえ、神父さん」彼の友人は業を煮やし、大きな声で言った。暗い森と暗い言葉が少し神経に障《さわ》ったのである。「話してくれるんですか、くれないんですか？　他に、よりどころになる証拠が何かあるんですか？」

「ちょっとした証拠が、あと三つある。わたしがあちこちの穴や隅っこから、ほじくり返して来たものだ。こいつは年代順じゃなく論理的順序に従って述べるとしよう。第一に、あの戦闘の結果と経緯について、もっとも信頼の置ける資料は、言うまでもなく、オリヴィエ本人が書いた公文書で、これはじつに明快な内容だ。オリヴィエは黒河を見下ろす高台に、二、三個連隊を率いて壕《ごう》を構えた。川の対岸はこちら側よりも土地が低く、ぬかるんでいた。その向こうは、またなだらかに土地が盛り上がっていて、その上に英国軍の最前哨部隊がいた。支援部隊もいたが、そちらは大分後方に陣を張っていた。英国軍の兵力は全体ではははるかに勝っていたが、この前哨部隊は本陣からかなり離れていたので、オリヴィエは川を渡って援軍を絶とうかとも考えた。しかし、日の暮れる頃には、現在地を保持することに決めていた。そこは特に有利な場所だったからだ。翌日の明け方、彼は情勢を見て仰天した。例の一握りの英国軍が、後方からの支援をまったく受けずに、半分は右手の橋を、もう半分は上流の浅瀬を渡って川を越え、眼下のぬかるんだ川岸に集結していたのだ。

それだけの人数でこれほどの堅陣に攻撃を仕掛けるというだけでも信じ難いが、オリヴィエはさらに異常なことに気づいた。この血迷った連隊は無鉄砲な突撃でいっきに渡河を敢行したは良いが、堅固な足場を求めるでもなく、糖蜜にへばりついた蠅さながら、ぬかるみに張りついているのだ。言うまでもなく、ブラジル軍は砲撃を浴びせて、敵の間に大穴を開けた。英国軍は意気だけは盛んだったが、次第に弱まる小銃射撃で応戦するのが精一杯だった。それでも、かれらはけして敗走しなかった。オリヴィエの簡潔な報告は、この馬鹿者たちの不可解な勇気に対する熱烈な賛辞で結ばれている。「わが軍はついに前進を開始し」とオリヴィエは書いている。「敵を川へ追い込んで、セントクレア将軍自身と数名の将校を捕虜にした。大佐と少佐はいずれも戦死していた。この非凡な連隊の最後の抗戦は、史上稀に見る天晴れな奮戦だったことを、わたしはここに記さずにはおれない。負傷した将校は死んだ兵士の小銃を奪い、将軍自身も無帽で馬に跨り、折れた剣を持ってわが勢に立ち向かった」。将軍がその後どうなったかについては、オリヴィエもキース大尉と同様、口をつぐんでいる」

「ふうん」フランボーは不服そうに唸《うな》った。「それじゃ、次の証拠を言ってください」

「次の証拠は」とブラウン神父は言った。「見つけるのに時間《ひま》がかかったが、話せばあっという間だ。わたしはやっとのことで、リンカーンシャーの沼沢地帯《フェンズ》にある救貧院に、一人の老兵を探し当てた。その男は黒河で負傷したばかりでなく、連隊長の大佐が死ぬ時、そばで最期を看取《みと》った人物だ。この連隊長はクランシー大佐というアイルランド人の大男で、敵弾を受けて死んだが、半ば憤死のようだったらしい。ともかく、あの馬鹿げた攻撃をしかけたのは、この大佐の責任ではなかった。将軍に強いられてやったに違いない。わたしに話してくれた老兵によると、大佐が最後に言った、ためになる言葉はこうだ。「あの糞ったれの大馬鹿爺いが、先の折れた剣を持って行くぞ。剣じゃなくて、あいつの首が折れれば良かったんだ」。してみると、剣の刃が折れていることに、誰もが気づいていたと察せられるだろう。もっとも、たいていの人間は、死んだクランシー大佐より、ずっと恭しい気持ちであれを見るがね。さて、それでは三つ目の小さな証拠に移るとしよう」

森を抜ける小径は上り坂にさしかかり、語り手は先を続ける前に少し休んで、息をついだ。それから、同じ事務的な調子で話しはじめた。

「つい一、二カ月前のことだが、さるブラジルの役人が英国で死んだ。オリヴィエと仲違いして祖国を去った人物だよ。英国でも大陸でも良く知られた男で、エスパドというスペイン人だ。わたしも彼を知っているが、黄色い顔で鉤鼻の、年老《としと》った洒落者《しゃれもの》だった。色々と個人的な理由があって、わたしは彼が残した書類を見ることを許された。彼はもちろんカトリック信者で、わたしが最期を看取ったんだ。書類には、セントクレアの事件の暗い片隅に光を照《あ》てるようなものはなかったが、ただ、誰か英国兵が日記を記した、ごくふつうの練習帳が五、六冊、その中に混じっていた。たぶん、ブラジル兵が戦死者の所持品の中から見つけたんだろう。ともかく、その日記は戦いの前夜で唐突に終わっていた。

しかし、この気の毒な男の人生最後の日の記述は、たしかに読む値打ちがあった。わた

し は今もそれを持っているよ。でも、暗くて読めないから、大筋をざっと話してあげよう。その日の日記の初めの方には、笑い話がいっぱい書いてある。この人物は何者かわからないが、仲間内でとばした冗談らしく、〝禿鷹〟と呼ばれる男を冗談の種にしているんだ。かといって敵のように言われてはいない。仲間の兵隊ではないし、英国人ですらなかった。むしろ中立な地元民で、非戦闘員のような書き方をしている。おそらく案内人か記者といったところだろう。この男は例のクランシー大佐と密談をしていたが、それよりも少佐と話しているところをたびたび見られている。実際、少佐はこの兵隊の日記の中でも、中々目立つ存在なんだ。痩せた黒髪の男で、名はマレーというらしい――アイルランド北部出身の清教徒だ。このアルスター人[3]の謹厳さと、酒飲みのクランシー大佐を較べて面白がる冗談が、日記のあちこちに出て来る。それに派手な色の服を着た〝禿鷹〟についての冗談も出て来る。

ところが、こうした浮かれ気分も、いわば喇叭《らつぱ》の号令一つで消散した。英軍の陣営の背後には、川とほぼ平行して、この地方には数少ない広い道路が走っていた。道路は西へ行くと川の方へ曲がって、前に言った橋を渡る。東へ行くと、道は荒地に戻って行って、二マイルばかり先に英軍前哨部隊の第二陣が控えていた。その晩、道のこの方角から、きらびやかな軽騎兵が蹄《ひづめ》の音をガタガタと立てながらやって来た。その中に参謀を引き連れた将軍の姿があることには、この日記の単純な書き手ですら気づいて、一驚した。将軍は絵入り新聞や王立美術院の絵でよく見るような、立派な白馬に跨っていたから、兵隊たちの敬礼が単なる形式でなかったことは間違いあるまい。しかし少なくとも将軍の方は儀礼に時間を空費しないで、馬の背からすぐに飛び下り、将校たちにうちまじって内密の話を、しかし断固たる口調で始めた。日記の書き手の印象に一番強く残ったのは、将軍が何かといえばマレー少佐と相談をしたがったことだった。もっとも、こうした選《え》り好みは、目立つほどのことでなければ、べつに不自然ではなかった。この二人は気が合うように出来ていたんだ。二人とも「自分の聖書」を読む人間で、古い福音主義者タイプの将校だった。それはともあれ、将軍がふたたび馬に乗った時、マレー少佐とまだ熱心に話していたことはたしかだし、将軍が川の方へ馬をゆっくり歩かせている間も、長身のアルスター人は手《た》綱《づな》の横を歩きながら、しきりに議論していたのだ。道が川に向かって曲がる角の木立の蔭に二人の姿が見えなくなるまで、兵士たちはかれらを見送った。大佐は自分のテントに引きあげ、部下たちも見張りに戻ったが、日記を書いた男はそのあとも四分ほど居残って、驚きの光景を目にしたんだ。

例の大きな白馬は、これまで何度も行進の時そうしたように、道をゆっくりと進んで行ったのだが、そいつが道をこちらへ向かって、まるで必死に競走でもしているように、速駆けで走って来たんだ。最初、兵士たちは馬が人を乗せたまま暴走しているんだと思った。

3　アイルランド島北部の地方。アルスター地方全九州のうちプロテスタント勢力の強い六州はアイルランド独立運動の後もイギリス領にとどまり、現在の北アイルランドを構成する。

しかし、すぐに、乗馬の名手である将軍が全速力で馬を駆っていることがわかった。人馬は旋風《つむじ》のように走って来た。それから、将軍は手綱を引いてよろめく馬を止め、烈火のような顔を兵士たちにふり向けると、死人を目醒めさせる喇叭のような大声で、大佐を呼んだ。

想像するに、われらが日記の書き手のような連中には、あの破局へ向かう地震のような出来事のすべてが、まるで材木さながら、次から次へと倒れて重なったように思われたことだろう。かれらは夢でも見ているような茫然とした興奮状態にあって、気がつくとそれぞれの列に――倒れ重なるように――並んでいて、ただちに川越えの攻撃をかけることを知らされた。将軍と少佐が橋で何かを発見し、もはや一刻の猶予もならないので、決死の突撃をするという話だった。少佐はただちに予備軍を呼ぶために道の後方へ向かったが、火急な要請を以《もっ》てしても、援軍が間に合うかどうかはわからない。だが、ともかく、夜のうちに川を渡り、朝には高地を奪取しなければならないのだった。この冒険的な夜間行軍の動揺と興奮を記して、日記はぷっつりと途切れている」

ブラウン神父は先に立って道を登っていた。というのも、森の小径は次第に細く険しくなり、曲がりくねって、螺旋階段をのぼるような具合になって来たのだ。神父の声は、上の暗闇から聞こえて来た。

「もう一つ、小さくて、しかも重大な事柄がある。将軍は兵士たちに果敢な突撃を命じた時、剣を鞘から抜きかけたんだが、そんな芝居がかったことをするのが恥ずかしくなったかのように、途中で鞘に戻した。そら、ここにも剣が出てきたろう」

頭上の枝の網目から薄明かりが射して、二人の足元にうっすらした網目の影を投じた。二人が登って行く先にはふたたび夜空があらわれ、微かに光っていたのだ。フランボーは事件の真相が自分のまわりを空気のように覆っているのを感じたが、それはまとまった考えにはならなかった。彼はこんがらがった頭で、こたえた。「でも、剣がどうしたっていうんです？　将校はたいてい剣を持ってるじゃありませんか」

「近代戦で剣のことが話題になるのは珍しい」相手は冷静に言った。「しかし、この事件では、どこへいっても、この有難い剣に出っくわす」

「それがどうしたっていうんです？」フランボーは唸った。「つまらん出来事じゃありませんか。老将の剣が最後の戦いで折れた。新聞がとびつきそうな話題だってことは、誰にでもわかります。実際、とびついてますぜ。墓だの記念碑だの、ああいったもののどれを見ても、先の折れた剣が彫ってあります。まさか、絵心のある男が二人、セントクレアの折れた剣を見たっていうだけの理由で、おれをこんな地球の果てまで引っぱって来たんじゃないでしょうね」

「違う」ブラウン神父はピストルを撃ったような鋭い声で言った。「しかし、折れていない剣を誰が見たかね？」

「どういう意味です？」相手は声を上げて、星空の下で棒立ちになった。二人は突然、森の灰色の門の外へ出たのだった。

「だから、折れていない剣を誰が見たか、と言ってるんだよ」ブラウン神父は頑なに繰り返した。「ともかく、日記の書き手は見ていない。将軍はその前に剣を鞘に収めたからだ」

フランボーは陽射しの中で急に目が眩んだ者がそうするように、月光の下で周囲を見まわした。彼の友人は初めて熱のこもった調子になって、語り続けた。

「フランボー、わたしの考えていることは証明できない。あれだけ墓を見てまわってもね。しかし、確信はある。最後にもう一つだけ、すべてを覆《くつがえ》すささやかな事実を述べさせてくれ。大佐は、奇妙な偶然だが、まっさきに敵弾に斃《たお》れた人間の一人だった。接近戦になるよりも、ずっと前にやられたんだ。ところが、彼はセントクレアの剣が折れているのを見ている。剣はなぜ折れたのか？ どうやって折れたのか？ フランボー、あの剣は戦闘がはじまる前に、すでに折れていたんだよ」

「へへえ！」彼の友人はお手上げだとばかりにおどけて言った。「そんなら、うかがいますがね、剣先はどこへ行ったんですか？」

「教えてやろう」神父は即座にこたえた。「ベルファスト[4]にあるプロテスタント大聖堂の墓地の北東の隅だ」

「本当ですか？」と相手はたずねた。「探してみたんですか？」

「それはできなかった」ブラウン神父はさも残念そうにこたえた。「大きな大理石の記念碑が上にのっかっていたからね。彼の名高い黒河《か》の戦いで名誉の戦死を遂げた、英雄マレー少佐の記念碑だ」

フランボーはにわかに活《かつ》を入れられて、生き返ったようだった。「つまり」と彼は嗄《しゃが》れ声で叫んだ。「セントクレア将軍はマレーを憎んでいて、戦場で殺害したというんですね。そのわけは――」

「君の心はまだ善良で純粋な考えで一杯だな」と相手は言った。「もっとひどいことだったんだよ」

「ふうん」と大男は言った。「おれの邪悪な想像力は、もう使い果たしちまいましたよ」

神父はどこから話そうかと真剣に悩んでいる様子だったが、ついにまた語りはじめた。

「賢い人間は木の葉をどこに隠すか？　森だ」

相手はこたえなかった。

「森がなければ、森をつくる。そして、もし枯葉を隠したければ、枯れた森をつくるだろう」

やはり相手の返事はなく、神父はもっと穏やかな、静かな調子で言い足した。

「そして、もし人が死体を隠さなければならなかったら、死屍累々《ししるいるい》たる戦場をつくって、そこに隠すだろう」

フランボーは時間に於いても空間に於いても遅れをとることに我慢できず、ずんずん前へ歩きだした。だが、ブラウン神父は言いかけた言葉のあとを続けるように、話し続けた。

4　現在の北アイルランドの首都。

「前にも言ったが、アーサー・セントクレア爵士は自分の聖書を読む男だった。そこが、彼の問題だったのだ。人は一体、いつになったら理解するんだろう——他のすべての人間の聖書も読むのでなければ、自分の聖書を読んだって無益だということを。印刷屋は誤植を探すために聖書を読む。モルモン教徒は自分の聖書を読んで、一夫多妻制を発見する。クリスチャン・サイエンスの信者は自分の聖書を読んで、我々には腕も脚もないことを知る。セントクレアはインド育ちの英国人で、プロテスタントの老軍人だった。さあ、それが何を意味するか、考えてごらん、頼むから、きれい事は言わないでくれよ。それは——すなわち、屈強な肉体を持つ男が、熱帯の太陽の下で東洋の社会に暮らしながら、良識も導きもなしに東洋の書物にのめり込むことを意味するかもしれないんだ。もちろん、彼は新約聖書よりも旧約聖書を読んだ。もちろん、彼は旧約聖書のうちに自分の欲しい物を何でも見つけた——肉欲や、暴虐や、裏切りを。うむ、たぶん、あの男は世に言う正直者だったんだろう。しかし、不正直の崇拝に於いて正直であっても、それが何になるかね？　あの男は熱い神秘に満ちた国々のどこへ行っても後宮《ハーレム》をつくり、目撃者を拷問し、汚らわしい黄金を溜《た》め込んだ。それでも、彼は目をしっかと見据えて、こう言ったことだろう——自分は主の栄光のためにしているんだ、とね。それはどの主のことかとたずねるだけで、わたし自身の神学は十分に表明することができるだろう。ともかく、こういった邪悪さには、地獄の扉を次々と開けて、つねに前よりも狭い部屋へ狭い部屋へと人を追い込む性質がある。犯罪を非とすべき真の論拠はここにあるんだ——すなわち、人がますます暴れ者になるのではなくて、ただただ卑劣になってゆくことだ。セントクレアはやがて賄賂《まいない》や強請《ゆすり》に困って、にっちもさっちも行かなくなり、ますます現金が必要になった。そして黒河の戦いの頃には、転落に転落を重ねて、ダンテが宇宙の最下層に持って来たあの場所まで落ちていた」

「どういう意味です？」彼の友人はふたたびたずねた。

「あれだよ」神父はそう言い返して、氷の張った水溜りが月光に輝いているのを、不意に指差した。「ダンテが最後の氷の圏にどんな人間を入れたか、憶えているかい？」

「裏切り者です」フランボーはそう言って、身震いした。まわりを見れば、そこは無情な木ばかりの景色で、その木々の嘲るような、ほとんど猥褻《わいせつ》なばかりの輪郭をながめていると、自分がダンテで、小川のせせらぎのような声をした神父は、じつは永遠の罪の国を案内するウェルギリウスであるかのように思えて来た。

　声は語り続けた。「知っての通り、オリヴィエは騎士道精神の持主で、秘密工作やスパイを許さなかった。しかし、問題の一件は、他の多くのことと同様、彼には内密に行われた。それをやってのけたのが、例のエスパドの大将だ。この男は派手な身形をした洒落者で、鉤鼻だったから〝禿鷹〟と呼ばれていた。前線の博愛主義者のような風を装いながら、英国陸軍の内部に入り込み、ついに堕落したただ一人の男をつかまえた。そいつは、しかも——何ということだろう！——一番偉い男だったんだ。セントクレアにはどうしても金が、山程の金が必要だった。出入り差しとめとなったかかりつけの医者が、例のとんでもないすっぱ抜きをやると脅していたんだ。それはのちに実行されたが、途中で終わった。パーク・レーン[5]で極悪非道な、まるで有史以前を思わせる野蛮行為が行われた話、さる英国の福音派の信徒が、人身御供や奴隷の群れの匂いがする悪事を行ったというような話を途中まで書きかけたんだ。それに、娘の持参金にする金も必要だった。セントクレアにとっては、金持ちだという評判が、金そのものと同じくらい嬉しかったからなんだ。彼はついに最後の一線を越え、ブラジル側に情報を洩らすと、英国の敵から富が流れ込んだ。しかし、禿鷹エスパドと話をした人間がもう一人いた。アルスター出の色の黒い厳格な若い少佐は、どういうわけか、この唾棄《だき》すべき真相を見抜いたのだ。橋への道を一緒にゆっくりと歩いて行った時、マレー少佐は将軍にこう言っていた——今すぐに辞職しないと、あなたは軍法会議にかけられて銃殺だ、とね。将軍は一時しのぎのうけこたえをしながら、橋の近くの熱帯林の外れまでやって来た。そして、すがすがしい川の音が聞こえるその場所で、陽のあたる椰子の木のそばで（わたしには目に浮かぶんだ）、将軍はサーベルを抜いて、少佐の身体に突き刺した」

冬の道は、身を切るような霜におおわれた峠の向こうへ続いていた。行く手には、茂みや雑木林の残酷な黒々とした形があった。だが、フランボーはその向こうにチラと光の輪の一端を見たような気がした。それは星影でも月明かりでもなく、人が灯した火のようだった。彼はそれをじっと見ながら、話が結末に近づくのを聞いていた。

「セントクレアは地獄の猟犬《いぬ》だったが、血統の良い猟犬《いぬ》だった。わたしは断言しても良いが、死んだマレーが冷たくなって足元に横たわっていた時ほど、彼の頭が冴え、強い意志が漲《みなぎ》っていたことはあるまい。まったくキース大尉の言った通りで、この偉大な男は、過去に幾多の大勝利を収めたけれども、世間から蔑《さげす》まれたこの最後の敗戦に於けるほど偉大だったことはないのだ。将軍は血を拭うために、己の武器を冷静に見た。そして、被害者の肩の間に突き刺した剣先が折れて、身体の中に残ってしまったことに気づいた。彼はこれから起こることを、クラブの窓ガラスから往来でもながめるように、冷静に見通した。部下は不可解な死体を見つけるだろう。そして、不可解な剣先を取りだし、彼の剣が不可解にも折れていることに——あるいは、剣がなくなったことに気づくだろう。セントクレアは相手を殺したけれども、黙らせてはいなかったのだ。しかし、この予期せぬ難局を前にして、彼の傲慢な知性は奮い立った——打つ手はまだ一つある。死体をさほど不可解でなく見せることができる。死体の山を築いて、この一つを被い隠せば良いのだ。二十分後には、八百人の英兵が死地に向かって行軍していた」

真っ黒な冬の森の向こうに見える温かな光は、次第に豊かに明るくなって来て、フランボーはそれを目指して大股に歩き続けた。ブラウン神父も歩調を速めたが、こちらはただ話に夢中になっている様子だった。

「その千人近い英兵の士気と司令官の才覚からして、ただちに丘へ攻め込んでいれば、狂

5　ハイドパークの東側を走る通り。裕福な貴族や政治家の大邸宅が並んでいた。

った突撃にも、多少のチャンスはあったかもしれない。だが、兵隊を将棋の駒のように弄《もてあそ》んでいた邪悪な男には、べつの目的と動機があった。少なくとも英兵の死体がそのあたりでありふれた光景になるまで、橋の近くの湿地から動いてはいけないのだ。そのあとには、最後の堂々たる場面が待っている。銀髪の軍人聖者が砕けた剣を差し出して降伏し、それ以上の殺戮をやめさせるのだ。いやはや、その場で考えついたにしては、良くできた筋書だよ。しかし、わたしが思うに（証明はできないが）、血みどろのぬかるみにへばりついている間に、誰かが疑問を持った――そして、誰かが感づいたんだ」

ブラウン神父は一瞬口をつぐんでから、言った。「どこかから声が聞こえて、わたしに告げる。気づいたのは恋人だ……老人の娘の結婚相手だとね」

「でも、オリヴィエと吊るし首の件はどうなるんです？」フランボーはたずねた。

「オリヴィエは、一つには騎士道精神から、一つには戦略から、行軍に捕虜を抱え込むことをめったにしなかった」と語り手は説明した。「大抵の場合、全員を釈放したんだ。この場合も、全員を釈放した」

「将軍以外の全員ですね」と背の高い男は言った。

「全員だ」と神父はこたえた。

フランボーは黒い眉を寄せた。「どうも、まだわかりません」

「もう一つ絵があるんだよ、フランボー」ブラウン神父は神秘めかして語る時の低い調子で言った。「わたしには証明はできん。だが、それ以上のことができる――この目で見ることができるんだ。朝、陽の照りつける樹の生えていない丘で、陣地が解かれようとしている。ブラジルの軍服を着た兵士たちが、行軍開始のためにまとまって隊列を組んでいる。オリヴィエの赤いシャツと長くて黒い顎鬚が見える。彼はその鬚をなびかせて、鍔広《つばびろ》の帽子を手に持っている。今から釈放しようとしている偉大な敵に、別れの言葉を述べているんだ——雪のような白髪頭の、無骨な英国の老兵が、部下を代表して謝辞を述べる。英軍の残兵は、背後に気をつけの姿勢で立っている。その傍らには退却用の物資や車輌《しゃりょう》が見える。太鼓が鳴る。ブラジル軍は動き始める。英軍は彫像のように動かない。敵軍の去って行く音ときらめきが熱帯の地平線から消えるまで、同じ姿勢で見送っている。それから、かれらはまるで死者が蘇ったように、いっせいに姿勢を変える。五十の顔を——一度見たら忘れられない顔を、将軍に向けるんだ」

フランボーは跳び上がった。「ああ、まさか——」

「そうなんだよ」ブラウン神父は深い、胸をうつ声で言った。「セントクレアの首に縄をかけたのは、英国人の手だった。彼の娘の指に指輪を嵌めたのと同じ手だったと、わたしは信ずる。彼を恥辱の木に引きずり上げて吊るしたのも、英国人たちの手だった。セントクレアを崇拝し、勝利に向かってついて来た男たちの手だ。そして異国の陽射しの中で、椰子の緑の絞首台に揺れる姿を見ながら、憎しみを込めて地獄へ落ちろと念じたのは、英国人の魂だったのだ（主よ、我等皆を赦《ゆる》し、しのびたまえ！）」

峠を登りきると、赤いカーテンを引いた英国の宿屋の、強い深紅《しんく》の光が二人にあたった。

その宿屋は、あたかも厚いもてなしの心から脇へ退《の》いたかのごとく、道に斜《はす》かいに立っていた。三つの扉は開け放たれて人を招き、一夜を楽しむ人間たちのざわめきと笑い声が、二人のいるところまで聞こえて来た。

「これ以上は言うまでもなかろう」とブラウン神父は言った。「兵士たちは荒野でセントクレアを裁き、処刑した。それから、英国と彼の娘の名誉のために、裏切り者の財布と暗殺者の剣の秘密を、永久に封印する誓いを立てた。たぶん――天よ、かれらを助けたまえ――忘れようと努力したんだろう。ともかく、我々も忘れてしまおうじゃないか。そら、宿屋に着いた」

「喜んで忘れますよ」とフランボーは言ったが、明るく騒々しい酒場に足を踏み入れようとしたとたん、うしろへ退がって、道に転びそうになった。

「いや、畜生、あれを見てください！」彼はそう叫んで、道の上にかかっている四角い木の招牌《しょうはい》をぎこちなく指差した。そこには、サーベルの柄と短くなった刃を描いた稚拙な絵がぼんやりと見え、間違った古い字体で「折れた剣の招牌」と記してあった。

「これくらい予想していなかったかね？」とブラウン神父は穏やかにたずねた。「将軍はこの土地じゃ神様だよ。宿屋や公園や通りの半分には、彼や彼の物語にちなんだ名前がついている」

「あの糞野郎とはおさらばできたと思ってました」フランボーはそう言って、道にぺっと唾を吐いた。

「英国にいるかぎり、あいつとは縁を切れんよ」神父はうつ向いて、言った。「真鍮が朽ちず、石が壊れない間はね。将軍の大理石像は幾世紀にもわたって、誇り高い無垢な少年たちの魂を鼓舞するだろうし、郷里の村の墓石は、百合の香《か》のように忠節の香りを放つことだろう。本人を知らない何百万という人々が、将軍を父のように慕うだろう——最後に彼を知っていた数少ない人間は、彼を汚物のごとく扱ったのに。あの男は聖者となり、彼に関する真相はけして語られることはないだろう。なぜなら、わたしはやっと決心がついたからだよ。秘密を暴露することには益も害もたくさんあるから、わたしは自分の行動を試験《ためし》にかけてみたんだ。ああいう新聞記事はみんな、いずれ消え失せる。反ブラジル感情はすでに過ぎ去った。オリヴィエはすでにどこへ行っても讃えられている。だが、もしもどこかでピラミッドのように長く残る金属や大理石の上に、クランシー大佐やキース大尉、オリヴィエ大統領、その他の罪もない人が名指しで不当な非難を受けているのを見つけたら、その時は声をあげよう——わたしはそう思ったんだ。セントクレアが不当に賞讃されているだけなら、黙っていようとね。だから、そうするよ」

二人が赤いカーテンを引いた居酒屋に入って行くと、中は居心地が良いだけでなく、思いのほか贅沢な造りだった。テーブルにはセントクレアの墓石の銀の模型が置いてあり、銀の頭は垂れ、銀の剣は折れていた。壁にはこの同じ場面の着色写真と、見物客をそこへ運ぶさまざまな馬車を撮った着色写真が貼ってあった。二人は坐り心地の良いふかふかした長椅子に腰かけた。

「さあ、この寒さだ」とブラウン神父は言った。「葡萄酒かビールでも飲もうじゃないか」

「さもなきゃブランデーを」とフランボーは言った。

三つの凶器

THE THREE TOOLS OF DEATH

ブラウン神父はその職業からしても信念からしても、人間はみな死んだ時は威厳をおびるものだということを、たいていの者よりも良く知っていた。しかし、その神父でさえ、明け方に叩き起こされ、エアロン・アームストロング爵士が殺されたと聞いた時には、何かおさまりの悪いものを感じたのだった。あれほど人を楽しませ、好かれている人物と秘《ひそ》かな暴力を結びつけることには、筋の通らぬ不適当なものを感じたのだ。エアロン・アームストロング爵士は滑稽なほど愉快だったし、ほとんど伝説的な人気を持っていた。彼が殺されるというのは、サニー・ジム[1]が首をくくったとか、ピックウィック氏[2]がハンウェル[3]で死んだとかいう話を聞くようなものだった。というのも、エアロン爵士は慈善家であり、それ故に社会の暗い面と関わりを持っていたが、可能な限り明朗なやり方で、そうしたものに接することを誇りとしていたからである。政治や社会に関する彼の演説は、楽しい逸話と「爆笑」の大洪水だった。肉体の健康ははち切れんばかりだった。彼の倫理は楽天主義一色で、飲酒問題（彼のお気に入りのテーマだった）を扱う時は――これは、しばしば羽振りの良い絶対禁酒主義者の特徴であるが――一本調子で退屈なほどの快活さで押し通した。

もっと清教徒色の強い演壇や説教壇では、今や定番となった改宗話をよくやった。まだほんの少年の頃、スコットランドの神学からスコットランドのウイスキーに心が移り、やがてその双方と訣別《けつべつ》して、現在の自分（と彼は謙虚に言った）があるという話である。しかし、彼の幅広い白い顎鬚や、天使《ケルビム》のような丸ぽちゃの顔や、キラキラ光る眼鏡を晩餐会や集会で何度となく見ていると、彼がかつては大酒飲みだのカルヴァン派だのといった病的なものだったとは、どうも信じられなかった。彼はすべての人の子のうちで一番底抜けに陽気な男だ、と誰もが感じていた。

彼はハムステッドの長閑《のどか》な郊外に立派な家を構えて住んでいた。その家は高いが間口の狭い、当世風の散文的な塔だった。家の狭い側面のうちでも一番狭い面は、鉄道線路の切り立った緑の土手に覆いかぶさるように突き出していて、列車が通るたびにガタガタ揺れた。エアロン・アームストロング爵士は本人が騒々しく説明した通り、無神経な人間だったのである。しかし、列車はこれまでしばしば家に衝撃を与えたかもしれないが、この日の朝は形勢を変じて、家が列車に衝撃を与えたのだ。

機関車はスピードを落とし、家の一角が急斜面の芝生にのしかかっている場所の少し先で停まった。たいていの機械は、ゆっくり停止させなければならない。しかし、この汽車

1　アメリカ製のシリアル「Force」のパッケージを飾るキャラクター。白髪を結った、赤い燕尾服姿のサニー・ジムはイギリスで人気を得、綿入りの人形まで販売された。
2　C・ディケンズの小説『ピックウィック・ペーパーズ』の主人公。単純で陽気な老人。
3　ロンドン北西のイーリング行政地区の地名。一八三一年に精神病院が建てられた。

を止める原因となった生き物は、じつに素早かった。全身黒ずくめの服装で、黒い手袋まで嵌めた（人はそのことを憶えていた）男が、機関車を見下ろす土手にあがり、漆黒の風車のごとく黒い手を振りまわしたのである。これだけでは、のろのろ運転の列車も止められなかったかもしれない。しかし、男の口からは、のちに人々が何とも異様な、聞いたこともない声だと語り合った叫び声が発せられたのである。それは、何を言っているのか聞き取れなくとも、只事ではないとわかる声だった。この場合に言った言葉は、「人殺し！」だった。

しかし、運転士が断言するには、あの恐ろしい、はっきりした口調を聞けば、たとえ言葉は聞こえなくとも、急停止しただろうとのことである。

列車が一旦《いったん》止まると、ほんの上《うわ》っ面《つら》を見ただけでも、悲劇のさまざまな様相が目に入った。緑の土手に立っている黒服の男は、エアロン・アームストロング爵士の従僕マグナスだった。楽天家のアームストロング准男爵は、この陰気な召使いの黒い手袋をよく笑っていたが、今は、彼を笑う者は一人もいないようだった。

事情をたずねようとした一人二人が、線路を越えて煤《すす》けた生垣を越えた。そのとたんにかれらが見たのは、ほとんど土手の下まで転がり落ちた老人の死体だった。死体は、鮮やかな緋《ひ》の裏地のついた黄色い部屋着をまとっていた。ロープの切れ端が脚にからまっているようで、おそらく、もがいているうちに絡みついたのだろう。血痕も一つ二つあったが、ごく小さいものだった。しかし、死体は曲げられたか折れたかして、生きた人間にはあり得ない格好をしていた。それはエアロン・アームストロング爵士だった。慌てふためいているうちに、大柄な、金髪の顎鬚を生やした男がやって来たが、列車の乗客のうちの何人かは彼を見知っていて、会釈した。この男は故人の秘書パトリック・ロイスで、かつてはボヘミアンの仲間内でよく知られ、またボヘミアンの芸術に於いてさえ有名だった人物である。彼は従僕と同じように悲痛な叫びを上げたが、その声はもっと曖昧で、しかし、もっと心に迫るものだった。この家の三人目の人物、故人の令嬢アリス・アームストロングが、覚束《おぼつか》ない足取りで庭にふらふらと出て来た頃には、運転士は停止状態を解除していた。汽笛が鳴り、列車は煙を吐きながら、次の駅へ助けを求めに行った。

かくして、ブラウン神父は昔ボヘミアンだった大柄な秘書パトリック・ロイスの要請で、急遽《きゅうきょ》呼び出された。ロイスはアイルランド生まれで、本当に困った時以外は自分の宗旨を思い出さない、気まぐれなカトリック信者だった。しかし、公職にある刑事の一人が、公職とは縁のないフランボーの友人かつ崇拝者でなかったら、ロイスの要請もこれほど迅速に応じてはもらえなかっただろう。フランボーの友人であるからには、当然、ブラウン神父についての話を数限りなく聞かされていた。従って、若い刑事（名前はマートンという）が小柄な神父を案内して野原を突っ切り、線路へ向かって行った時の二人の会話は、まったくの初対面にしては腹蔵《ふくぞう》のないものだった。

「僕が見た限りでは」とマートン氏は率直に言った。「さっぱりわけがわからないんです。疑わしい人間は一人もいません。マグナスは陰気な阿呆おやじで、あんな阿呆に人殺しはできません。ロイスはもう何年も、准男爵の一番親しい友人でしたし、令嬢は明らかに彼に惚《ほ》れていました。第一、馬鹿げているじゃありませんか。アームストロングみたいな愉快な老人を誰が殺すっていうんです？　食後のスピーチの達人の血糊で、自分の手を汚そうなんていう奴がいますか？　サンタクロースを殺すようなものですよ」

「そう。あれは愉快な家でしたな」ブラウン神父は相槌を打った。「あの人が生きている間は、愉快な家でした。死んでしまった今も愉快だと思いますか？」

マートンは少しハッとして、生気のある目で相手を見た。「死んでしまった今？」

「さよう」神父は無表情に話し続けた。「あの人は陽気でした。しかし、彼の陽気さはまわりに伝わりましたか？　はっきり言って、あの家に彼以外に陽気な人はいましたか？」

マートンの心の窓から、驚きの不思議な光が射し込んだ。人はその光の中で、前々から知っていたものを初めて見るのである。彼はあの慈善家が警察関係のささやかな仕事をしていたため、たびたびアームストロング家を訪れていた。しかし今あらためて考えてみると、あの家自体は陰気な場所だった。部屋はやけに天井が高く、寒かった。飾りつけも見苦しく、野暮ったかった。隙間風の入る廊下は、月光よりも寒々とした電燈に照らされていた。老人の真っ赤な顔と銀色の顎鬚は、それぞれの部屋や廊下で篝火《かがりび》のように燃え輝いたけれども、温もりがあとに残ることはなかった。この家のうそ寒い居心地の悪さは、主人の元気旺盛さが一つの原因となっていたことは間違いなかった。わしはストーブもランプも要らない、わし自身の暖かさを持って歩くのだ、と老人はよく言っていた。しかし、他の住人のことを思い出してみると、かれらもまた主人の影のような存在だった、とマートンは言わざるを得なかった。無気味な黒い手袋をした不機嫌な従僕は、ほとんど悪夢のようなものだった。秘書のロイスはまずまず丈夫な、牛のような大男で、ツイードの服を着て、短い顎鬚をたくわえていたが、麦藁色の顎鬚には、ツイードの生地のように灰色が目立ち、広い額には、若いのに皺が何本も刻まれていた。人柄も良かったが、悲しい感じの、傷心した人間のような人の良さで——全体に、人生の落伍者の雰囲気を漂わせていた。アームストロングの令嬢の方は、あの老人の娘とは信じられないほど顔色が青白く、線の細い面立ちだった。優雅ではあったけれども、身体つきそれ自体にポプラの木の輪郭に似た震えがあった。あんなふうにおずおずとしているのは、列車が通り過ぎる時の振動で癖になったのかと、マートンは時々思っていた。

「どうです」ブラウン神父はつつましげな様子で瞬《まばた》きしながら、言った。「わたしにはアームストロングの陽気さが——他の人たちにとって——そんなに陽気なものだったかどうか疑問です。あんな愉快な老人は誰も殺せないとあなたはおっしゃいますが、わたしには確信がありません——〝我らを試みに引き給わざれ〟[4]。わたしがもし人を殺すとしたら」神父はさりげなく付け加えた。「殺すのはたぶん、楽天家でしょう」

「なぜです？」マートンは面白がって言った。「人は陽気なのが嫌いだとお考えですか？」

4　主の祈りの一節。訳文はカトリック教会の文語訳。

「人は何度も笑うことが好きです」とブラウン神父はこたえた。「しかし、四六時中ニコニコしているのが好きだとは思いません。ユーモアのない陽気さというのは、じつに耐え難いものですからね」

風の吹く線路端の緑の土手を、二人はしばらく無言で歩いていたが、高いアームストロング邸の影が長く伸びているところへやって来ると、ブラウン神父は急にこんなことを言いだした。真剣な話をするというよりも、気になってならぬ考えを放り出そうとするかのようだった。「もちろん、酒はそれ自体良くも悪くもありません。しかし、アームストロングのような人たちは、たまには悲しくなるために葡萄酒の一杯も飲めば良いんじゃないか、と時々そんな気がしてなりません」

マートンの上役でギルダーという白髪まじりの敏腕刑事が、緑の土手に立って検死官を待ちながら、パトリック・ロイスと話していた。ロイスの大きな肩と剛《こわ》い顎鬚と髪は、刑事の頭の上にそそり立っていた。それがことに目立ったのは、ロイスは日頃、いわば力強いかがみ腰で歩いていて、ちょっとした事務や家まわりの仕事をするのにも、重々しい卑下した態度で、あたかも水牛が荷車を引くように動きまわっていたからだった。

彼は神父の姿を見ると、常ならぬ喜びをあらわして面を上げ、二、三歩離れた場所へ連れて行った。一方、マートンは年上の刑事に恭しく話しかけていたが、子供っぽいせっかちなところがないでもなかった。

「ギルダーさん、謎はだいぶ解けてきましたか?」

「謎なんかない」ギルダーはそうこたえて、夢見るような目蓋の下から深山鴉を見やった。

「そうかもしれませんが、僕にとっては謎です」マートンは笑顔で言った。

「至って単純な話だよ」先輩刑事は先の尖った灰色の顎鬚を撫でながら、言った。「おまえがロイス氏の牧師さんを呼びに行ってから三分後に、すべてが明らかになった。あの黒い手袋をした生《なま》っ白《ちろ》い顔の使用人を知ってるだろう？　列車を止めた奴だ」

「あの男なら、どこで会ったってわかります。あいつを見ていたら、何だか鳥肌が立ちました」

「うむ」ギルダーは悠長な声で言った。「汽車がまた走り出すと、あの男もいなくなった。なかなか冷静な犯罪者だと思わんかね？　警察を呼びに行った、その列車に乗って逃げるとはね」

「あいつが本当に主人を殺したと確信しておられるんですね？」若い刑事は言った。

「そうとも。確信がある」ギルダーはそっけなくこたえた。「主人の机にしまってあった二万ポンドの札束を持ち逃げしたという、些細な理由でね。だが、唯一難点と言えるのは、どうやって殺したかだ。あの頭蓋骨は何か大きな凶器で割られたようだが、近くには凶器など一つも転がっておらん。殺人犯も、そんなものを持って逃げるんじゃ、始末に困ったはずだ。人目につかないほどの小さな凶器でないとね」

「たぶん、その凶器は、人目につかないほど大きなものだったんでしょう」神父はクスクス妙な笑い方をしながら、言った。

ギルダーはこの突飛な発言を聞いて、こちらをふり返り、どういう意味かとやや険しい口調で、ブラウン神父にたずねた。

「どうも馬鹿な言い方だったのは、わかっています」ブラウン神父は申し訳なさそうに言った。「お伽話のように聞こえますからな。でも、気の毒なアームストロングさんは巨人の棍棒で殺されたんです。大きすぎて見えない、大いなる緑の棍棒。我々が大地と呼んでいるものですよ。彼は我々が立っているこの緑の土手に激突して、頭を砕いたんです」

「どういうことですか？」刑事は間髪《かんはつ》を容《い》れずにたずねた。

ブラウン神父はお月様のように真ん丸な顔を家の狭い面に向けて、ひどく目をパチクリさせながら、上を見上げた。その視線を辿ってゆくと、他には窓も何もない、のっぺりした建物の裏側の一番上に、屋根裏の窓が開け放しになっていた。

「おわかりでしょう」神父は子供のようにややぎこちなく指差して、説明した。「あの窓から投げ落とされたんです」

ギルダーは眉を顰めてその窓をじっと見ていたが、やがて言った。「なるほど、たしかにあり得る話だ。しかし、どうしてそんなに自信がおありなんです？」

ブラウン神父は灰色の目を大きく開いた。「それはね、死んだ人の脚にロープの切れ端が絡みついていたからです。そら、見えませんか。ロープの残りの切れ端が、窓の隅に引っかかってるじゃありませんか？」

それは高い場所なので、ほんの小さな埃か髪の毛くらいにしか見えなかったが、目敏《めざと》い老練な捜査官は納得した。「おっしゃる通りです」とブラウン神父に言った。「こいつは一本取られましたな」

その言葉が終わらぬうちに、一輛《いちりょう》だけの特別列車が左手の線路を曲がって来た。そして停車すると、警察の第二陣を吐き出したが、その中には、逃亡した召使いマグナスの卑屈な顔があった。

「おう！　つかまえたようだ」ギルダーはそう言って、にわかにキビキビと進み寄った。「金は取り返したか？」彼は最初にやって来た警官に大声でたずねた。

相手はちょっと妙な表情でギルダーをまともに見ると、「いいえ」と言ってから、こう付け加えた。「少なくとも、ここにはありません」

「警部はどなたですか？」マグナスと呼ばれる男がたずねた。

彼がしゃべったとたん、この声がどうやって列車を止めたのかを、全員が理解した。マグナスは黒髪をぺったりと撫でつけた冴えない男で、顔には色艶《いろつや》がなく、平らで細い目や口には、微かに東洋人を思わせるところがあった。実際、彼は血統《ちすじ》も本名も曖昧で、ロンドンのレストランで給仕を、そして（ある者が言うには）もっといかがわしいことをしていたのを、エアロン爵士に〝救出〟されたのである。だが、その声は、顔が死んでいる分だけ生気が漲《みなぎ》っていた。外国語を正確に話そうとするためか、それとも主人（少し耳が遠かった）を思いやってか、マグナスの話し声には妙に響き渡り、耳を突き透すような特徴があって、彼がしゃべると、その場にいる全員が思わず跳び上がった。

「いずれこうなると思っていました」マグナスは図々しく平然として、大きな声で言った。「お気の毒な旦那様は、わたしが黒服を着ることをおからかいになりましたが、旦那様のお葬式に備えているんですと、わたしはいつも申しておりました」

そう言うと、黒手袋を嵌めた左右の手で一瞬、ある仕草をした。

「巡査部長」とギルダー警部は黒い両手を腹立たしげに見ながら、言った。「この男に手錠をかけんのかね？　相当危険な人物に思えるが」

「はあ、それが」巡査部長は相変わらず妙な、怪訝そうな顔つきで、言った。「手錠をかけて良いものかどうか、わからないんです」

「どういう意味だ？」相手は鋭く聞き返した。「逮捕したんじゃないのか？」

細い切れ目のような口に微かな冷笑が広がり、近づいて来た列車の汽笛が、それを真似して嘲笑うかのように聞こえた。

「逮捕はしました」巡査部長は重苦しい声でこたえた。「ハイゲート[5]の警察署から出て来たところを捕まえたんです。あの男は主人の金をロビンソン警部に預けて来たあとでした」

ギルダーは愕然として、従僕を見やった。「一体、何でそんなことをしたんだ？」とマグナスに訊いた。

「犯人から守るために決まっています」相手は落ち着き払ってこたえた。

「しかし」とギルダーは言った。「エアロン爵士の金はエアロン爵士の御家族のもとに置いておけば、心配はなかろう」

彼の言葉の終わりの方は、ガタンゴトン揺れながら去って行く列車の轟音に掻き消された。だが、不幸な家を周期的に襲うこの凄まじい騒音の中でも、マグナスの返答は一語一語、鐘の音のようにはっきりと聞き取れた。「エアロン爵士のお身内を信用できる理由がないのです」

身動きを止めた男達は、誰か新しい人物がやって来た気配を薄ら寒く感じた。マートンが面を上げると、ブラウン神父の肩ごしにアームストロング嬢の青白い顔が見えたが、彼は驚きもしなかった。彼女はまだ若く、透きとおるように美しかったが、髪の毛はひどくくすんだ艶《つや》のない茶色で、日蔭に入るとすっかり白髪になったように見えた。

「言葉に気をつけろ」ロイスが荒っぽく言った。「お嬢さんがびっくりなさるじゃないか」

「かまいません」相手ははっきりした声で言った。

令嬢はたじろぎ、他のみんなは怪しんでいたが、マグナスは話し続けた。「アームストロング嬢が震えるのには、もう慣れてしまいました。時折身震いなさるのをもう何年も見てまいりましたから。寒いから震えるのだとか、怖くて震えるのだとか言う人もありましたが、わたしにはわかっています。お嬢さんは憎しみと邪悪な怒りに震えていたんです――悪魔どもは今朝、御馳走にありつきました。彼女はわたしがいなかったら、今頃は金

5　ロンドン北部の裕福な住宅地区。ハムステッドの東側。

を持って、恋人とどこか遠くへ行っていたでしょう。お気の毒な旦那様が、あの酔っ払いのならず者と結婚するのに反対してから、ずっと――」

「やめたまえ」ギルダーが厳しく一喝した。「御家族のことをおまえさんがどう想像しようと、疑おうと、我々には関係ない。具体的な証拠があればべつだが、ただの意見だけでは――」

「いいえ！　具体的な証拠ならお出ししますよ」マグナスは独特の切りつけるような調子で、相手の言葉を遮った。「それには、わたしを法廷に召喚してもらわなきゃいけませんよ、警部さん。そうすれば真実を話さなければいけませんからね。真実というのは、こうです。旦那様が血を流して窓から放り出されたすぐあとで、わたしは屋根裏部屋に駆け込みました。すると、お嬢さんが真っ赤な匕首を手に握ったまま、気を失って床に倒れていたんです。これも、警察の然るべき筋にお預かりいただきましょう」彼は上着の裾のポケットから、赤い汚点《しみ》のついた長い角柄《つのえ》のナイフを出して、恭しく巡査部長に渡した。それからまた後ろへ下がり、その細い目は支那人流の脂《やに》っこい冷笑に埋もれて、顔から消えてしまいそうだった。

マートンはこの男を見て、嘔吐感《はきけ》のようなものを感じながら、ギルダーに耳打ちした。「もちろん、アームストロング嬢の言い分もお聞きになるんでしょう？」

ブラウン神父はふいに面を上げたが、その顔はおかしいほど清々《すがすが》しく、まるでたった今洗ったかのようだった。「そうですね」と神父は満面に無邪気さを湛《たた》えて言った。「しかし、お嬢さんの言い分は、今の言葉と喰い違うものでしょうか？」

娘ははっとして、小さい奇妙な叫び声をあげた。全員がそちらを向いた。彼女の姿は麻痺したように硬ばっていたが、薄茶色の髪に縁どられた顔だけは生きていて、凄まじい驚きの表情を浮かべていた。彼女は突然投縄をかけられて喉を絞められたように、立ちすくんでいた。

「この男は」ギルダー氏がおごそかに言った。「父君が殺されたあと、あなたがナイフを握ったまま、気を失っておられたと言っていますが」

「それは本当です」とアリスはこたえた。

一同が次に意識した事実は、パトリック・ロイスが大きな頭をうつ向けて、つかつかとみなの中に割り込み、奇妙な言葉を言ったことである。「さあ、おさらばしなけりゃいけないなら、その前にちと憂さ晴らしをしますよ」

ロイスの巨大な肩が盛り上がり、マグナスの澄ました蒙古人風の顔に鉄拳を叩き込んだ。マグナスは海星《ひとで》のようにぺったりと芝生の上に伸びた。二、三人の警官がすぐさまロイスを取り押さえたが、他の者は、まるで道理というものがことごとく打ち壊され、世界が出鱈目《たらめ》な道化芝居に変わるのを見ているような気がした。

「おやめなさい、ロイスさん」ギルダーが居丈高に叫んでいた。「暴行のかどで逮捕しますぞ」

「いや、ちがう」秘書は鉄の銅鑼《どら》のような声でこたえた。「僕は殺人のかどで逮捕されるんだ」

ギルダーはぎょっとして殴り倒された男を見たが、暴行をうけた男はすでに身を起こして、さしたる傷もついていない顔からわずかな血を拭っていたので、ただこう言っただけだった。「どういう意味だね？」

「こいつが言った通り」とロイスは説明した。「アームストロング嬢がナイフを握って気絶していたのは、本当です。しかし、彼女は父上を襲うためではなくて、守るためにナイフをもぎ取ったんです」

「守るため？」ギルダーは真剣な口調で繰り返した。「誰から守るんです？」

「僕からです」と秘書はこたえた。

アリスは複雑な困惑した顔でロイスを見ていたが、やがて小声で言った。「それでも、あなたが勇気のある人で嬉しいわ」

「階上《うえ》に来てください」とパトリック・ロイスは重苦しい声で言った。「そうすれば、この忌まわしい事件のすべてをお見せします」

屋根裏部屋は秘書の私室だったが（これほど身体の大きい隠者が籠《こも》るには、小さな庵室だった）、そこには惨劇の痕跡《あと》がそっくり残っていた。床の真ん中あたりに、大きな拳銃が一梃、投げ捨てたように落ちていた。その左の方にはウイスキーの壜が転がっていて、蓋は開《あ》いているが空《から》ではなかった。小さなテーブルの掛布はずり落ちて踏みつけにされ、死体にからまっていたのと同じような縄が、窓框《まどがまち》の上に乱暴に投げかけてあった。花瓶が二つ、炉棚の上に割れており、絨毯《じゆうたん》の上にも一つ割れていた。

「僕は酔っ払っていたんです」とロイスは言った。若くして窶《やつ》れた男のこの率直さには、なにか赤ん坊が初めて犯した罪のような悲哀があった。

「みなさん、僕のことは御存知でしょう」彼はしわがれた声で語り続けた。「僕の人生がどんな風にして始まったかは、誰でも知っています。終わりも同じように終わればいいんです。これでも昔は賢い男と呼ばれていましたし、ひょっとしたら幸せな男になっていたかもしれません。アームストロングは身も心もボロボロになった僕を酒場から救って、あの人なりにずっと親切にしてくれたんです！　ただ、ここにいるアリスとの結婚だけは、どうしても認めてくれませんでした。それは正しかったと、この先ずっと言われ続けるでしょう。まあ、みなさんは御自分で結論をお出しになれるでしょうし、詳しいことをお話しする必要はありますまい。あそこの隅にあるのは、僕の飲みかけのウイスキーです。絨毯に転がっているのは僕の拳銃で、弾《たま》はすっかり空《から》です。死体についていた縄は僕の箱から出したもので、死体は僕の部屋の窓から投げ落とされたんです。刑事たちを使って、僕の悲劇をほじくり出す必要はありませんよ。世間によくある話です。僕は絞首台に行きます。もう、これで勘弁してください！」

それとない合図に促されて、警官たちは大男を取り囲み、連れて行こうとした。しかし、粛々《しゆくしゆく》と事を行おうとしていたかれらは、ブラウン神父の異様な姿を見て、いささか茫然《ぼう》とした。神父はある種のみっともない祈禱をしているように、戸口の絨毯の上に四つん這《ば》いになっていたのだ。他人《ひと》の目にどう映るかをまるで頓着しない神父は、その姿勢のまま、明るい真ん丸な顔をふり向けて一同を見上げた。四足動物に、いとも滑稽な人間の顔がついたという格好だった。

「わたしに言わせれば」と神父はにこやかに言った。「この話は、全然筋が通りません。最初、あなた方は凶器が見つからないとおっしゃった。ところが今は、多すぎるほど見つかっています。刺し殺すためのナイフに、首を絞める縄、撃つための拳銃。揚句の果てに、あの人は窓から落ちて首の骨を折ったんですよ！　だめです。無駄が多すぎます」そう言うと、馬が草を食《は》むように、床を向いて首を振った。

ギルダー警部は真面目な話をしようとして口を開いたが、彼が何も言わないうちに、床の上の珍妙な人物がペラペラと続きをしゃべりだした。

「それに、あり得ないことが三つもあります。第一に、絨毯の穴です。弾丸が六発打ち込まれていますね。一体何だって、絨毯を撃たなきゃならないんです？　酔っ払いなら敵の顔を狙ってぶっ放《ぱな》すでしょう――自分を見て、ニヤニヤ笑っている顔に。相手の足に喧嘩をふっかけたり、相手のスリッパを攻撃したりはしません。それから、あの縄です」――語り手は絨毯を見終わったので、両手を上げてポケットに入れたが、相変わらず無頓着に床に膝をついていた――「人の首に縄をかけようとして、結局脚を縛ってしまうなんていうのは、どれほど酔った人間のすることですか？　ともかく、ロイスはそこまで泥酔してはいませんでした。そんなに酔っていたのなら、今頃は丸太ん棒のように眠りこけているでしょう。それに、何よりもわかりやすいのは、あのウイスキーの壜です。渇酒症《かっしゅしょう》の男がウイスキーの壜欲しさに人と争って、やっとの思いで手に入れると、部屋の隅に転がしておく。中身は半分こぼれて、半分は壜に残っている――みなさんのお話ではそういうことになりそうですが、渇酒症の人間は、まずそんなことはしません」

神父はぎこちなくよろよろと立ち上がり、懺悔をするような澄んだ声で、自称殺人犯に向かって言った。「まことに遺憾ですが、あなたの話はじつにでたらめです」

「神父さま」アリス・アームストロングが小声で言った。「ちょっと二人だけでお話しできませんか？」

多弁な聖職者はそう言われて、通路の外へ出なければならなかった。隣の部屋に入ると、彼が口を開かぬうちに、娘が妙に棘々《とげとげ》しくしゃべりだした。

「あなたは利口なお方で、パトリックを救おうとなさっているのはわかります。でも、無駄ですわ。この事件の核心は真っ黒で、あなたが新しく何かをお見つけになるほど、わたしの愛する惨めな人がますます不利になるんです」

「なぜです？」ブラウン神父は娘をじっと見つめて、たずねた。

「なぜなら」娘もしっかりとこたえた。「あの人が罪を犯すのを、この目で見たからです」

「ほう！」ブラウン神父は動じずに言った。「それで、彼は何をしました？」

「わたしは隣のこの部屋にいました。どちらの部屋の扉も閉まっていましたが、突然、声が聞こえて来たんです。いまだかつて聞いたことのないような声で、「地獄だ、地獄だ」

と何度も何度もわめいているんです。それから拳銃の一発目が撃たれて、両方の扉が揺れました。拳銃の音はそのあと三回もして、わたしが二つの扉を開けた時には、部屋の中には煙が朦々《もうもう》と立ちこめていました。ですが、拳銃は可哀想な狂ったパトリックの手に握られていて、煙を出していました。そして、わたしは彼が最後に恐ろしい勢いで何発も弾を撃つのを、この目で見たんです。あの人はそれから、怯《おび》えて窓枠にしがみついている父にとびかかりました。取っ組み合いになって、父の首に縄をかけて絞め殺そうとしたんですが、縄は、もがいている父の肩から足までずり落ちてしまいました。そうして片脚にきつく巻きついたので、パトリックは狂人のように父を引きずりまわしました。わたしは敷物の上のナイフをひったくって、二人の間に割って入り、何とか縄を切ったところで気絶してしまいました」

「なるほど」ブラウン神父は依然慇懃《いんぎん》な態度をくずさずに、こたえた。「どうもありがとう」

娘は記憶が蘇ると放心したようになったので、神父は身を硬ばらせて隣の部屋へ移った。そこには、ギルダーとマートンだけがパトリック・ロイスに付き添っており、ロイスは手錠をかけられて椅子に坐っていた。神父は警部に恭しく言った。「お二人のいるところで、囚人と一言話をさせてくれませんか？　それに、そのおかしな手錠を、しばらく外してもらえませんかな？」

「とても力の強いやつですよ」マートンが小声で言った。「どうして、手錠を外せとおっしゃるんです？」

「いや、その」神父は謙《へりくだ》ってこたえた。「この人と握手をするという、大変な光栄にあずかれるかと思いましてね」

二人の刑事は目を丸くし、ブラウン神父は言った。「お二人に話していただけませんか？」

椅子に坐っている男は、髪の毛がくしゃくしゃになった頭を横にふり、神父はもどかしげにふり返った。

「それなら、わたしがお話ししましょう。個人の命は世間の評判よりも大事ですから。わたしは生きた人間を救って、死者を葬ることは死者に任せておくことにします[6]」

神父は死者が落ちた窓の方へ歩いて行き、目をしばたたいて外を見ながら話を続けた。

「この事件には凶器がたくさんありすぎて、死は一つしかないと先刻申し上げました。これから申し上げたいのは、ああしたものは凶器ではなく、人を殺すために使われたのではないということです。あの恐ろしい道具、首吊りの縄や血のついたナイフ、火を噴く拳銃は、どれも一風変わった救いの道具だったのです。エアロン爵士を殺すためではなく、救うために使われたんです」

6　神父は、マタイ伝八章二十二節とルカ伝九章六十節に登場するイエス・キリストの言葉を引用している。

「救うためですと!」ギルダーが鸚鵡返しに言った。「一体、何から救うんです?」

「彼自身からですよ」とブラウン神父は言った。「あの人は自殺狂だったんです」

「何ですって?」マートンが信じられないといった声で叫んだ。「しかし、あの〝愉快宗教〟は——」

「あれは残酷な宗教です」神父は窓の外を見ながら言った。「どうして世間は、あの人を少しぐらい泣かせてやらなかったんでしょう? あの人の御先祖たちは、そうしていたんじゃありませんか。あの人の計画は頑なになり、偉大な展望も冷たくなってしまいました。あの陽気な仮面の裏には、無神論の空虚な心が隠されていたんです。そしてとうとう、世間に愉《たの》しい顔を見せ続けるために、大昔にやめた酒をまた飲むようになりました。しかし、真面目な禁酒主義者がアルコール中毒になると、恐ろしいのはこのことです。あの人は、他人に警告していた心理的な地獄を思い描いて、自分がそこへ堕ちるんだと恐れるようになりました。地獄は哀れなアームストロングさんに早々と襲いかかり、今朝はもうひどい状態で、ここに坐って、自分は地獄にいるんだと叫び出しました。お嬢さんにも聞き分けられないほどの、狂った声でした。彼は何が何でも死にたくなり、狂人特有のいたずらで、周囲にさまざまな形の死をばら撒きました——それが引き輪の縄と、友人の拳銃とナイフです。ロイスさんはたまたま部屋に入って来て、とっさに行動しました。ナイフをうしろの敷物に放り投げ、拳銃をひったくると、弾を抜く時間がないので、床のそこいら中を立て続けに撃って、中身を空にしました。自殺志願者は四番目の死に方を見つけて、窓めがけて走りだしました。救助者は自分にできる唯一のことをしました――縄を持って追いかけ、相手の手足を縛ろうとしたんです。そこへ運悪くお嬢さんが飛び込んできて、取っ組み合いの理由を誤解し、縄を切って父親を自由にしようとしました。最初は気の毒なロイスさんの拳に切りつけただけで、この小さな事件で流れた血はすべてそこから流れたんです。しかし、もちろん、あなたがたもお気づきになったでしょう――あの従僕の顔には血がついたけれども、傷はなかったことに？　可哀想なお嬢さんは、気絶する寸前に父親の縄を切って自由にし、それでアームストロングさんは、あの窓から永遠の世界へ飛び出して行ったわけです」

長い静寂が訪れたが、やがてギルダーがパトリック・ロイスの手錠を外す金属音が、ゆっくりと聞こえて来た。彼はロイスに言った。「最初から真実を話してくだされば良かったんです。あなたと若いお嬢さんの人生は、アームストロング爵士の死亡記事よりも値打ちがありますよ」

「死亡記事なんか糞食らえだ」ロイスが乱暴に叫んだ。「アリスに知らせまいとしたのに、それがわからないのか？」

「何を知らせたくないんです？」とマートンが訊いた。

「馬鹿め。自分が父親を殺したということだよ！」ロイスは怒鳴った。「彼女が邪魔をしなければ、父親はまだ生きていた。それを知ったら、アリスは気が狂ってしまうかもしれない」

「いや、そんなことはないと思いますね」ブラウン神父が帽子を取り上げて、言った。「わたしからあの方にお話ししましょう。どれほど恐ろしい失敗でも、罪のように人生を毒することはありません。ともかく、あなた方お二人は、これから幸せになれるような気がしますよ。さて、わたしは聾学校《ろうがっこう》に戻らなければなりません」

神父が風の吹きつける芝生に出て行くと、ハイゲートから来た顔見知りが呼びとめて、言った。

「検死官が到着しました。これから取り調べが始まりますよ」

「わたしは聾学校に戻らなきゃいけないんだ」とブラウン神父は言った。「すまないが、取り調べにはつきあえんよ」

訳者あとがき

私は根っからのひゅーどろ好《ず》きで、探偵小説の翻訳は経験が浅いのだけれども、以前《まえ》に『木曜日だった男』を訳した時、チェスタトンという作家は、訳すのは大変だが存外肌が合うと感じていた。

それで、今回筑摩書房からこの翻訳の依頼を受けると、喜んで取りかかった次第である。作品と作者については解説に譲るとして、題名の訳し方について、ここに一言説明をさせていただこうと思う。

本書の原題『Innocence of Father Brown』の「Innocence」という言葉は本当に訳者泣かせで、今までの翻訳者もそれぞれ知恵を絞っている。新潮文庫版の訳者・橋本福夫は「迷いに迷ったあげく」に「純智」という耳慣れない言葉をひねり出したけれども、わたしはその苦しみに同情する。

他人事《ひとごと》ではない。こちらだって考えあぐねて、作中の文句ではないが、頭二つは一つよりましだと思い、友人に相談した。

大学の先輩の某氏は、「木曜日」を訳した時、題名は『木曜日の男』ではなく『木曜日だった男』とした方が良い、とためになる意見を言ってくれた人である。そこで、ある日大学の帰り、焼鳥屋で話をしてみたら、「それは二作目の wisdom との対比を考えて訳さなければいけないネ」と言われた。

なるほど、そういえばその通りで、innocence と wisdom の対《つい》は、あたかもブレイクの詩集『Songs of Innocence』と『Songs of Experience』の如しである。それで、「無心」という訳題はどうかしらと思いついた。わたしの念頭にあったのは童子の無心、良寛和尚のような人の無心である。

共訳者の坂本あおい氏に調べてもらうと、一九五二年に大阪教育図書から出た小川二郎の註釈本が、日本語題名を『ブラウン神父の無心』としている。早川書房版の訳者・村崎敏郎は Innocence を「無知」と訳しているが、右の訳注本への言及だろうか、「『無心』と訳した一書もあって、これはなるほどある程度感じをつかんでいると感服した*)」と述べている。

よしよし、これにしてしまえと決定した。

翻訳にあたっては、マーティン・ガードナー編『The Annotated Innocence of Father Brown』(Dover, 1998) を底本にし、ペンギン版などを参照した。ガードナーのテキストはイギリスで出た最初の単行本（『The Innocence of Father Brown』Cassell, 1911）に基いている。訳文は全篇坂本氏と二人で検討したが、もう百年前のサビのついた原作だから、翻訳も少し古くさい方が良いと思って、文体はおおむね南條の好むままに統一してある。

本書の既訳は村崎敏郎、橋本福夫、福田恆存・中村保男の全訳を初めとして、古くは

「新青年」の頃から、浅野玄府、直木三十五、福原麟太郎、田中西二郎、柳瀬尚紀、富士川義之といった人々の部分訳がある。先行訳は出来るだけ参照し、解釈の点でも表現の点でも多大なる恩恵を蒙った。ここに謹んで感謝の意を表する。

二〇一二年秋　福島微温湯温泉にて　南條竹則

＊中島河太郎「「新青年」を中心に」（井上ひさし編『『ブラウン神父』ブック』春秋社　一九六一七頁）

解説

高沢　治

まん丸の顔にシャベル帽を被り蝙蝠傘を抱えた、小柄で風采の上がらないカトリック僧、本書『ブラウン神父の無心』（一九一一年）で初お目見えとなる僧侶探偵ブラウン神父の風貌は、名探偵の先達であり代名詞でもあるシャーロック・ホームズと比較すると、その陰画を見ているようだ。しかし、座したまま鬼神のごとき推理力を発揮して依頼人の素性を当ててしまう奇矯な言動ばかりがクローズアップされるために「安楽椅子探偵」と誤解されることもある、この鷲鼻の先輩探偵（ホームズ譚の最後が「ストランド」誌に掲載されたのが一九二七年であるから、少なくとも紙の上での二人の活躍時期は立派に重なっている）と同じように、ブラウン神父もまた「行動の人」なのである。友人や教区の信者といった近しい人々の依頼や相談を受けると、しばしば事件の早期から積極的にその渦中に身を投じる。ボクシングの達人であり、変装が巧みで、アヘン窟に出入りすることもあったホームズの活躍と比べて、冒険活劇の面白さは一歩譲るとしても、推理の面白さは引けをとらない。そして、その推理法は独特かつ魅力的なものである。

推理小説での推理の過程がしばしばジグソーパズルに譬《たと》えられるのは、散在する事実の欠片《ピース》という混沌から、完成した全体図の秩序へと向かう小説の流れを説明するためにはふさわしいことなのかも知れない。だが、通常の推理小説での断片的情報の取り扱いは、当然ながら、論理操作の手続きに厳格に従ったものとなる。断片の色合いや形状を分析し、断片同士の繫がりを検証し、齟齬《そご》を止揚しようとする。我々がよくやるように、何となく色合いの似たピースを試しにそばに置いてみるといった試行錯誤を延々と見せられるのは我慢ならないので、それは推理小説には不可欠の技術でもある。

しかし、ブラウン神父の場合、事情は異なる。彼は、おそらく職務に真摯に向き合った結果得られたものと思われる人間心理への深い洞察力と、迷妄を退ける「無心」とによって、特徴的なピースを選び出し、迷わずに正しい位置に置いてしまうのだ。鍵となるそのピースが正しい位置に置かれると、他のピースはそれに引き寄せられたように手元から飛んでいって自らあるべき位置に納まる。「秘密の庭」では、芝生の上に落ちていた小枝から殺人者の挙措を思い浮かべ、「奇妙な足音」では、小部屋の外の廊下を往復する足音から犯人の大胆な計画を看破する。「イズレイル・ガウの信義」では、なんとその場に「無い」ものを知ることで、厭世家だった城の当主の意趣を一足飛びに理解し、奇妙な事件の全貌を見抜いてしまう。「折れた剣の招牌」では、部下の前で鞘から抜くのをためらった折れた剣を手掛かりに、戦場を舞台にした老将軍の悪魔的な意匠を浮かび上がらせる。

このような物語では、神父の口から訥々と語られる推理の正しさを保証するのは、物的証拠や水も漏らさぬ論理ではなく、飛躍の多い、その演繹的推理自体の美しさ、構図の完璧さである。隔絶した舞台設定――高い塀をめぐらした邸、小さなホテル、パントマイム劇、ガラス張りの温室、スコットランドの城、細長い小島等々——のもと、個性的というよりは、何かの寓意を身に帯びたような登場人物を配し、警句と逆説を痺れ薬のように用いることで非日常性と非現実性を隠蔽された物語は、一挙に寓話の性格を帯びる。その雰囲気の中で、神父によって示された構図の見事さを目にして蒙が啓かれた我々読者は、自分が正しい透視図の下に事態を見つめ直していると信じ、他の解決などあるはずがないと考える。論理上は他にも解釈の可能性があることなど考えようともしない。

ブラウン神父の生みの親、ギルバート・キース・チェスタトンは、一八七四年五月二九日、ロンドン西部のケンジントン、キャムデンヒルで、家屋周旋や土地測量を家業とする家に生まれた。セント・ポールズ・スクール（ザ・ナインと呼ばれる名門パブリックスクールの一つ）に学び、友人の多くが、オックスフォードやケンブリッジに進む中、画家の志を抱いてロンドン大学付属のスレード美術学校に進学した。併せてロンドン大学の英文学の講座に通うものの、どちらでも単位を取らず、美術学校を中退。その後、レッドウェイやT・フィッシャー・アンウィンといった出版社に勤めるかたわら、美術評論家及び文芸評論家としてジャーナリズムの道に入った。一九〇一年に生涯の伴侶となるフランセス・ブロッグと結婚。一九〇四年には、マクミラン社が企画したイギリス文人の評伝叢書の一冊としてロバート・ブラウニングの評伝を引き受け、これが出世作となった。またこの年、最初の長編小説『ノッティング・ヒルのナポレオン』（『新ナポレオン奇譚』）を出版している。同年は、ブラウン神父のモデルとなったジョン・オコンナー神父に出会った記念すべき年でもある。その『ブラウン神父シリーズ』については、第一作の『ブラウン神父の無心』の出版が一九一一年、『ブラウン神父の知恵』が一九一四年、『ブラウン神父の不信』が一九二六年、『ブラウン神父の秘密』が一九二七年、最後の『ブラウン神父の醜聞』が一九三五年となっている。『知恵』と『不信』との間が大きく開いているが、この間《かん》一九二二年に、チェスタトンは、オコンナー神父の手によって、英国国教会高教会派からカトリックへと改宗している。しかし、自分を「正統的」キリスト者と任ずる立場に変わりはなかった。

詩人、評伝作家、随筆家、小説家、美術・文芸批評家、コラムニスト、キリスト教教護者、そして舌鋒鋭い政治論客と八面六臂の活躍をし、仲の良い論争相手だったジョージ・バーナード・ショーからは「常人の丈を超えた天才」と評された人物の業績を概観するなど、私にできることではないし、もとより期待されてもいないだろう。ここでは、チェスタトンの広汎な活動領域を考えればほんの一面に過ぎない、推理小説に関係することに限って、伝記的事実を二、三挿話風に紹介するに留めたい。そうは言っても、江戸川乱歩の言葉を借りれば「チェスタトンのトリック創案率は探偵小説随一」だし、ブラウン神父が、古今東西の名探偵の中で最も有名な探偵の一人であることは誰もが認めるところである。

チェスタトンと探偵小説との縁《えにし》は驚くほど深い。セント・ポールズ・スクールで知り合った一つ年下のE・C・ベントリーとの友情は生涯続き、チェスタトンは『木曜日だった男』（一九〇八年）をベントリーに、ベントリーは、推理小説黄金期の幕開けとなった歴史的傑作『トレント最後の事件』（一九一三年）をチェスタトンに捧げている。チェスタトンが初代会長となった「ディテクションクラブ」（推理作家の親睦クラブであり、英国推理作家協会とは別）の会長の座をチェスタトンの死後引き継いだのもベントリーである。

そのディテクションクラブの会員でもあった推理作家ディクスン・カーが創造した大兵の探偵ギデオン・フェル博士は、作品中よくサンタクロースや伝説のコール王に譬えられるが、モデルがチェスタトンであることは、カー自身も認めている。丸い大きな赤ら顔にくしゃくしゃのシャベル帽とマントを身に着け、杖で巨体を支えるフェル博士は、そのままチェスタトンの似姿となる。チェスタトンの巨軀（なんと身長一メートル九三センチ、体重は一三〇キロ！）にまつわる逸話は数多いが、前述のショーとのやり取りは特に面白い。痩身の菜食主義者ショーをチェスタトンが「君を見たら、誰だって、イギリスは飢饉に襲われたと考えるぞ」とからかうと、ショーはこう答えた。「君を見たら、誰だって、飢饉の原因が君だって考えるだろうね」。皮肉屋同士の小さなつばぜり合いと考えると、悔しいが、ショーの切り返しのうまさに軍配が上がりそうである。

一九三六年六月一四日、チェスタトンは鬱血性心不全により死去した。「死者のためのミサ」をウェストミンスター大聖堂で執り行ったのが、推理小説を書く際のルールを定めた「ノックスの十戒」で有名なロナルド・ノックス師である。ノックスは退職時に大司教の位階にまで昇り詰めた高僧だが、推理小説を書くことで周囲の人々の眉を顰《ひそ》めさせたものの、『陸橋殺人事件』や短編『密室の行者』といった傑作推理小説を残している。

「名探偵　皆を集めて　さてと言い」――通常の長編推理小説で、結末に探偵役の人物が関係者を集めて行なうやや芝居がかった絵解きは、錯綜した謎を順を追って解きほぐし、それまでの見せかけが反転して新しい見通しのもとに並び変わる、外連《けれん》溢れる瞬間である。控えめで地味なブラウン神父が探偵役の短編では、もちろんそんな見せ場は用意されていない。しかし、物語の浄化《カタルシス》になど頓着するはずもないが、魂の浄化《じょうか》には職業上も無関心ではいられないブラウン神父にとって、真相の解明だけでは物語は終わらない。推理の披露と並んで、例えば、「サファイア色の空と銀色の月を背景にして」月桂樹の樹上に潜むフランボーに改悛を説き（「飛ぶ星」）、「星空の下で、雪の降り積もった丘を殺人犯と一緒に何時間も歩き」（「透明人間」）、教会の螺旋階段を上り、「全世界が自分の足下を車輪のようにまわっているように見える場所」で、本来は善良だった犯人が罪を犯した時の心の動きを話して聞かせる（「神の鉄槌」）、といった印象深い幕切れが用意されている。全編を通じてカトリシズムの広告塔の役に甘んじているようにも思える神父なのだが、不思議と抹香臭くならないのも、魅力の一つである。

本書はちくま文庫のための訳し下ろしです。

なお、本書のなかには今日の人権感覚に照らして不適切と思われる語句がありますが、時代背景や作品の価値、作者の意図などを考え、原文を尊重した訳文としました。

新ナポレオン奇譚　G・K・チェスタトン　高橋康也／成田久美子訳

未来のロンドン。そこは諧謔家の国王のもと、中世の都市に逆戻りしていた……。チェスタトンのデビュー長篇小説、初の文庫化。（佐藤亜紀）

四人の申し分なき重罪人　G・K・チェスタトン　西崎憲訳

「殺人者」「藪医者」「泥棒」「反逆者」……四人の誤解された男たちが語る、奇想天外な物語。チェスタトン円熟の傑作連作中篇集。（巽昌章）

オーランドー　ヴァージニア・ウルフ　杉山洋子訳

エリザベス女王お気に入りの美少年オーランドー、ある日目をさますと女になっていた――4世紀を駆ける万華鏡ファンタジー。（小谷真理）

ヴァージニア・ウルフ短篇集　ヴァージニア・ウルフ　西崎憲編訳

都会に暮らす孤独を寓話風に描く「ミス・Vの不思議な一件」をはじめ、ウルフの緻密で繊細な短篇作品17篇を新訳で収録。文庫オリジナル。

素粒子　ミシェル・ウエルベック　野崎歓訳

人類の孤独の極北にゆらめく絶望的な愛――二人の異父兄弟の人生をたどり、希薄で怠惰な現代の一面を描き上げた、鬼才ウエルベックの衝撃作。

キャッツ　T・S・エリオット　池田雅之訳

劇団四季の超ロングラン・ミュージカルの原作新訳版。あまのじゃく猫におちゃめ猫、猫の犯罪王に鉄道猫。15の物語とカラーさしえ14枚入り。

高慢と偏見（上）　ジェイン・オースティン　中野康司訳

互いの高慢さから偏見を抱いて反発しあう知的な二人がやがて真実の愛にめざめてゆく……絶妙な展開で深い感動をよぶ英国恋愛小説の名作の新訳。

高慢と偏見（下）　ジェイン・オースティン　中野康司訳

互いの高慢からの偏見が解けはじめ、聡明な二人は急速に惹かれあってゆく……。あふれる笑いと絶妙の展開で読者を酔わせる英国恋愛小説の傑作。

エマ（上）　ジェイン・オースティン　中野康司訳

美人で陽気な良家の子女エマは縁結びに乗り出すが、見当違いから十七歳のハリエットの恋を引き裂くことに……。オースティンの傑作を新訳で。

エマ（下）　ジェイン・オースティン　中野康司訳

慎重と軽率、嫉妬と善意が相半ばする中、意外な結末がエマを待ち受ける。英国の平和な村を舞台にした笑いと涙の楽しいラブ・コメディー。

続 高慢と偏見
エマ・テナント　小野寺健訳
紆余曲折を経て青年貴族ダーシーと結婚したベネット家の次女エリザベスのその後の物語。絶妙なやりとりと意外な展開は正編に劣らぬ面白さ。

分別と多感
ジェイン・オースティン　中野康司訳
冷静な姉エリナーと、情熱的な妹マリアン。好対照をなす姉妹の結婚への道を描くオースティンの永遠の傑作。読みやすくなった新訳で初の文庫化。

説得
ジェイン・オースティン　中野康司訳
まわりの反対で婚約者と別れたアン。しかし八年後思いがけない再会が。繊細な恋心をしみじみと描くオースティン最晩年の傑作。読みやすい新訳。

ノーサンガー・アビー
ジェイン・オースティン　中野康司訳
17歳の少女キャサリンは、ノーサンガー・アビーに招待されて有頂天。でも勘違いからハプニングが……。オースティンの初期作品、新訳＆初の文庫化！

マンスフィールド・パーク
ジェイン・オースティン　中野康司訳
伯母にいじめられながら育った内気なファニーはいつしかいとこのエドマンドに恋心を抱くが――。恋愛小説の達人オースティンの円熟期の作品。

エレンディラ
G・ガルシア＝マルケス　鼓直／木村榮一訳
大人のための残酷物語として書かれたといわれる中・短篇。「孤独と死」をモチーフに、大著『族長の秋』につらなるマルケスの真価を発揮した作品集。

カフカ・セレクション（全3巻）
フランツ・カフカ　平野嘉彦編
現代文学に衝撃を与え続けるカフカの中短篇のほぼすべてをテーマ別に編み、最良の訳者の新訳でおくる。'09年度日本翻訳家協会翻訳特別賞受賞。

カフカ・セレクションI
フランツ・カフカ　平野嘉彦編　平野嘉彦訳
認知を逃れ去ってゆく不可思議な時空――万里の長城が築かれたとき／村の学校教師／村医者／あるたたかいの記　ほか、掌篇から中篇まで34篇。

カフカ・セレクションII
フランツ・カフカ　平野嘉彦編　柴田翔訳
語りの魅惑を伝える新訳――狩人グラフス／ある断食芸人の話／判決／流刑地にて／巣造り／ブレッシアでの懸賞旅行　など26の中短篇。

カフカ・セレクションIII
フランツ・カフカ　平野嘉彦編　浅井健二郎訳
カフカの〈動物〉たち――オドラデク、「変身」の虫をはじめ、鼠、猫、犬、蛇、ジャッカルなどが登場する寓意にみちた中短篇。19篇を収める。

カポーティ短篇集
T・カポーティ
河野一郎編訳

妻をなくした中年男の一日を、一抹の悲哀をこめ、ややユーモラスに描いた本邦初訳の「楽園の小道」他、選びぬかれた11篇。文庫オリジナル。

不思議の国のアリス
ルイス・キャロル
柳瀬尚紀訳

おなじみキャロルの傑作。子どもむけにおもねらず、ことば遊びを含んだ、透明感のある物語を原作の香気そのままに日本語に翻訳。（楠田枝里子）

謎の物語
紀田順一郎編

それから、どうなったのか――結末は霧のなか、謎は謎として残り解釈は読者に委ねられる。不思議な「謎の物語」15篇。女か虎か／謎のカード／園丁 他

猫語の教科書
ポール・ギャリコ
灰島かり訳

ある日、編集者の許に不思議な原稿が届けられた。それはなんと、猫が書いた猫のための「人間のしつけ方」の教科書だった……!?（大島弓子）

ほんものの魔法使
ポール・ギャリコ
矢川澄子訳

世界の魔術師がつどう町マジェイアに、ある日、犬をつれた一人の男が現れた。どうも彼は〝本物〟らしい。ユーモア溢れる物語。（井辻朱美）

マイケル・K
J・M・クッツェー
くぼたのぞみ訳

内戦下の南アフリカを舞台にさすらう一人の男を描く異色の小説。二〇〇三年にノーベル文学賞を受賞した著者の初期の話題作。

星の王子さま
サン＝テグジュペリ
石井洋二郎訳

飛行士と不思議な男の子。きよらかな二つの魂の出会いと別れを描く名作――透明な悲しみが読むものの心にしみとおる、最高度に明快な新訳でおくる。

晩夏（上）
アーダルベルト・シュティフター
藤村宏訳

雷雨を避けようと立ち寄った山麓の「薔薇の家」。旅の青年はそこで驚くほど教養豊かな謎の老主人に出会う。ニーチェ絶賛。（小名木榮三郎）

晩夏（下）
アーダルベルト・シュティフター
藤村宏訳

森や川、野原や丘を精細に描きながら、物語は青年の恋の行方を追って高潮して行く。謎の老主人の過去が明かされる時、青年の名も明らかに――。

魂のこよみ
ルドルフ・シュタイナー
高橋巖訳

悠久をへめぐる季節の流れに自己の内的生活を結びつけ、魂の活力の在処を示し自己認識を促す詩句の花束。瞑想へ誘う春夏秋冬、週ごと全52詩篇。

ダブリンの人びと　ジェイムズ・ジョイス　米本義孝訳

20世紀初頭、ダブリンに住む市民の平凡な日常をリアリズムに徹した手法で描いた短篇小説集。リズミカルで斬新な新訳。各章の関連地図と詳しい解説付。

チェーホフ全集12　アントン・チェーホフ　松下裕訳

19世紀末のシベリアと流刑地サハリンへの数千キロの旅の記録。監獄、自然、囚人たちの生活・心理などを精査考察した異色のルポルタージュ。

チェーホフ短篇集　アントン・チェーホフ　松下裕編訳

恋愛小説、ユーモア小説、社会小説などチェーホフの魅力を堪能できる一冊選集。少年たち／くちづけ／かわいいひと／犬をつれた奥さん／など12篇。

チェーホフ集　結末のない話　アントン・チェーホフ　松下裕編訳

「勘定ずくの結婚」「知識階級のたわけもの」「求職」など庶民の喜怒哀楽をブラックユーモアで綴った50の短篇。本邦初訳を含む新訳で贈る。

荒涼館（全4巻）　C・ディケンズ　青木雄造他訳

上流社会、政界、官界から底辺の貧民、浮浪者まで巻き込んだ因縁の訴訟事件。小説の面白さをすべて盛り込み壮大なスケールで描いた代表作。（青木雄造）

荒涼館　1　C・ディケンズ　青木雄造他訳

エスタ。この、出生の謎をもつ美少女の語りを軸として多彩な物語が始まる。背景にある「ジャーンディス対ジャーンディス事件」とは？（青木雄造）

荒涼館　2　C・ディケンズ　青木雄造他訳

愛し合うエイダとリチャード、デッドロック家の夫妻、野心的な弁護士。主人公エスタをめぐる人々が出そろい、物語の興趣が深まる。（青木雄造）

荒涼館　3　C・ディケンズ　青木雄造他訳

アヘン中毒患者の変死、奇妙な老人の死、長くつづく訴訟にかかわる思惑。人と事件がモザイクを寄せるようにその全体を見せてくる。（青木雄造）

荒涼館　4　C・ディケンズ　青木雄造他訳

すべての謎や事件の真相が明らかになり、愛する人の死、別れをのりこえて、エスタは大きな愛につつまれる。不朽の大作、完結。（青木雄造）

バベットの晩餐会　I・ディーネセン　桝田啓介訳

バベットが祝宴に用意した料理とは……。一九八七年アカデミー賞外国語映画賞受賞作の原作と遺作「エーレンガート」を収録。（田中優子）

ボディ・アーティスト
ドン・デリーロ
上岡伸雄訳
映画監督の夫を自殺で失ったローレン。謎の男が現われ、彼女の時間と現実が変質する。アメリカ文学の巨人デリーロが描く精緻な物語。（川上弘美）

文読む月日（上）
トルストイ
北御門二郎訳
一日一章、一年三六六章。古今東西の聖賢の名言・箴言を日々の心の糧となるよう、晩年のトルストイが心血を注いで集めた一大アンソロジー。

文読む月日（中）
トルストイ
北御門二郎訳
キリスト・仏陀・孔子・老子・プラトン・ルソー……総勢一七〇名にものぼる聖賢の名言の数々はまさに「壮観」。中巻は6月から9月までを収録。

文読む月日（下）
トルストイ
北御門二郎訳
「自分の作品は忘れられても、この本だけは残るに違いない」（トルストイ）。訳者渾身の「心訳」による「名言の森」完結篇。略年譜、索引付。

ムーミンのふたつの顔
冨原眞弓
児童文学の他に漫画もアニメもあるムーミン。媒体や時期で少しずつ違うその顔を丁寧に分析し、本質に迫る。トリビア情報も満載。（梨木香歩）

デ・トゥーシュの騎士
バルベー・ドールヴィイ
中条省平訳
一八〇〇年頃のノルマンディー、囚われた王党軍の騎士を救うべく、十二人の戦士が死地に赴く―華麗なデカダンス美学の残光に映える傑作。本邦初訳。

スロー・ラーナー［新装版］
トマス・ピンチョン
志村正雄訳
著者自身がまとめた初期短篇集。「謎の巨匠」がみずからの作家生活を回顧する序文を付した話題作。驚異に満ちた世界。（高橋源一郎、宮沢章夫）

競売ナンバー49の叫び
トマス・ピンチョン
志村正雄訳
「謎の巨匠」の暗喩に満ちた迷宮世界。突然、大富豪の遺言管理執行人に指名された主人公エディパの物語。郵便ラッパとは？（巽孝之）

お菓子の髑髏
レイ・ブラッドベリ
仁賀克雄訳
若き日のブラッドベリが探偵小説誌に発表した作品のなかから選ばれた15篇。ブラッドベリらしい、ひねりのきいたミステリ短篇集。

眺めのいい部屋
E・M・フォースター
西崎憲／中島朋子訳
フィレンツェを訪れたイギリスの令嬢ルーシーは、純粋な青年ジョージに心惹かれる。恋に悩み成長する若い女性の姿と真実の愛を描く名作ロマンス。

チャイナタウンからの葉書
R・ブローティガン
池澤夏樹 訳
アメリカ60年代対抗文化の生んだ文学者の代表的詩集。結晶化した言葉を、訳者ならではの絶妙な名訳でお届けする。心優しい抒情に満ちた世界。

ヘミングウェイ短篇集
アーネスト・ヘミングウェイ
西崎憲 編訳
ヘミングウェイは弱く寂しい男たち、冷静で寛大な女たちを登場させ「人間であることの孤独」を描く。繊細で切れ味鋭い14の短篇を新訳で贈る。

ヒュペーリオン
ヘルダーリン
青木誠之 訳
祖国ギリシアの解放と恋人への至高の愛の相克に苦しむ青年ヒュペーリオン。生と死を詩的・汎神論的境域へ昇華する未踏の散文を、清新な新訳で。

ボードレール全詩集Ⅰ
シャルル・ボードレール
阿部良雄 訳
詩人として、批評家として、思想家として、近年重要度を増しているボードレールのテクストを世界的な学者の個人訳で集成する初の文庫版全詩集。

ボードレール全詩集Ⅱ
シャルル・ボードレール
阿部良雄 訳
パリの風物や年老いた香具師、寡婦をうたった表題の小散文詩の他、ハシーシュを論じた「人工天国」、唯一の小説「ラ・ファンファルロ」を併収。

エドガー・アラン・ポー短篇集
エドガー・アラン・ポー
西崎憲 編訳
ポーが描く恐怖と想像力の圧倒的なパワーは、時を超え深い影響を与え続ける。よりすぐりの短篇7篇を新訳で贈る。巻末に作家小伝と作品解説。

リリス
G・マクドナルド
荒俣宏 訳
闇の女王とは？　幻の土地とは？　夢に夢が重なる不思議な冒険。キャロルやトールキンも影響を受けた英国のファンタジーの傑作。（矢川澄子）

コスモポリタンズ
サマセット・モーム
龍口直太郎 訳
舞台はヨーロッパ、アジア、南島から日本まで。故国を去って異郷に住む〝国際人〟の日常にひそむ事件のかずかず。珠玉の小品30篇。（小池滋）

昔も今も
サマセット・モーム
天野隆司 訳
16世紀初頭のイタリアを背景に、「君主論」につながるチェーザレ・ボルジアとの出会いを描き、「政治人間」の生態を浮彫りにした歴史小説の傑作。

モーパッサン短篇集
ギ・ド・モーパッサン
山田登世子 編訳
人間の愚かさと哀れさを、独特の皮肉の効いたユーモアをもって描く稀代の作家モーパッサン。文学の王道から傑作20篇を厳選、新訳で送る。

トーベ・ヤンソン短篇集
トーベ・ヤンソン
冨原眞弓編訳
ムーミンの作家にとどまらないヤンソンの作品の奥行きと背景を伝える短篇のベスト・セレクション。「愛の物語」「時間の感覚」「雨」など、全20篇。

誠実な詐欺師
トーベ・ヤンソン
冨原眞弓訳
〈兎屋敷〉に住む、ヤンソンを思わせる老女性作家。彼女に対し、風変わりな娘がめぐらす長いたくらみとは？ 傑作長編がほとんど新訳で登場。

トーベ・ヤンソン短篇集 黒と白
トーベ・ヤンソン
冨原眞弓編訳
ムーミンの作家ヤンソンは優れた短篇小説作家でもある。フィンランドの暗く長い冬とオーロラさながら、孤独と苦悩とユーモアに溢れた17篇を集める。

レ・ミゼラブル 1巻（全5巻）
ユゴー
西永良成訳
慈愛あふれる司教との出会いによって心に光を与えられ、ジャン・ヴァルジャンは新しい運命へと旅立つ——叙事詩的な長編を読みやすい新訳でおくる。

セザンヌ物語
吉田秀和
セザンヌはどこから出発し、どこに到達したか——その芸術の放射する精神的品位に惹かれた著者の、絵と対話する喜びにあふれる美術論。

ランボー全詩集
アルチュール・ランボー
宇佐美斉訳
束の間の生涯を閃光のようにかけぬけた天才詩人ランボー——稀有な精神が紡いだ清冽なテクストを、世界的ランボー学者の美しい新訳でおくる。

ガルガンチュアとパンタグリュエル（全5巻）
フランソワ・ラブレー
宮下志朗訳
フランス・ルネサンス文学の記念碑的大作——〈知〉の一大転換期の時代の爆発的なエネルギーと輝かしい感動を生き生きとつたえる画期的な新訳。

ガルガンチュア
ガルガンチュアとパンタグリュエル1
フランソワ・ラブレー
宮下志朗訳
巨人王ガルガンチュアの誕生と成長、そして戦争の顛末……ラブレー不朽の傑作の爆発的な面白さと輝かしい感動を生き生きと伝える画期的な新訳。

パンタグリュエル
ガルガンチュアとパンタグリュエル2
フランソワ・ラブレー
宮下志朗訳
ガルガンチュアの息子パンタグリュエルと従者パニュルジュが大活躍。巨人の軍隊を退治し、パリの貴婦人にいたずらをしかけ……魅力爆発の新訳。

第三の書
ガルガンチュアとパンタグリュエル3
フランソワ・ラブレー
宮下志朗訳
パニュルジュが結婚を決意するも迷走、物語は夢や占いをめぐっての目くるめく言葉のアリーナと化す。浄められた〈愚者〉の世界の豊饒な魅惑。

ニーベルンゲンの歌 後編　石川栄作訳

ジークフリート暗殺の復讐には、いかに多くの勇者たちの犠牲が必要とされたことか。古代ゲルマンの強靭な精神を謳い上げて物語は完結する。

ギリシア悲劇（全4巻）

荒々しい神の正義、神意と人間性の調和、人間の激情と心理。三大悲劇詩人（アイスキュロス、ソポクレス、エウリピデス）の全作品を収録する。

ギリシア悲劇 I　アイスキュロス　高津春繁他訳

「縛られたプロメテウス」「ペルシア人」「アガメムノン」「供養する女たち」「テーバイ攻めの七将」ほか2篇を収める。（高津春繁）

ギリシア悲劇 II　ソポクレス　松平千秋他訳

「アイアス」「トラキスの女たち」「アンティゴネ」「エレクトラ」「オイディプス王」「ピロクテテス」「コロノスのオイディプス」を収録。（高津春繁）

ギリシア悲劇 III　エウリピデス　松平千秋他訳

「アルケスティス」「メデイア」「ヘラクレスの子供たち」「ヒッポリュトス」「アンドロマケ」「ヘカベ」「ヘラクレス」ほか3篇を収録。（松平千秋）

ギリシア悲劇 IV　エウリピデス　松平千秋他訳

「エレクトラ」「タウリケのイピゲネイア」「ヘレネ」「フェニキアの女たち」「オレステス」「バッコスの信女」「キュクロプス」ほか2篇を収録。（付・年表／地図）

ケルト妖精物語　W・B・イエイツ編　井村君江編訳

群れなす妖精もいれば一人暮らしの妖精もいる。不思議な世界の住人達がいきいきと甦る。イエイツが贈るアイルランドの妖精譚の数々。

ケルト幻想物語　W・B・イエイツ編　井村君江編訳

魔女・妖精学者・悪魔・巨人・幽霊など、長い年月の間、アイルランドの人々と共に生き続けてきた超自然の生きものたちの物語。

ケルトの薄明　W・B・イエイツ　井村君江訳

無限なものへの憧れ。ケルトの哀しみ。イエイツ自身が実際に見たり聞いたりした、妖しくも美しい話ばかり40篇。（訳し下ろし）

ケルトの神話　井村君江

古代ヨーロッパの先住民族ケルト人が伝え残した幻想的な神話の数々。目に見えない世界を信じ、妖精たちと交流するふしぎな民族の源をたどる。

完訳 グリム童話集（全7巻） 野村泫訳

改訂を重ねたグリム童話の決定版第七版を完訳。お馴染みの物語から知られざる名作まで全211篇。ドイツ国立図書館蔵のカラー図版多数収録。

完訳 グリム童話集1 野村泫訳

名作の評判高い物語が全20篇。「蛙の王さま」「狼と七匹の子やぎ」「忠実なヨハネス」「兄と妹」「ラプンツェル」「ヘンゼルとグレーテル」ほか。

完訳 グリム童話集2 野村泫訳

日本でもお馴染みの物語が全27篇。「灰かぶり」「ホレおばさん」「赤ずきん」「ブレーメンの音楽隊」「親指小僧」「奥さん狐の結婚式」ほか。

完訳 グリム童話集3 野村泫訳

娘や息子たちの冒険譚など全24篇。「いばら姫」「つぐみひげの王さま」「白雪姫」「恋人ローラント」「金のがちょう」「千枚皮」「うさぎのお嫁さん」ほか。

完訳 グリム童話集4 野村泫訳

ユーモラスでちょっと怖い話など全30篇。「水の精」「地のなかの小人」「がちょう番の娘」「大がらす」「びんのなかの魔物」「熊の皮を着た男」ほか。

完訳 グリム童話集5 野村泫訳

たくましい庶民の話など全29篇。「ハンスはりねずみ」「青い明かり」「三人の外科医」「シュヴァーベン人の七人組」「レタスろば」「鉄のストーブ」ほか。

完訳 グリム童話集6 野村泫訳

森の不思議がいっぱいの物語など全42篇。「鉄のハンス」「三人の黒い王女」「ジメリの山」「星の銀貨」「雪白とばら紅」「グライフ鳥」「森の家」ほか。

完訳 グリム童話集7 野村泫訳

鮮やかな名作小品30篇と「子どものための聖者伝」10篇。「お月さま」「プフリーム親方」「てんじくねずみ」「リンクランクじいさん」「金の鍵」ほか。

世界幻想文学大全
幻想文学入門 東雅夫編著

幻想文学のすべてがわかるガイドブック。澁澤龍彦、中井英夫、カイヨワ等の幻想文学案内のエッセイも収録し、資料も充実。初心者も通も楽しめる。

世界幻想文学大全
怪奇小説精華 東雅夫編

ルキアノスから、デフォー、メリメ、ゴーチエ、ゴーゴリ……時代を超えたベスト・オブ・ベスト。岡本綺堂、芥川龍之介等の名訳も読みどころ。

ちくま文庫

ブラウン神父《しんぷ》の無心《むしん》

二〇一二年十二月十日　第一刷発行

著　者　G・K・チェスタトン
訳　者　南條竹則（なんじょう・たけのり）
　　　　坂本あおい（さかもと・あおい）

発行者　熊沢敏之
発行所　株式会社　筑摩書房
　　　　東京都台東区蔵前二―五―三　〒一一一―八七五五
　　　　振替〇〇一六〇―八―四一二三
装幀者　安野光雅
印刷所　株式会社加藤文明社
製本所　株式会社積信堂

乱丁・落丁本の場合は、左記宛にご送付下さい。
送料小社負担でお取り替えいたします。
ご注文・お問い合わせも左記へお願いします。
筑摩書房サービスセンター
埼玉県さいたま市北区櫛引町二―六〇四　〒三三一―八五〇七
電話番号　〇四八―六五一―〇〇五三

ISBN978-4-480-43006-9 C0197